강남형사

강남 형사 : chapter 3. 꿀벌의 춤

펴낸날　초판 1쇄 2025년 8월 29일

지은이　알레스 K
펴낸이　임혁준
펴낸곳　더스토리정글
출판등록　2023년 12월 4일 제2023-000131호
(07788) 서울시 강서구 마곡중앙로 161-8 두산더랜드파크 B동 1007호
전화 02)6365-2001　　팩스 02)6499-2040
onenessmedia@naver.com

ISBN　979-11-990246-3-2 (03810)

이 도서의 국립중앙도서관 출판시도서목록(CIP)은 서지정보유통지원
시스템 홈페이지(http://seoji.nl.go.kr)와 국가자료공동목록시스템
(http://www.nl.go.kr/kolisnet)에서 이용하실 수 있습니다.

- 책값은 뒤표지에 표시되어 있습니다.
- 잘못된 책은 구입하신 서점에서 교환해 드립니다.

책임편집　크리스 한, 서지영

강남형사

Chapter 3
꿀벌의 춤

알레스 K 지음

스토리정글

01 프롤로그 013

02 남자 둘, 여자 둘 016

03 벼랑 끝 027

04 얼바인 성형외과 047

05 의문의 여자 068

06 찰나(刹那) 087

07 보물창고 107

08 주사 이모 119

09 영혼의 단짝 138

10 정의의 사도 151

11 주영아 기자 163

12	여왕벌과 꿀벌	173
13	꿀벌들의 말로	181
14	망자(亡者)의 전화	195
15	승부수	214
16	뜻밖의 행운	229
17	가평 별장	240
18	함정수사	254
19	무너지지 않는 제국	275
20	잃어버린 꿀통	282
21	에필로그	287

등장인물
Characters

박동금(33세, 남)
과거, 청담동 도라이로 불리던 형사. 경찰에 들어오기 전에는 골프선수였다. 순경 출신 최초로 뉴욕총영사관 주재관을 지냈다. 큰 키에 뛰어난 비주얼로 여자들에게 인기가 많았다. 광수대와 강남경찰서에서 큰 사건을 해결하며 수사 능력을 인정받았다. 인기 가수 '유라'의 사건을 연이어 담당하게 되면서, AI 엔터테인먼트 금재환 회장과 피할 수 없는 승부를 벌인다.

이세인(30세, 여)
전직 영화배우로, 과거에는 한류 배우로 약간의 인기를 끌었다. 연예계 생활에 지쳐 결혼과 동시에 은퇴했지만, 얼마 지나지 않아 이혼하며 다시 연예계로 돌아온다. 어려운 상황에서 호진이 던진 함정에 빠진 것을 박동금 형사가 구해주며 연을 맺는다. 이후, 동금을 연모하는 마음으로 그의 수사를 돕는다.

금재환(62세, 남)
일명 '마이다스 金'이라 불리는, 대한민국 최고의 연예기획사 AI 엔터테인먼트의 회장. 정관재계까지 최고의 황금인맥을 가지고 있다. 목적을 위해서는 수단과 방법을 가리지 않는 무서운 인물. 그가 동성애자라는 사실은 그와 그의 애인들만 아는 숨겨진 비밀이다.

정호석(30세, 남)
노블러스 클럽의 공동경영자이자 얼굴 마담. 전직 배우로, 일명 '호진'으로 불린다. 연예계를 은퇴한 뒤 청담동에 노블러스 클럽을 만들었다. 제2의 금재환 회장을 꿈꾸고 있다. 과거, 금재환 회장의 첫 번째 애인이었다.

이석천(48세, 남)
포렌식 업체 '하이노블'의 대표. 강남에서 연예인들을 주 고객 삼아 포렌식 업체를 운영 중이다. 유라의 휴대폰을 포렌식하여 방송국에 제보한다.

황명진(42세, 여)

AI 엔터테인먼트의 수석팀장. 간호대학 출신으로, AI 엔터테인먼트에 건강관리 담당직원으로 일하다 금재환 회장의 눈에 들어 매니저 담당 팀장이 되었다. 인기가수 유라의 모든 일정을 담당한다.

유라(23세, 여)

AI 엔터테인먼트 소속 최고 인기 가수. 본명은 이설진이다. 어린 시절부터 이어져온 가혹한 연예계 생활로 인해 프로포폴 없이는 잠을 이루지 못할 정도로 망가졌다. 박동금이 그녀의 프로포폴 사건을 담당하게 된 뒤, 얼마 지나지 않아 변사체로 발견된다.

부기원(52세, 남)

강남경찰서 형사과 강력 3팀장. 전라도 출신으로, 말수는 적지만 유머감각이 있다. 그의 수사 능력은 그야말로 타의 추종을 불허한다. 과거, 박동금 형사의 광수대 조장이었다.

권수찬(43세, 남)

강남경찰서 형사과 강력 3팀 반장. 180cm가 넘는 큰 키에 떡 벌어진 어깨를 가진 형사. 무도단증만 14단으로, 형사 생활 중 누구에게도 져본 적이 없는 의리파 형사이지만 단순하다.

김정선 형사(33세, 여)

사이버특채 출신으로, 수사 능력이 뛰어나고 육감적인 몸매와 외모로 인기가 많은 여경. 과거, 동금을 외사랑하며 속앓이했던 전적이 있다. 동금과는 동갑내기 형사로, 수사 중 손발이 짝짝 맞는 경우가 많다.

신수석(28세, 남)

경찰대 출신의 강남경찰서 형사과 강력 3팀 막내 형사. 경찰청장까지 되라는 의미로 선배들에게 '신 청장'이란 별명으로 불린다. 똑똑하지만 아직은 미숙한 점이 많다.

서문
Prologue

'용기'

《강남 형사》 시리즈의 세 번째 챕터인 〈꿀벌의 춤〉이라는 소설이 작가에게 준 영향을 한 마디의 단어로 굳이 선택한다면 이 말이지 않을까 싶습니다.

사실 꿀벌의 춤은 작년 가을 이미 초고를 완성한 상태였습니다. 이미 출간된《강남 형사》시리즈 2편인 〈마트료시카〉보다 먼저 쓴 셈입니다. 〈꿀벌의 춤〉을 완성하고 설레는 마음으로 몇 분께 드렸을 때 저의 첫 소설이었던 〈쌍둥이 수표〉에서 보지 못했던 뜨거운 반응들을 보았습니다. 그런 반응들에 받은 용기가 아직도 제가 글을 쓰는 이유가 아닌가 싶습니다.

저는 사실 꿀벌의 춤의 주 무대인 클럽을 가본 적이 없습니다. 그래서 처음에는 7080세대들의 주 무대인 장소가 소설의 배경이었습니다. 하지만 세상에도 트렌드가 있듯이 지금 시대에 맞게 배경을 바꿀 필요가 있었습니다. 제가 경험하지 못한 클럽에 관한 부분은 저의 대학생 큰아들을 어르고 달래 겨우 소설 속 배경들과 경험(?)을 전수받았습니다. 아직도 소설 쓰는 아빠를 못마땅해하는 큰아들에게 이 자리를 빌려 감사의 마음을 전합니다.

〈꿀벌의 춤〉은 사람을 존엄과 존중의 대상이 아닌, '욕망을 채우기 위한 도구'로 사용하는 부류들의 이야기입니다. 어쩌면 그것이 인간의 원래의 본성 중의 하나가 아닌가 하는 의문이 들기도 합니다. 작가는 그런 인간의 숨겨진 모습들을 현실감 있는 이야기로 그려내고 싶었습니다. 앞으로도 제 소설은 다양한 무대와 배경에서 그런 인간의 예상치 못하는 본성을 사람과의 관계 속에서 녹여 낼 예정입니다.

박동금 형사가 주인공인 《강남 형사》 시리즈는 출간을 준비 중인 4권으로 이어질 예정입니다. 앞으로도 독자들의 많은 사랑을 부탁드립니다.

- 알레스 K

01
프롤로그

8월 24일 오후 9시경 삼성동 I호텔

"예약자분 성함이 어떻게 되시죠?"

30대 중반 즈음으로 보이는 남자는 자신의 이름을 말한 뒤 곁에 붙어 있는 애인을 향해 윙크를 날렸다.

"오빠, 너무 무리한 거 아냐?"

"무슨 소리야. 우리 1000일인데 이 정도는 해야지."

남자가 위풍당당하게 어깨를 펴며 말했다. 그는 애인과의 1000일을 기념하기 위해 삼성동에 위치한 I호텔에 무려 석 달 전부터 예약을 한 참이었다. I호텔은 서울에서도 가장 비싸고 고급스럽기로 유명한 특급 호텔 중 하나로, 연예인이나 정재계 인사들뿐만 아니라 해외스타들까지도 묵는 곳으로 유명했다.

"1014호입니다."

카운터 직원이 룸 넘버를 알려주자 남자는 얼른 카드키를 받아들고 애인과 엘리베이터로 걸음을 옮겼다.

"아무리 늦게 자도 조식은 꼭 먹어야 해. 알지?"

"아유, 알지, 알지. 어? 엘리베이터 왔다."

남자는 열리기 시작하는 엘리베이터 문을 보며 얼른 그 안으로 들어갔다. 아니, 들어가려고 했다.

"우왁!"

"엄마!"

남자와 애인은 자기도 모르게 작게 비명을 지르며 뒤로 물러났다. 열린 엘리베이터 문에서 반쯤 헐벗은 여자 하나가 튀어나온 것이다! 하지만 여자는 두 사람이 보이지도 않는 듯, 얼이 빠진 표정으로 호텔 출입문을 향해 비틀비틀 걸어가기 시작했다.

"어우, 깜짝이야. 뭐야?"

남자가 호텔 밖으로 향하는 여자를 보며 중얼거렸다. 검은색 시스루 원피스에 하이힐을 신은 여자는 마치 술에 취한 사람처럼 비치적거리며 걸음을 옮기고 있었다. 잠시 후, 호텔 직원이 여자에게 다가가 뭔가 물어보았지만 여자는 그런 직원을 무시한 채 그대로 호텔 밖으로 사라졌다.

"오빠, 경찰에 신고해야 하는 거 아니야?"

"…몰라, 직원들이 알아서 하겠지. 엘리베이터 왔다. 올라가자."

남자는 그새 다시 위층으로 올라갔다 내려온 엘리베이터를 보며 애인에게 말했다. 그러나 이번에도 두 사람은 엘리베이터에 곧바로 오를 수 없었다. 문이 열리자 웬 남자 하나가 그 안에서 튀어나온 것이다.

"좀 지나가겠습니다."

검은 캡 모자를 푹 눌러쓴 남자는 엘리베이터 앞에 서 있던 두 사람을 밀치며 그대로 호텔 출구로 내달렸다.

"이런… 씨. 뭐야?"

"오빠, 참아. 그냥 빨리 올라가자."

남자가 기분 나쁘다는 얼굴로 중얼거렸지만 검은 캡 모자는 이미 호텔 밖으로 빠져나간 뒤였다.

* * *

"잡았습니다."

"핸드폰은?"

"확보했습니다."

"혹시 모르니 일단은 이 대표한테 가져가. 그리고 작업 끝나면 나한테 가져오고."

검은 캡 모자를 쓴 남자는 끊긴 전화를 품에 넣고 힐긋 골목 입구를 쳐다보았다. 불과 4~5미터밖에 떨어지지 않은 골목 바깥에서는 거리를 밝히는 색색의 불빛들과 적지 않은 인파로 북적였다. 하지만 그 누구도 그가 있는 골목에는 관심을 두지 않았다. 검은 캡 모자의 남자는 재차 확인하듯 주변을 휙휙 둘러보았다. 골목 어디에도 CCTV는 없었다. 확인을 마친 남자는 등에 메고 있던 작은 백팩을 열더니 그 안에서 얇은 윈드브레이커를 꺼내 입고, 쓰고 있던 모자를 백팩 안으로 집어넣었다. 그렇게 순식간에 전혀 다른 모습으로 탈바꿈한 남자는 골목 저편으로 유유히 사라졌다. 그리고 남자가 떠난 골목… 그 시커먼 바닥 아래…. 그곳에는 검은색 시스루 원피스를 입은 여자가 쓰러져 있었다. 호텔에서 무언가로부터 도망치듯 사라졌던 그 여자가…. 마치 줄이 끊어진 인형 같은 모습으로….

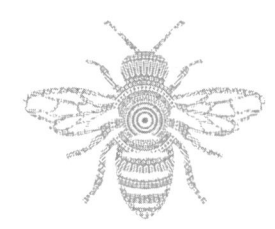

02
남자 둘, 여자 둘

10월 3일 오후 4시경 인천공항 입국 게이트

따스한 햇살이 비추는 인천공항의 입국 게이트로 조각 같은 이목구비를 가진 남자가 걸어가고 있었다. 그의 이름은 호진. 한때 꽃미남으로 큰 인기를 끌었던 배우였다. 몇 년 전에 연예계 생활을 청산한 그는, 은퇴 후 함께 클럽을 운영 중인 동업자와 누군가를 맞이하고자 공항에 온 참이었다.

"야, 다들 너인 거 아나 보다."

동업자이자 선배인 마이클 홍의 말에 호진은 모자를 더 깊이 눌러 썼다. 나름대로 신분을 감추기 위해 선글라스에 모자까지 쓴 호진이었지만, 180cm의 키에 널리 알려진 외모를 감추기엔 역부족이었다.

"내가 쫓아낼까?"

몇 미터 밖에서 사진을 찍는 몇몇 사람을 보며 마이클이 물었다.

"됐어, 형."

호진이 마이클에게 신경 끄라는 듯 말했다. 마이클은 호진보다 5살 더 많은 형이었다.

"그건 그렇고 코지마가 일본인답지 않게 화끈하게 잘 놀거든? 이번에 우리가 그 인간 마음을 확 잡아야 해. 코지마가 우리 클럽에 투자만 해주면 한동안은 돈 걱정할 필요가 없어진다고. 만약 일본에도 진출하게 되면 그땐 더 대박이고. 내 말 무슨 얘긴지 알지?"

호진이 미덥지 않다는 듯 마이클을 쳐다보자 그는 걱정 말라는 듯 자신의 가슴을 탕탕 두들겼다.

"걱정 마. 안 그래도 내가 철저히 준비했으니까! 그나저나 넌 이세인 잘 준비하고 있지?"

마이클의 말에 호진이 고개를 끄덕였다.

"이세인 그거, 이미 한물간 배우야. 심지어 이혼까지 해서 기스 난 년이 드라마 출연시켜주겠다는데 안 나오고 배기겠어? 당장 하루 벌어먹고 살기도 힘들걸?"

약 두 시간 뒤, 호진과 마이클이 기다리고 기다리던 코지마 미나토가 입국 게이트에서 천천히 걸어 나왔다. 깔끔한 외모에 콧수염을 기른 코지마는 작은 캐리어 하나만 든 간단한 차림이었다. 호진이 코지마의 이름을 부르며 손을 흔들었다.

"코지마 상!"

서로를 끌어안으면서 반갑게 인사를 나눈 뒤, 호진은 코지마에게 마이클을 소개했다. 호진은 일본을 자주 왕래하던 터라 웬만한 의사소통은 통역 없이도 가능했다.

"아, 소 데스카. 하지메마시테, 마이크루 홍 상(아, 그렇습니까? 처음 뵙겠습니다. 마이클 홍 씨)."

코지마가 손을 내밀자 마이클은 얼른 두 손을 뻗어 악수를 나누었다. 호진은 그 모습을 보며 씩 웃더니 코지마를 건물 밖으로 안내했다. 호진과 코지마는 몇 년 전 알게 된 사이로, 최근 들어 한국 내 투자 문제로 부쩍 왕래가 잦아지고 있었다.

잠시 후, 밖으로 나온 호진 일행을 미리 기다리고 있던 두 대의 스타크래프트 밴이 맞이했다. 첫 번째 밴이 열리자 그 안에서 화려한 외모를 가진 젊은 여자가 내렸다. 가슴이 훤히 드러나는 상의에 짧은 미니스커트를 입은 여자였다. 그녀는 코지마와 가볍게 포옹을 나누더니 그의 손을 잡고 밴 안으로 들어갔다. 두 남녀가 밴에 오르자 마이클은 여자를 향해 눈을 찡긋 하고는 얼른 문을 닫고 차를 출발시켰다.

* * *

밴이 출발하자 여자는 코지마를 향해 살며시 미소 짓더니 차 안의 버튼 하나를 눌렀다. 여자가 버튼을 누르자 운전석 뒤에서 회색 유리문이 올라와 운전석과 뒷좌석을 완전히 분리시켰다. 코지마가 탄 스타크래프트는 특별히 개조된 것으로, 2인용으로 개조되어 의자를 침대처럼 완전하게 수평으로 할 수 있었다. 여자는 코지마의 위에 올라타더니 상의를 천천히 벗기 시작했다. 날씬한 몸매와 대비되는 풍만한 가슴이 코지마의 눈앞에 나타났다. 브래지어까지 완전히 벗어버린 여자는 뒤이어 미니스커트와 망사 팬티까지 벗어버렸다. 코지마 역시 나체가 된 여자를 보며, 더는 참지 못하겠다는 듯 훌훌 옷을 벗어던졌다. 여자는 능숙하게 코지마를 애무하며 리드했다. 여자의 입과 손이 몸 곳곳을 애무하자 코지마의 입에서 거친 숨과 작은 신음이 터져 나왔다. 그렇게 두 남녀는 호텔에 도착하기 전까지 밴 안을 뜨거운 열기로 가득 채웠다.

호진과 마이클이 타고 있는 두 번째 밴 역시 별반 다르지 않았다. 두 남자는 20대 초반으로 보이는 여자 둘과 함께 실오라기 하나 걸치지 않은 몸으로 짝을 이뤄 끌어안고 있었다. 하나는 짧은 파란색 단발머리였고, 다른 하나는 금발의 긴 생머리였다. 그렇게 호진과 마이클은 각자 자기 품에 안긴 여자들을 마음껏 탐닉하며 호텔로 향했다.

* * *

1시간 30분 뒤, 두 대의 밴은 삼성동의 I호텔에 도착했다. 호진과 마이클은 거친 숨을 내쉬며 여자들을 두고 자신들만 밴에서 내렸다. 마이클이 운전기사를 향해 입을 열었다.

"오 과장, 여기 있지 말고 정문 쪽 옆에 차 대고 기다려."

오 과장이라 불린 운전기사는 고개를 끄덕이더니 밴을 끌고 사라졌다. 잠시 후, 코지마가 탄 밴이 호텔에 도착했다. 도어맨이 문을 열어주자 입이 귀에 걸린 코지마가 여자와 함께 밴에서 내렸다. 호진이 코지마에게 다가갔다.

"콘야와 고유쿠리 오야스미나사이. 아시타 쿠라브니 아이마쇼(오늘은 푹 쉬고 내일 저녁에 클럽에서 보시죠)."

호진의 말에 코지마는 기분 좋게 고개를 끄덕이더니 여자와 팔짱을 낀 채 그대로 호텔 안으로 향했다.

"분위기 괜찮은 것 같지?"

"응, 좋아 보이는데?"

호진과 마이클은 한 단계를 클리어했다는 생각이 들자 기분 좋게 웃으며 호텔 정문으로 걸어갔다. 그리고 대기 중이던 밴에 올라 차를 출발시켰다.

약 20분 정도 후, 밴은 논현동에 있는 주상복합 아파트 지하주차장으로 들어섰다. 호진의 집이 있는 아파트였다. 호진은 먼저 밴에서 내려 아파트 엘리베이터로 들어갔고, 이후 마이클이 여자 둘을 데리고 그 뒤를 따랐다. 호진의 집은 30층에 위치한 펜트하우스였다. 잠시 후, 펜트하우스 앞에 도착한 마이클이 초인종을 누르자 벌거벗은 호진이 마이클과 여자들을 맞이했다.

"빨리 들어와."

호진은 여자 둘이 집안으로 들어오기 무섭게 하나를 붙잡더니 거실 소파에 눕혔다. 그리곤 거칠게 옷을 벗기고 그 짓을 시작했다. 마이클 역시 다른 여자와 함께 방으로 들어가 옷을 벗어던졌다. 거실과 방에서 네 남녀의 신음이 쉬지 않고 터져 나왔다.

얼마나 시간이 흘렀을까? 마이클과 방에 들어갔던 여자가 거실로 나왔다. 짧은 파란색 단발머리의 여자였다. 그녀는 거실 소파에서 엉켜있는 호진과 다른 여자를 쳐다보았다. 금발의 생머리는 몸을 부르르 떨며 호진을 밀어내려 하고 있었고, 호진은 그런 그녀를 거칠게 밀어붙이며 자신의 성기를 여자의 항문 쪽에 들이대고 있었다. 그때, 호진이 문득 고개를 돌리더니 자신을 쳐다보고 있는 파란 단발머리를 발견했다.

"너, 이리와."

호진이 가까이 오라 손짓하자 여자가 기다렸다는 듯 얼른 소파로 다가갔다. 조금 전까지 호진의 파트너였던 금발의 여자는 소파를 떠나 마이클이 있는 방으로 들어갔다. 파란 머리는 호진의 몸 곳곳을 입으로 애무하더니 이내 호진을 올려다보며 입을 열었다.
"오빠, 정말 만나보고 싶었어요. 저 오빠 찐팬이에요."
호진이 여자를 보며 씩 웃더니 그녀를 소파 위로 끌어당겼다.

* * *

다음 날 아침. 마이클은 먼저 일어나 여자들을 돌려보냈다. 이런 일을 도맡는 게 그의 몫이었다. 전날의 여자들은 어제가 두 번째 만남으로, 호진과 자신이 공동대표로 있는 노블러스 클럽의 손님들이었다. 한동안 고객으로 눈여겨보던 중, 며칠 전에 처음으로 노블레스룸으로 데려가 술자리를 함께했다. 두 여자는 호진을 보자 크게 관심을 보였고, 그날 바로 노블레스룸에서 2:2로 관계를 가졌다.

마이클은 담배 한 개비를 꺼내 물었다. 몇 년 전만 하더라도 자신이 이런 생활을 하며 살 줄은 몰랐다. 그는 중학생 때 미국 LA로 유학을 가 그곳에서 대학교를 졸업했다. 군대 문제로 귀국한 그는 어쩌다 보니 지인을 통해 호진을 소개받게 되었고, 현재는 노블러스 클럽의 공동대표가 되었다.

"형, 나는 우리 회장님처럼 살 거야. 내 사업을 시작해서 꼭 성공할 거라고."

연예계 생활을 접기 전부터 호진은 자신의 소속사 회장처럼 살겠다 입버릇처럼 말했고, 이후 연예인을 그만두고는 정말로 클럽을 세웠다. 그게 바로 노블러스 클럽이었다.

'공동대표인 나한테도 안 알려줄 이유가 뭐냐고.'

마이클은 담배 연기를 뿜으며 고개를 저었다. 호진의 말에 따르면 클럽의 실소유주는 따로 있었다. 진짜 소유주가 누구냐 묻는 마이클에게 호진은 "형은 알 필요 없어. 아니, 모르는 게 더 좋아."라고만 하며 언급을 피했다. 사실 공동대표라곤 해도 마이클이 맡은 일은 대표라고 볼 수 없었다. 클럽 내부 살림이나 사건사고 대비를 위한 민원 해결이 그의 주된 두 가지 일 중 하나였던 것이다. 물론 다른 하나는 어제처럼 호진에게 여자를 대주는 것이고….

"호진아, 이제 일어나서 해장하러 가자!"

마이클은 알몸으로 거실에 누워 있는 호진을 흔들어 깨웠다. 그도 그랬지만 호진은 섹스라면 사족을 못 썼다. 특히 호진은 변태적인 성적 취향을 가지고 있었고, 그 뒷수습은 언제나 마이클의 몫이었다. 2:2로 파트너를 바꿔가며 하는 것도 마찬가지였다. 마이클 역시 이제는 서로 파트너를 돌려가며 섹스를 하는 것에 익숙해져서 그런지 오히려 그렇게 하지 않는 섹스가 어색할 지경이었다.

간신히 잠에서 깨어난 호진이 샤워실로 향했다. 호진이 씻는 동안 마이클은 소파에 누워 습관적으로 연예계 뉴스를 살폈다. 잠시 후, 수건으로 몸을 닦으며 나오는 호진을 향해 마이클이 입을 열었다.

"호진아, 파이브걸스 효진이 잘 알아?"

"아침부터 걔는 왜? 우리 회사에 유라 있잖아? 유라가 올해 연말 가요대전에서 인기상 받아야 하는데…. 제일 큰 라이벌이 파이브걸스라고 회장님이 요즘 걱정을 많이 하더라고."

호진은 진즉에 소속사를 나왔음에도 이전 소속사를 '우리 회사'라고 언급하곤 했다. 고개를 끄덕이는 마이클을 향해 호진이 계속 말을 이었다.

"효진이가 파이브걸스 센터잖아. 솔직히 요즘은 유라보다 효진이가 더 핫하지. 근데 걔는 갑자기 왜?"

"뉴스 좀 봐봐. 지금 난리 났다."

마이클의 말에 호진이 자신의 휴대폰을 두들겼다. '리오 스포츠'에서 단독기사가 올라와 있었다.

"파이브걸스 효진, 위너스 탑 재진과 열애?"

호진이 기사를 터치하자 사진 한 장이 나타났다. 효진과 재진이 한 침대에 누워 있는 사진이었다. 사진의 각도로 보아, 재진이 휴대폰으로 커플 셀카를 찍은 듯했다. 기사 밑에는 이미 수만 개의 댓글이 달려 있었다. 대부분의 댓글은 '효진에게 실망했다' '나이 든 재진이와 사귈지 몰랐다'는 등의 비난성 악플이었다.

"우리 회장님 입 찢어지시겠는데? 유라가 운이 좋네. 효진이가 남자랑 떡 치고 찍은 사진이 이렇게 타이밍 좋게 유출됐으니!"

호진은 말이 끝나기 무섭게 어딘가로 메시지를 보내기 시작했다.

[회장님, 축하드립니다♡ 걱정 많이 하셨을 텐데 파이브걸스가 이렇게 무너지네요♡♡]

잠시 후, 호진의 휴대폰에 전화가 왔다. 호진은 마이클에게 조용히 하라는 손짓을 하고는 두 손을 모아 전화를 받았다.

"회장님!"

"그래, 클럽은 어떠냐? 할 만해? 조만간 호진이 네가 도와줘야 할 일이 있으니 그때 말하마. 문자 줘서 고맙다."

"아닙니다, 회장님! 감사하고 사랑합니다!"

＊ ＊ ＊

"꺄아아아아아-!"

무대 위에 있던 젊은 여가수가 팬들의 비명 같은 환호를 들으며 아래로 내려왔다. 그녀의 이름은 유라. 지난 몇 년 동안 쭉 가요계 정상을 지켜온 그녀는 현재 대한민국에서 최고의 인기를 누리고 있는 가수였다.

유라는 매니저와 경호원들의 호위 속에서 무대 뒤편으로 걸음을 옮겼다. 무대에서 내려오고 나니 화려해 보이던 그녀의 얼굴은 언제 쓰러져도 이상하지 않을 만큼 앙상해 보였다. 물론 그녀의 앙상함이 방송 화면에서는 절정에 닿은 미모로 비치고 있겠지만….

"유라 씨, 컨디션 어때요?"

커다란 핸드백을 든 여자가 유라를 향해 물었다. 그녀의 이름은 황명진. 유라를 담당하고 있는 AI 엔터테이먼트의 수석팀장이었다.

"…괜찮아요."

유라는 괜찮다고 했지만, 질문을 던진 황 팀장은 얼굴을 찌푸렸다. 최근에 유라는 언제 쓰러져도 이상하지 않을 정도로 건강에 적신호가 왔다. 그리고 황 팀장은 이를 누구보다 잘 알고 있었다.

유라는 중학생 때부터 연습생 생활을 시작해 열일곱이라는 어린 나이에 데뷔했다. 오목조목하게 생긴 이목구비와 느낌 있는 외모, 거기에 뛰어난 가창력과 춤 실력을 바탕으로 선풍적인 인기를 끌었다. 하지만 약육강식의 가요계에서 수년 동안 정상을 유지하기 위한 대가는 생각보다 컸다. 오랜 기간 이어져온 스트레스는 극한 우울증을 불러왔고, 어느 순간부터 수면제 없이는 잠을 이루지 못하게 되었다. 이후, 수면제가 통하지 않는 시기가 찾아옴에 따라 '우유 주사'라 불리는 프로포폴을 맞기 시작했다. 강남에 있는 성형외과에서, 피부과 치료를 빙자해 원장의 묵인하에 맞기 시작한 것이다. 당연하게도 그녀의 몸은 점점 더 만신창이가 되어가고 있었다.

"황 팀장님, 오늘 노블러스 클럽으로 놀러 갈래요."

유라가 차에 오르자마자 황 팀장을 향해 허락을 구하듯 말했다. 하지만 황 팀장은 고개를 가로저었다.

"유라 씨, 오늘은 노블레스룸이 쉰대요. 내일 연다니까 내일 가요."

유라는 짜증을 냈지만, 황 팀장은 아무렇지 않게 그녀의 짜증을 받아넘겼다. 황 팀장에게 있어 유라의 짜증과 화를 받아주는 일은 이미 일상이었기에….

잠시 후, 유라를 태운 차가 논현동의 한 아파트에 도착했다. 유라는 차에서 내리는 것도 힘에 겨운지 남자 로드매니저의 부축을 받아야만 했다. 로드매니저와 황 팀장의 부축을 받아 집에 들어선 유라는 좀비처럼 침실로 걸어가더니 풀썩 침대 위로 쓰러졌다.

"박 매니저, 먼저 내려가 있어요."

황 팀장은 로드매니저를 먼저 내려보낸 뒤, 거실에서 울리는 유라의 핸드폰을 집어 들었다.

"유라 씨, 언니 전화인데요?"

언니라는 이야기에 쓰러져 있던 유라가 침실에서 나와 휴대폰을 건네받았다.

"언니! 우승했어? 보고 싶어! 언제 올 거야?"

축 처져 있던 유라가 한껏 밝아진 목소리로 전화를 받았다. 황 팀장은 그런 유라를 보며 자연스럽게 가방 속을 뒤적거리기 시작했다. 잠시 후, 가방을 나온 그녀의 손에는 투명한 작은 병 하나와 의료용 주사기가 들려 있었다.

03
벼랑 끝

"세인 씨, 코지마 상이 어제 입국했어요! 말씀드린 대로 오늘 저녁 9시에 노블러스 클럽에서 환영 파티를 열 예정입니다. 저녁 7시 30분까지 세인 씨 집으로 차가 도착할 거예요."

세인은 끊긴 휴대폰을 잠시 물끄러미 쳐다보았다. 약 2주 전, 세인은 딱히 친분이 없던 호진으로부터 연락을 받았다. 그리고 그로부터 드라마 출연을 조건으로, 호진이 주최하는 파티에 참여해 줄 것을 제안받았다. 처음에는 많이 의아했다. 호진과 같이 작품을 한 적이 있는 것도 아니고, 서로 아는 친구라 할 만한 동료가 있는 것도 아니었기 때문이다. 하지만 세인은 호진의 제안을 거절할 수 없었다. 그녀에게는, 당장 일거리가 필요했다.

[한류스타 이세인, 금융계 재력가 A씨와 결혼 3개월 만에 초고속 이혼!]

몇 년 전, 세인은 출연한 드라마가 일본에서 인기몰이를 하게 되면서 일약 스타덤에 올랐다. 그녀의 역할은 비록 조연에 불과했지만, 뛰어난 외모와 비중 있는 배역으로 주연 배우들 못지않은 인기를 끈 것이다. 이후 세인을 주연으로 섭외하고자 하는 작가 감독들이 적지 않았지만, 그녀는 이를 모두 거절했다. 갑작스러운 인기몰이로 오히려 연예계에 환멸을 느낀 탓이었다. 그렇게 세인은 지인으로부터 소개받은 남자와의 결혼을 발표하며 이른 은퇴를 선언했다. 하지만 그녀의 결혼생활은 오래가지 못했다. 금융계 재력가라던 남편은 주가조작을 일삼던 사기꾼이었고, 결혼 직후부터 교도소를 들락거리기 시작했다. 세인은 자신이 완전히 사기당했음을 알게 되었고, 결혼 3개월 만에 이혼 도장을 찍게 되었다. 하지만 진짜 문제는 이혼 이후부터였다. 생활고에 시달리는 삶이 시작된 것이다.

어쩔 수 없이 세인은 연예계 복귀를 위해 돌싱 프로그램에 한두 번 얼굴을 비추어 보았다(대중에게 워낙 알려진 탓에 일반직은 도무지 엄두가 나지 않았다). 하지만 사기꾼인 전남편으로 인해 시청자들의 악플을 견디지 못하고, 쫓겨나듯 프로그램에서 하차했다. 세인은 자신을 다시 세울 길은 작품뿐이라는 생각에 연예기획사들의 문을 두드리기 시작했다. 그녀의 외모는 여전히 뛰어났다. 큰 키에 쌍커풀 없는 눈, 반듯한 콧날, 매력적인 도톰한 입술에 글래머러스한 몸매까지…. 그러나 30대가 넘은 나이에 한물간 돌싱 여배우에게, 그것도 사기꾼 전남편을 둔 이혼녀에게 손을 내밀어주는 연예기획사는 없었다. 그렇게 한숨만 늘어가던 차에 호진으로부터 생각지도 못한 연락이 온 것이다.

"일본의 재력가인 코지마라는 사람이 한국 기획사에 투자를 하려고 하고 있어요. 동시에 일본에서도 한류 사업을 진행할 계획이라는데…. 글쎄 그 사람이 세인 씨 광팬이라는 거예요! 세인 씨 근황을 묻기에 아는 대로 이야기해 줬더니 너무 안타까워하더라고요. 꼭 세인 씨가 다시 연기를 하면 좋겠다면서…."

무엇보다 호진의 마지막 말이 세인의 마음을 움직였다. '다시 연기를 하고 싶다.' 이 생각 하나가 지금 세인의 전부였기 때문이다. 이른 나이에 연예계에 환멸을 느껴 은퇴했던 그녀지만, 지금은 다시 연기를 할 수만 있다면 혼신을 다해 임할 자신이 있었다. 그녀는 더 이상 한류스타 이세인이 아닌, 30살 돌싱 배우 이세인일 뿐이었으니까.

생각을 마친 세인은 파티에 가기 위한 준비를 시작했다. 정성스럽게 메이크업을 하고, 입을 옷도 몇 년 전 시상식 때 입었던 가장 아끼는 드레스를 꺼내 입었다.

"완벽해."

거울 속 여자가 세인을 보며 말했다. 벼랑 끝에 서 있는 그녀에게 조금이라도 용기를 북돋아 주려는 듯이….

* * *

스타크래프트 밴이 세인을 내려준 곳은 청담동에 있는 어느 호텔이었다.

"이세인 씨?"

호텔 앞에 서 있던 한 남자가 세인의 이름을 불렀다. 세인이 자신이 맞다는 사인으로 고개를 끄덕이자, 남자는 그녀를 호텔 지하로 안내했다.

'클럽… 노블러스…?'

지하로 내려간 세인의 눈앞에 클럽 하나가 나타났다. 호진의 클럽, 노블러스 클럽이었다. 세인을 발견한 오 과장이 함박웃음을 지으며 그녀를 반겼다.

"세인 씨! 어서 오세요. 이쪽입니다."

세인은 오 과장을 따라 클럽 안으로 들어갔다. 클럽 출입문에서 왼쪽으로 돌아가자 고급스런 나무로 된 커다란 문이 나왔다. 오 과장이 문을 열고 세인에게 들어오라는 듯 손짓했다. 열린 문 안쪽으로 들어서니 기다란 복도가 나타났다. 강렬한 LED조명으로 가득한 복도를 걸으며, 세인은 마치 빛으로 만들어진 블랙홀에 빠지는 것 같은 어지러움을 느꼈다. 그렇게 잠시 후, 세인은 오 과장과 함께 복도 끝에 위치한 문에 도달했다. 남녀가 볼을 맞대고 있는 부조가 새겨진 문이었다.

문을 열고 안으로 들어가니 엄청난 크기를 가진 방이 나왔다. 가장 먼저 눈에 들어온 것은 방 한가운데에 놓인 ㄷ자 모양의 테이블이었다. 테이블은 흰 대리석과 유리로 만들어져 있었는데, 양쪽으로 20명은 넉넉히 앉을 수 있을 정도로 컸다. 테이블 바로 곁에는 고급 가죽으로 된 베드형 의자가 자리마다 놓여 있었다. 특히 헤드테이블에는 3명이 앉을 수 있는, 회장님 의자처럼 보이는 베드형 소파 3개가 나란히 놓여 있어 주인석임을 한눈에 알 수 있었다. 테이블의 중앙에는 서양란과 작은 조각상이 있었고, 방의 한쪽 벽에는 서양식 책장이, 다른 쪽 벽에는 명품브랜드의 와인셀러 두 개가 자리하고 있었다.

"잠시만 계세요. 다른 분들도 금방 올 겁니다."

오 과장은 세인을 혼자 남겨두고 방을 떠났다.

'이게 다… 대체…?'

세인은 저도 모르게 벌어지려는 입을 다물었다. 배우 시절, 가끔 고급스런 파티에 참석한 적이 있었지만 이 정도로 가재도구 하나하나가 혀를 내두를 정도의 고급품인 적은 없었다. 안을 둘러보던 세인은 화장을 고치고자 화장실을 찾았다. 방 바로 앞에 화려한 장식의 화장실과 파우더룸이 있는 것이 보였다. 잠시 후, 파우더룸에서 화장을 고치고 나온 세인의 눈에 뛰어난 미모를 가진 젊은 여자 4명이 테이블 양옆에 앉아 있는 모습이 보였다.

'…어디에 어떻게 앉으면 되는 거지?'

세인이 어쩌면 좋을지 몰라 머뭇거리던 그때, 오 과장이 방 안으로 다시 들어왔다.

"세인 씨, 저쪽 중앙 자리로 앉으시면 됩니다."

세인은 오 과장의 안내에 따라 테이블 중앙에 있는 소파로 걸어갔다. 주인이 앉을 가운데 자리의 왼쪽 자리였다. 주인 자리의 오른쪽에는 가슴이 푹 파인 원피스를 입은 여자가 이미 자리를 차지하고 있었다. 곧이어 세미 양복을 입은 30대 중반 정도의 남자가 방 안으로 들어왔다. 다름 아닌 노블러스 클럽의 공동대표, 마이클 홍이었다. 마이클은 방으로 들어오더니 테이블 왼쪽에 자리를 잡고 앉았다. 잠시 후 마침내 세인을 초대한 호진과 코지마가 방 안으로 모습을 드러냈다.

"아, 세인 씨!"

세인을 본 호진이 반갑게 인사하더니 곧장 코지마를 소개했다.

"하지메마시테, 세인 상. 오아이 데키테 우레시이데스(처음 뵙겠습니다. 세인 씨. 만나게 되어 반갑습니다)!"

코지마가 감격스럽다는 목소리로 얘기했지만 일본어를 잘 모르는 세인은 뭐라 답해야 할지 몰라 머뭇거렸다. 그러자 곁에 있던 호진이 입을 열었다.

"세인 씨를 만나서 영광이시랍니다."

호진의 통역에 세인 역시 웃으며 감사인사를 전했다. 그러나 이내 세인은 크게 당황했다. 인사를 나눈 코지마가 거리낌 없이 세인의 옆

자리인 주인석에 자리를 잡고 앉은 것이다.

'이게… 맞나?'

세인은 자신이 마치 접대부가 되어버린 듯한 좌석 배치에 크게 당황했다. 하지만 그녀 말고는 누구도 지금 상황이 이상하지 않은 듯 보여 내색할 수 없었다. 좌석 배치가 끝나기 무섭게 음식이 들어왔다. 호진이 준비한 음식은 스시 오마카세에 부르고뉴의 최고급 화이트 와인인 몽라셰였다. 호진과 마이클의 양쪽에 앉은 젊은 여자들이 최고급 스시 코스와 와인을 보자 환호를 질렀다(물론 세인은 아니었다).

세인은 식사하는 내내 불편함을 감추기 위해 온 힘을 다했다. 하지만 이런 세인의 마음을 아는지 모르는지, 코지마는 세인에게로 완전히 몸을 돌리고 그녀의 몸 곳곳을 뜯어보며 일본어로 연신 떠들어댔다. 호진은 그런 코지마의 말을 통역하며 비위를 맞추었다.

"디저트입니다."

식사가 끝나자 그다음 코스로 2001년 빈티지의 샤또 디켐과 디저트가 나왔다. 세인은 다시 한번 속으로 경악을 금치 못했다. 그녀가 경악한 건 디저트 때문이 아니었다. 디저트 타임이 되자, 본격적으로 호진과 마이클이 양옆에 앉아 있는 젊은 여자들과 과감한 스킨십을 나누기 시작한 것이다. 두 사람은 여자들과 몸을 밀착한 채 러브샷을 나누고, 은밀한 부위에 대놓고 손을 올리는 등 아무렇지 않게 찐한 스킨십을 나누었다.

"세인 씨, 와인 좀 드셔보세요. 끝내줍니다."

호진과 코지마는 세인에게 연신 와인을 권했다. 그러나 세인은 예의상 입에만 댈 뿐, 많이 마시지 않았다. 불편한 상황에서 오는 본능적인 거부 반응이었다.

"저 잠시 화장실 좀 다녀올게요."

세인은 불편한 상황을 조금이라도 피하고자 화장실을 핑계 삼아 자리에서 일어났다. 그러자 마이클이 기다렸다는 듯 다른 여자들을 향해 소리쳤다.

"자, 그럼 우리 먹을 만큼 먹었으니 나가서 춤 좀 출까? 우리 숙녀분들, 나가보실까요?"

마이클의 제안에 여자들이 환호하며 일어났다. 밖에서 대기 중이던 오 과장이 문을 열자, 마이클은 여자들을 데리고 방을 빠져나갔다.

"어이."

마이클과 여자들이 방을 나가자 호진은 코지마의 곁에 앉아 있던 여자에게 눈짓을 보냈다.

"가서 상태 좀 봐봐."

호진의 명령에 여자는 고개를 끄덕이며 화장실로 향했다. 여자를 보내고 코지마와 둘만 남게 되자, 호진은 품에서 작은 유리병 하나를 꺼내들었다. 그리곤 뚜껑을 열어 유리병 속 액체 몇 방울을 세인의 디저트에 떨어뜨렸다.

"와인을 안 마시면~ 디저트를 먹이면 되지요~"

호진이 조용히 콧노래를 부르며 킬킬거리자 곁에 있던 코지마가 덩달아 음흉한 미소를 지으며 웃음을 터뜨렸다.

* * *

10월 4일 밤 11시경 노블러스 클럽 홀

귀청을 찢을 듯한 음악 사이로 수많은 남녀들이 무아지경에 빠져 있던 그때, 한 여자가 인파를 헤치며 경호원처럼 보이는 남자에게 걸어가고 있었다. 여자가 향하고 있는 사람은 클럽의 안전을 책임지는 '가드'였다.

"오빠, 어떤 새끼가 자꾸 따라다니면서 들이대요!"

이야기를 들은 가드 두 명이 곧장 여자를 따라갔다. 잠시 후, 가드들은 비틀거리며 이 여자 저 여자에게 추근대는 남자를 발견할 수 있었다.

"손님, 이만 나가주시죠."

"야이 씨. 니들 뭐야? 니들이 뭔데 나한테 나가라 마라야?!"

가드들은 남자에게 나가줄 것을 요구했지만, 남자는 겁대가리를 상실한 듯 가드들에게 시비를 걸었다. 아무래도 술에 잔뜩 취한 탓에 상황판단이 제대로 안 되는 듯했다.

"가시죠."

가드 하나가 순식간에 남자의 손목을 잡아 비틀더니 멱살을 그러쥐었다. 클럽 가드 중에는 아르바이트 중인 체대생들이 많다. 남자의 멱살을 잡은 가드 역시 마찬가지였다. 체대생인 그는 술에 취한 남자를 가볍게 제압해 클럽 밖으로 끌고 가기 시작했다.

"야! 너 이 새끼, 이거 놔. 이거 안 놔?"

가드의 손에 끌려가던 남자는 그제야 큰일 나겠다는 생각이 들었는지 급히 바지춤에서 휴대폰을 꺼내 어딘가로 전화를 걸었다. 남자가 전화를 건 곳은 다름 아닌 112였다.

약 10분 정도가 지난 뒤, 신고를 받은 청담지구대 경찰관 2명이 노블리스 클럽에 도착했다.

"신고받고 왔습니다."

경찰들은 신고자인 남자를 찾아 이야기를 들어보려 했다. 하지만 남자는 그 사이 더 취기가 오른 탓에 횡설수설 제대로 된 설명을 하지 못했다. 그때 어디선가 한 남자가 나타나 경찰들에게로 다가왔다.

"노블러스 클럽 경호를 맡고 있는 석진수 팀장이라고 합니다."

석 팀장은 남자가 여자 손님들을 성추행했다며, 클럽에서 가드들이 힘을 쓸 수밖에 없었던 이유를 설명했다. 그러자 술에 취한 남자가 빽 소리를 지르며 끼어들었다.

"씨발! 추행은 무으쓴 추행! 경찰 선생님들, 저거 다아아 거짓말입니다. 저야말로 저놈들한테 처맞았써요. 저기! 저놈이 제 손목 꺾고 멱살까지 잡았다고요오!"

남자가 고래고래 소리 지르며 억울함을 호소하자, 클럽 안에 있던 사람들까지 하나둘 모이며 소동이 일어났다. 결국 청담지구대 경찰관들은 자신들만으로는 역부족이라는 생각에 강남경찰서 형사과에 지원을 요청했다.

잠시 후, 강남경찰서 강력 3팀 형사들이 탄 형기차(형사들이 업무용으로 사용하는 도색된 스타렉스)가 노블러스 클럽에 나타났다.

"강남경찰서 형사과 강력 3팀, 박동금 형사입니다."

동금이 차에서 모습을 드러내자 클럽 앞에 모여 있던 사람들의 시선이 일제히 그에게 쏠렸다. 180cm가 넘는 키에 웬만한 연예인 뺨치게 생긴, 형사라고 믿기 어려운 동금의 외모가 모두를 집중시켰다.

"책임자가 누구시죠?"

"아, 접니다."

잠시 넋을 놓고 있던 석 팀장이 초등학생처럼 번쩍 손을 들며 말했다.

"상황 설명 부탁드립니다."

동금의 요청에 석 팀장은 다시 한번 조금 전 상황을 설명하기 시작했다. 그리고 동금이 이야기를 듣는 사이, 동금과 동행한 강남경찰서 부기원 팀장은 신고자인 남성으로부터 별도로 신고상황을 청취했다. 부기원 팀장은 광수대 팀장 출신으로, 일찍부터 광수대 에이스로 불린 뛰어난 형사였다. 평소 차분하여 말수가 별로 없지만, 입을 열면 구수한 전라도 사투리가 튀어나온다는 것이 특징이었다.

"형사님, 저 진짜로 아이닙니다. 제가 작업 걸고 시퍼서 여자들한테 말 걸고 다닌 건 맞는데요오. 추행은 말도 안 되에는… 그… 므어지? 아, 누우명! 누명이입니다! 추행으은~ 여기 VIP룸에 있는 놈들이 하고 있다고요오. 지금도 그 스애애끼들 그러고 있을 걸요? 그리고오 여기, 무슨 엑스토씨이인가 므언가 하는 마약도 마악 하고 그런다고요오~!"

남자가 혀 꼬부라진 목소리로 자신의 결백을 주장하자 석 팀장과 가드들은 한심하다는 듯 그를 쳐다보았다. 그러나 경찰인 기원은 달랐다. 그는 가만히 남자의 말을 들어주더니, 동금과 부하 형사들을 향해 고개를 돌렸다.

"일단 신고가 들어왔으니 확인은 한번 해봐야지 않겠어?"

강남경찰서로 오기 전까지 광수대에서 근무하던 기원은, 마침 얼마 전부터 강남 클럽에 대해 알아보고자 생각하던 참이었다. 밤 문화가 나이트에서 클럽으로 완전히 바뀐 뒤로, 경찰서에 클럽에서 벌어지는 사건들이 심심찮게 들어오고 있었기 때문이다.

"네, 팀장님. 그러시죠. 저도 오랜만에 좀 둘러봐야겠습니다."

기원의 말에 동금도 동의하며 나섰다. 동금은 한때 '청담동 도라이'

라 불리며 클럽 죽돌이로 살았던 적이 있다. 때문에 클럽의 룸이나 화장실에서 마약이 쉽게 거래된다는 사실 또한 누구보다 잘 알고 있었다. 무엇보다 이 노블러스 클럽은, 동금이 뉴욕총영사관으로 파견나간 뒤에 생긴 곳인지라 아무런 정보가 없는 클럽이었다. 즉 동금의 입장에서도 한 번쯤 탐문해 볼 필요가 있는 곳이었다.

"김 형사님, 가시죠."

동금이 동갑내기 선배인 김정선 형사를 향해 말했다. 동금만큼이나 훌륭한 외모를 자랑하는 정선은 사이버특채 출신으로, 광수대에서 활약하다 강남경찰서 형사과로 오게 된 뛰어난 여경이었다.

동금과 정선은 클럽 안으로 들어가 곳곳을 살피기 시작했다. 젊은 남녀들로 가득한 클럽을 둘러본 뒤, 동금은 정선에게 출입문 쪽을 가리켰다. 동금이 가리키고 있는 것은 출입문 왼쪽에 있는 문이었다.

"뭐야, 여기 이런 문이 있었어? 깜빡하면 못 보고 나갈 뻔했잖아?"

정선이 새삼 동금의 눈썰미에 감탄하며 문을 열었다. 문을 여니 양 옆이 LED 조명으로 가득한 복도가 나타났다. 세인이 걸었던 바로 그 복도였다.

"어휴, 정신 사나워."

"그러게 말입니다."

잠시 후, 동금과 정선은 복도 끝에 있는 문 앞에 도착했다. 그때, 문 안에서 누군가 허겁지겁 나오더니 동금과 정선의 앞을 막아섰다. 오 과장이었다.

"강남경찰서에서 나왔습니다. 안에 확인 좀 하겠습니다."

동금이 신분증을 보여주며 말하자 오 과장이 등잔처럼 커다래진 눈으로 동금과 신분증을 번갈아 보았다. 손님이면 모를까, 요리 보고

조리 봐도 도무지 경찰로는 보이지 않는 두 사람의 신분이 믿기지 않는 모양이었다.

"어… 아니, 내가 보고 받기로는 클럽 안에서 남자 손님이 신고하신 걸로 알고 있는데요. 그럼 그 부분만 조사하시면 되지 왜 여기까지 들어오신 거죠? 여기는 클럽 안에 있는 사적 공간이라 112로 신고받으신 내용과는 아무 상관이 없는 곳입니다."

"신고자가 이 클럽 안에서 성추행과 마약범죄가 이뤄지고 있다는 제보를 했습니다. 저희는 경찰이니 당연히 해당 제보에 대해 확인해야 할 의무가 있고요. 지금 막고 계시는 이곳도 클럽의 시설물이니 확인 대상에서 제외될 수 없습니다. 협조 부탁드립니다."

"여기는 경영자들이 업무를 보는 공간입니다! 그러니 아무리 경찰이라도 함부로 들어가실 수 없다고요!"

오 과장은 무슨 일이 있어도 들여보낼 수 없다는 듯 문 앞에서 물러서지 않았다. 그리고 그런 오 과장의 고집이 동금의 호기심을 더 자극했다.

'뭔가 있는 게 분명하군.'

동금은 무전기를 꺼내 부 팀장에게 상황을 보고하고 지원을 요청했다. 잠시 후, 180cm가 넘는 키에 떡 벌어진 어깨를 가진 권수찬 반장이 나타났다. 광수대 조폭팀 출신인 그는 무도 단증만 14단을 자랑하는, 사건 현장의 적토마 같은 형사였다.

"뭡니까? 경찰이 신고받고 정식으로 업무 처리 중인데 이렇게 비협조적으로 나오시겠다는 겁니까?"

수찬의 말에 오 과장의 어깨가 잔뜩 움츠러들었다. 하지만 그럼에도 불구하고 그는 문 앞에서 비켜설 수 없었다. 지금 룸 안에서 어떤 일이 벌어지고 있을지 누구보다 잘 알고 있었기에…. 그때, 복도 저편에서 석 팀장이 나타났다.

"권 반장님!"

석 팀장이 나타나자 수찬이 그를 알아보고 손을 흔들었다.

"석 팀장, 오랜만이야."

"반장님, 정말 왜 이러세요? 저희가 지금까지 나오실 때마다 수사 협조 잘 해드렸는데. 이러시면 어쩝니까?"

수찬은 다른 팀원들과 달리 1년 먼저 강남경찰서에 전입했고 몇 번 노블러스 클럽에 출동하며 석 팀장과 안면을 튼 사이였다.

"여기는 클럽 경영자들이 업무 보며 휴식을 취하는 사적 공간입니다. 신고 내용과는 아무 관련도 없는 곳이라고요."

석 팀장의 등장에 수찬이 헛기침을 했다. 몇 번 출동하며 그의 도움을 받은 적이 있었던 터라 사정을 봐주지 않기가 애매했던 것이다.

"박 형사, 내가 여기 몇 번 와봤는데 딱히 별문제가 있는 곳은 아니야. 아까 신고 들어온 건만 잘 처리하면 되지 않을까?"

"선배님, 죄송합니다만 그럴 수 없다는 거 잘 아시잖습니까? 제보 내용이 성범죄와 마약인 만큼 확인은 해봐야죠. 사실이라면 큰일 아닙니까?"

그렇게 잠시, 이쯤하고 가자는 수찬과 이대로 갈 수 없다는 동금 사이에서 실랑이가 벌어졌다. 그리고 그사이, 오 과장은 슬그머니 휴대폰을 꺼내 문자로 룸 안 사람들에게 상황을 보고했다.

"권 반장님!"

굳게 닫혀 있던 문이 열리며 마이클이 모습을 드러냈다. 마이클은 마치 반가운 지인을 만난 것처럼 수찬에게 인사하며, 자신이 빠져나온 방문을 다시 굳게 닫았다.

"아, 홍 대표님. 오랜만입니다."

수찬 역시 마이클을 알아보고 인사를 건넸다. 그러나 수찬과 달리 동금의 눈은 잠시 열렸던 문을 뚫어져라 노려보고 있었다.

"무슨 일 있으신가요? 석 팀장, 여기서 뭐 하는 거야? 원하시는 대로 협조해드리지 않고!"

"클럽 대표님이신가요? 강남경찰서 형사과 강력 3팀, 박동금이라고 합니다. 신고 내용을 정확히 확인해야 하는 터라 협조를 요청 중이었습니다."

어쩔 줄 몰라 하는 수찬을 대신해 동금이 신분증을 내밀며 말했다. 마이클은 그런 동금을 보더니 품에서 명함 하나를 꺼내들었다.

"안녕하십니까, 형사님. 저는 노블러스 클럽 공동대표인 마이클 홍이라고 합니다. 그런데 제가 알기로는 신고 내용이 폭행이라고 들었는데요. 아닌가요?"

"처음 신고는 폭행이었지만 신고자로부터 성추행과 마약에 대한 제보가 들어왔습니다."

"형사님, 이렇게 고집을 부리시면 앞으로는 클럽에서 벌어지는 사건들에 대해 저희도 협조가 어려워질 수 있습니다. 그래도 괜찮으신 겁니까?"

마이클은 자신이 이 젊은 형사를 충분히 설득할 수 있을 것이라 생각했다. 지난 2년간 클럽을 운영하며, 경찰이 클럽에서 벌어지는 사건을 해결하려면 클럽의 협조가 큰 도움이 된다는 사실을 익히 경험했기 때문이다. 아니나 다를까, 마이클의 말을 들은 수찬의 얼굴에 당혹스러움이 떠올랐다. 클럽에서는 성추행 사건이나 도난 신고가 빈번히 일어났고, 그럴 때면 경찰은 클럽으로부터 CCTV 확보 등 적잖은 도움을 필요로 했다. 그러나 문제는 지금 이 현장의 주인공이 박동금 형사라는 것이었다.

동금은 몇 년 전, 언론에 대서특필되었던 '쌍둥이수표' 사건을 해결하는 데 있어 핵심적인 역할을 한 형사였다. 세기의 경제사건이라 불리었던 수표위조사건이자 살인사건의 담당이었던 그에게, 이 정도의 협박이 통할 리 없었다.

"협조하지 않으시겠다면 강제력을 행사하겠습니다. 지금부터 저를 방해한다면, 공무집행방해죄로 그게 누구든 현행범 체포하겠습니다."

동금은 자신의 말이 빈말이 아님을 증명하려는 듯, 다시 무전기를 들고 부 팀장에게 지원을 요청했다. 수찬 역시 더는 동금을 말릴 수 없다 판단한 듯, 중립이던 입장을 철회하고 동금을 지지하며 나섰다.

"홍 대표님, 그리고 오 과장. 여기 형사님 얘기 들었지? 더 버틸 생각 말고 비켜."

동금이 그런 수찬을 보며 피식 웃더니 방으로 들어가고자 발걸음을 뗐다. 그러나 그런 동금의 앞을 석 팀장이 막아섰다.

"석 팀장, 너 이 새끼…!"

석 팀장이 동금의 앞을 막아서자, 수찬은 그런 석 팀장을 몸으로 밀쳐버렸다.

"으억-!"

수찬의 커다란 덩치에 밀린 석 팀장이 힘없이 복도 바닥을 굴렀다. 그 모습을 본 마이클과 오 과장의 얼굴이 새하얗게 질렸다.

"협조 감사합니다. 들어가겠습니다."

동금은 얼어붙은 듯 서있는 마이클과 오 과장을 한 번씩 지그시 쳐다봐주고는 툭툭- 두 사람의 어깨를 치는 것으로 길을 뚫었다. 마침내 철옹성 같던 룸의 문이 열렸다.

"……!"

문을 열자 룸 안의 광경이 동금의 눈에 들어왔다. 룸 안에는 총 4명의 남녀가 있었다. 하나는 멋지게 콧수염을 기른 일본인 코지마였고, 다른 하나는 노블러스 클럽의 주인 호진이었다. 또 다른 한 명은 가슴이 푹 파인 원피스를 입고 있는 젊은 여자였고, 마지막 한 사람은 테이블에 엎어져 있어 얼굴은 보이지 않았지만 아름다운 드레스를 입은 여자였다.

"김 형사님. 좀 도와주세요."

동금은 여성의 상태를 확인하기 위해 정선에게 도움을 요청했다. 경찰 일을 하다보면, 피해 여성들이 도와준 남자 경찰을 성추행으로 고소하는 말도 안 되는 일이 벌어지곤 했다. 때문에 동금 역시 그런 일을 미연에 방지하고자 여경인 정선에게 도움을 부탁한 것이다.

정선이 여자에게 다가가자, 호진과 코지마가 눈에 띄게 당황하는 기색을 보였다. 그리고 동금은 그런 두 사람의 표정을 놓치지 않았다.

"어머, 이 사람…. 배우 이세인 아니야? 어? 그러고 보니…."

세인을 알아본 정선이 호진을 보며 살짝 놀라는 표정을 지었다. 동금 역시 정선의 말을 듣고 다시 호진을 쳐다보았다.

'아, 이제 보니 이 사람… 배우 호진이었군.'

조금 전, 처음으로 호진의 얼굴을 보았을 때는 그저 어디선가 본 듯하다는 생각만 했던 동금이었다. 하지만 정선이 배우인 두 사람을 알아보자 동금 역시 몇 년 전 그가 출연했던 드라마를 떠올릴 수 있었다. 그때, 문 밖에 있던 마이클이 룸 안으로 뛰어 들어왔다.

"박 형사님, 이쪽은 우리 노블러스 클럽의 경영자인 호진입니다. 뭐, 말 안 해도 아시죠? 배우 호진 맞습니다. 그리고 이쪽 분은 일본에서 오신 우리 투자자이십니다. 저희가 왜 협조할 수 없었는지 설명이 좀 되었을까요? 중요한 투자 미팅 중이라 그랬던 거란 말입니다."

마이클은 뒤늦게 상황을 설명하며, 마치 '이래도 더 날뛸 셈이냐?'라고 말하듯 어깨를 들썩거렸다. 그러나 동금은 마이클의 바람과 달리 전혀 다른 생각을 떠올리고 있었다.

'호진이 이 클럽 경영자라고? 아무리 전 연예인이었어도 그렇지… 이 정도로 돈이 많을 리는 없을 텐데…?'

마이클이 이야기하지 않았다면 동금은 코지마라는 일본인이 이 클럽의 주인일 것이라 생각했을 것이다. 그러나 마이클이 직접 클럽 경영자가 호진이라는 사실을 알려준 탓에 동금의 의아함은 더 커져가고 있었다.

"김 형사님, 여성분 상태는 어떤가요?"

"아무리 흔들어도 정신을 못 차리는데? 쉽게 깨어나긴 힘들어 보여."

정선이 엎어져 있던 세인을 바로 앉히자 그녀의 입에서 침이 줄줄 흘러내렸다. 그 순간, 동금의 눈동자가 흔들렸다.

동금은 세인의 상태가 단순히 술에 취한 것이 아님을 한눈에 알 수 있었다. 골프선수로 활동하던 시절부터 청담동 도라이로 불리던 시절까지, 그는 대마초뿐만 아니라 엑스터시에도 손이 닿을 뻔했을 정도로 막 나가는 시기를 보냈던 적이 있었다. 마약이나 최음제에 손을 댄 적은 없었지만, 마약을 한 인간들이나 최음제에 취한 여자들의 모습은 심심치 않게 보았다.

"이 여성, 집이 어딥니까?"

동금의 질문에 마이클이 나섰다.

"형사님, 조금 전 다른 형사님이 알아보셨다시피 이분은 호진 씨의 연예계 동료인 이세인 씨입니다. 집은 당산동이고요. 저희가 모셔온 분이니 귀가도 저희가 맡겠습니다."

"박 형사, 이쯤 하고 우리는 복귀하는 게 어때?"

마이클의 말을 들은 수찬 역시 동금에게 다가오며 경찰서로 돌아갈 것을 제안했다. 그러나 동금은 고개를 가로저었다.

"당사자의 의사가 확인되지 않는 한 그럴 수 없죠. 제가 김 형사님과 함께 집까지 데려다주겠습니다."

동금의 말에 룸 안의 모두가 순간 당황한 표정이 되었다. 그러나 동금은 쐐기를 박으려는 듯 재차 입을 열었다.

"자정이 넘은 시간이니 올림픽 도로 타면 금방이겠네요."

"아니, 잠깐만요, 형사님!"

호진이 크게 당황한 얼굴로 동금을 불렀다.

"이세인 씨는 제 지인이고 동료니까 제가 돌보겠습니다. 그게 상황상 맞지 않겠습니까?"

마이클 역시 이때다 싶은 얼굴로 호진을 거들고 나섰다.

"맞습니다, 형사님. 호진 씨가 공인이기도 하고… 친한 사이이기도 하니 저희가 보호를 맡는 게…."

그러나 동금은 더욱 단호한 말투로 두 사람의 말을 가로막았다.

"안 됩니다. 이세인 씨가 확실하게 자기 의사를 밝히지 않는 한, 현 상황에서는 경찰이 가족에게 인계하는 게 맞습니다."

결국 동금의 기세에 모두가 손을 들고 말았다.

"김 형사님. 제가 업을게요."

완전히 인사불성이 된 세인을 정선이 부축할 수 없었기에, 동금은 자신이 그녀를 업겠다며 도와줄 것을 요청했다. 잠시 후, 동금은 정선의 도움으로 세인을 업고 룸을 빠져나갔다. 그리고 그런 동금의 뒷모습을, 호진과 코지마가 황당한 표정으로 바라보고 있었다.

* * *

"이세인 씨, 정신이 좀 드세요?"

당산동에 위치한 세인의 아파트에 도착한 뒤, 동금은 아주 조금 정신을 차린 세인에게 자신의 명함을 건네며 말을 걸었다. 그러나 세인은 여전히 정신이 혼미한 듯, 동금의 말을 전혀 알아듣지 못하는 듯했다. 별 수 없이 동금은 다시 정선의 도움을 받아 세인을 등에 업고 집 앞까지 그녀를 바래다주었다.

"어휴, 박 형사. 이세인 씨가 침을 너무 많이 흘려서 등이 다 흥건하다야. 연예인들은 정말 저렇게 노나 봐, 그치? 말로만 들었지, 이렇게 직접 본 건 또 처음이네."

경찰서로 돌아가는 차 안에서 정선이 농담조로 이야기하자 동금이 피식 웃음을 지었다. 사실 지금 이 순간 동금의 머릿속은 두 여자로 가득했다. 한 여자는 조금 전까지 등에 업고 있었던 이세인이었고, 다른 한 여자는 부인 황지혜였다.

'어떻게… 저럴 수가 있지…?'

동금은 클럽에서 세인의 얼굴을 제대로 보았을 때를 떠올렸다. 클럽에서 그녀의 얼굴을 본 순간, 눈동자가 흔들린 이유는 단순히 그녀의 상태 때문만이 아니었다. 그가 놀란 이유는 따로 있었다.
 '말로만 듣던 이세인의 실물이… 죽은 지혜랑 이렇게까지 쌍둥이처럼 닮았을 줄이야…'

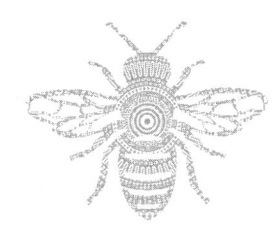

04
얼바인 성형외과

강남경찰서 형사과 강력3팀 사무실

"이 자식, 상당히 잘한단 말이야."

"와… 장난 아니네요!"

수찬과 수석, 두 사람은 수찬의 스마트폰으로 예능 '투신쟁탈기'를 보고 있었다. 해당 예능은 과거 격투기선수나 무도선수였던 인플루언서들이 우승자리를 두고 펼치는 방송으로, 이종격투기까지는 아니지만 나름대로 상당한 실전격투를 보여주어 최근 인기를 끌고 있었다. 수찬의 경우, 전직 광수대 조폭팀 에이스였던 만큼 못하는 무술이 없는(태권도 5단, 합기도 5단, 유도 2단 검도 2단까지 도합14단에 달하는) 인물이었기에 해당 예능에 상당한 관심을 갖고 있었다.

"이 찰리라는 사람 진짜 대박이네요. 아이돌 연습생 출신 맞아요? 이 정도면 반장님보다 잘 치는 거 아니에요?"

"뭐 인마? 너, 내가 싸우는 거 아직 제대로 못 봤지?"

수찬이 수석을 째려보며 말하던 그때, 사무실 문이 열리며 기원이 모습을 드러냈다.

"아주 일복이 터졌어야!"

기원은 사무실 안으로 들어오며 웃음 가득한 얼굴로 팀원들을 향해 말했다. 하지만 동금을 비롯한 형사들은 그런 기원을 보며 속으로 뜨악했다. 워커홀릭인 기원은, 사건을 받아올 때 가장 신난 표정을 짓는다는 것을 잘 알고 있었기 때문이다.

"다들 오늘 기사 봤어야?"

"팀장님, 혹시… 이거 말씀하시는 겁니까?"

수찬이 스마트폰을 내밀며 묻자 기원이 바로 그거라는 표정으로 고개를 끄덕였다. 기원의 반응을 본 다른 팀원들이 얼른 수찬의 스마트폰 쪽으로 모여들었다.

[톱 아이돌 가수 Y양, 프로포폴 상습투약!]

'리오 스포츠'의 기사였다. 기사는 Y양이라 표기했지만, Y양의 정체가 인기 최고를 달리는 '유라'라는 사실을 모르는 사람은 없었다.

"그 사건, 우리 강력 3팀이 담당하게 됐어야!"

"네? 아니, 유라 정도나 되는 톱스타 사건이면 광수대 마약팀이 맡아야 하는 거 아닌가요?"

강력 3팀 막내인 신수석이 이해가 되지 않는다는 목소리로 물었다. 수석은 28살의 경위로, 경찰대 출신의 엘리트였다.

"유라가 톱스타이긴 하지만 프로포폴은 워낙 흔히 있는 사건이잖어? 그러니께 굳이 광수대까지 보낼 필요 없이 우리가 맡으라는 명령이어야."

기원의 설명을 들은 팀원들은 (막내인 수석을 제외하고) 더 이상의 설명은 굳이 필요 없다는 듯 고개를 끄덕였다. 그도 그럴 것이, 강남경찰서 강력 3팀은 과거 광수대에서 한 팀을 이루었던 형사들이 다시 모인 팀이었다. 당시 팀장이었던 윤명규 팀장은 명예퇴직하고 없었지만, 뉴욕총영사관 경찰 주재관을 마치고 귀국한 동금이 합류하면서 완전체와 같은 팀워크를 자랑하고 있었다.

"자, 사건 내용은 대충 인터넷으로 다 봤지야? 그럼 이 사건은…. 그래, 박 형사를 담당 형사로 하자고. 어때, 박 형사?"

기원의 제안에 다들 만장일치로 동의를 표했다. 그렇게 사건 배당을 마친 뒤, 기원은 따로 동금을 불러내었다.

"박 형사야. 너한테만 먼저 하는 얘기다만… 서울청이랑 국가수사본부에서는 지금 이 사건을 중요사건으로 배정했어야."

"아무래도 최고 인기 연예인이 사건 주인공이니 그럴 만하죠."

"내 말이 그 말이다. 특히 기자들 관심이 아주 커야! 그러니 국가수사본부에서는 이 사건이 광수대에 배정되면, 안 그래도 작지 않은 사건이 더 커질까봐 걱정을 한 거여. 그래서 강남경찰서를 믿고 우리한테 사건이 넘어온 거지. 내 말 무슨 말인지 알지야?"

"그러니까… 사실은 서울청으로 갈 사건이 우리한테 넘어온 거군요? 생각지도 못한 호박이 굴러들어왔다는 거네요?"

"그렇지!"

기원은 착착 알아듣는 광수대 시절 파트너를 예뻐 죽겠다는 표정으로 쳐다았다. 광수대 시절, 막내형사였던 동금은 기원과 조를 이루어 움직였다. 짧지 않은 시간 동안 서로 많은 것을 가르쳐주고 배운 덕에 두 사람은 다른 팀원들보다도 더 끈끈한, 무언가가 서로 통하는 사이였다.

"막내 데리고 당장 움직이도록 하겠습니다."

동금이 기원을 향해 장난스럽게 경례를 올리자 기원 역시 피식 웃으며 경례를 해주었다.

* * *

동금과 수석은 압구정동에 있는 '얼바인 성형외과' 주차장에 차를 대고 내렸다. 수석이 끔찍하다는 표정으로 이건 아니라는 듯 고개를 가로저으며 말했다.

"박 형사님, 여기가 시작인 거죠?"

동금 역시 수석이 끔찍해하는 것이 이해되지 않는 것은 아니었다. 그러나 조장이자 선배로서 그럴 수는 없었다.

"발품 파는 것도 우리 일이야. 그냥 받아들여, 인마."

유라의 마약 기사에서는 그녀가 강남의 모 성형외과에서 프로포폴을 맞았다고 이야기하고 있었다. 사건을 담당하게 된 강력 3팀은 당연히 기사의 사실여부 확인 및 증거를 확보하기 위해 병원을 찾아야 했고, 지금 두 사람이 찾아온 얼바인 성형외과가 그 첫걸음이었던 것이다. 물론 쉬운 방법이 없는 건 아니었다. 기사를 쓴 장본인인 기자를 통해, 기사의 출처가 된 병원을 알아내는 방법도 있었다. 하지만 기사의 작성자와 통화를 나눈 뒤, 동금은 이 방법을 사용하지 않기로 했다.

"내가 가진 정보는 전부 드리겠습니다. 대신, 앞으로 수사되는 내용들을 단독으로 보도할 수 있게 해주세요."

기사를 작성한 리오 스포츠의 안경준 기자는 동금에게 거래를 제안했고, 동금은 당연히 이를 거절했다. 그러니 동금과 수석에게 남은 선택지는 강남 일대의 성형외과를 일일이 찾아다니는 것뿐이었다. 그나마 다행인 것은 유라가 방문했다는 사실이 확인된 병원들을 조금이나마 (인터넷으로) 알아낼 수 있었다는 것이다. 덕분에 동금과 수석은 몇 개의 병원들을 우선순위에 두고 움직일 수 있었고, 그 첫 번째 방문지가 바로 얼바인 성형외과였다.

"강남경찰서에서 나왔습니다."

동금과 수석은 신분증을 제시하며 원장과의 면담을 요청했다. 잠시 후, 두 사람은 샤프한 인상을 가진 40대 남자를 만날 수 있었다. 얼바인 성형외과의 원장, 신재만 원장이었다.

"기사 내용은 새빨간 거짓말입니다. 유라 씨가 우리 병원에 피부과 치료차 방문한 것은 사실이에요. 하지만 프로포폴을 수면 목적으로 사용한 적은 절대 없습니다."

신 원장은 유라의 기사 내용을 전면 부인하며 자료제출 요구에 응할 수 없다고 했다. 그러고는 예약된 진료가 있다며, 필요한 것이 있으면 실장을 통해 문의하라는 말을 끝으로 면담실을 떠났다.

"박 형사님, 이상하게 기분이 더럽습니다. 저만 그런 건가요?"

신 원장이 사라진 문을 노려보며 수석이 중얼거렸다. 수석의 말은 틀리지 않았다. 신 원장은 마치 믿는 구석이 있는 듯, 은연중에 형사인 두 사람을 무시하는 태도를 보였던 것이다.

"아니, 제대로 느낀 거 맞아. 명함도 안 주고 우리 명함도 그냥 두고 가고…. 하는 행동을 보니 뭔가 있긴 한 것 같은데?"

"박 형사님, 두고 보세요. 오늘 받은 이 더러운 기분, 저 새끼한테 꼭 갚아줄 겁니다. 하필이면 왜 '신' 씨야? 안 그래도 기분 더러운데 더 짜증나네!"

문을 보며 으르렁거리는 수석의 모습에 동금은 귀엽다는 듯 빙그레 미소를 지었다.

"그건 뭐, 신 청장 네가 알아서 하고…. 일단 CCTV 위치 좀 확인해 보자."

동금에게 신 청장이라 불린 수석이 고개를 끄덕이며 자리에서 일어났다. 사실 수석은 조금 특이한 형사였다. 경찰대 출신들은 거의 지원하지 않는 형사과에, 직접 형사를 하고 싶다며 지원해온 돌연변이 같은 녀석이었던 것이다. 때문에 강남경찰서 형사과 형사들은 '언젠가 꼭 경찰청장까지 되라'는 의미로 수석을 '신 청장'이라 부르고 있었다. 그야말로 동료들의 기대와 응원이 가득 담긴 별명이었다.

"그런데 말이죠. 우리가 이렇게 대놓고 경찰이라는 사실을 노출시키면 증거를 다 숨기지 않을까요?"

동금은 막내인 수석에게 하나하나 알려주듯 설명을 시작했다.

"정말 구린 게 있었다면 이미 언론 보도가 나가기 전부터 경찰이 찾아올 걸 알고 있었을 거야. 그러니 지금 우리한테 중요한 건 명분이야."

"무슨 명분이요?"

"압수수색 영장을 신청할 명분."

"네?"

수석은 도통 무슨 얘긴지 모르겠다는 듯 고개를 갸웃거렸다.

"자료제출 요청을 했는데 병원이 거부한다? 그럼 우리는 그걸 명분 삼아 영장을 신청하고 압수수색하면 되니까."

"아…!"

동금의 말을 들은 수석이 감탄사를 내뱉었다.

"기본적으로 수사는 은밀히 진행하는 게 원칙이지. 하지만 가끔은 수사대상에게 '넌 지금 수사 받고 있다' 하고 알려줘야 할 때도 있는 거야. 기억해둬라."

병원 면담실을 나온 두 사람은 신 원장이 얘기한 실장을 찾아가 CCTV 영상과 자료제출을 요구했다. 하지만 예상했던 것처럼 실장은 이를 거부했다. 그런 실장을 향해 동금은 일단 알겠다 답하고, 수석과 함께 얼바인 성형외과를 떠났다.

"신 청장아, 내 감이긴 하지만… 우리 발품 더 안 팔아도 될 것 같다."

* * *

경찰서로 복귀한 동금은 기원에게 얼바인 성형외과에서의 일을 보고했다. 그리고 검찰에 '얼바인 성형외과의 신재만 원장이 자료제출을 거부했고, 유라에 대한 진료기록과 프로포폴 수량 장부 등을 없앨 가능성이 있어 강제수사가 필요하다.'라는 내용으로 압수수색 영장을 신청했다.

일명 '우유 주사'라고 널리 알려진 프로포폴은 전신 마취제인 의약품으로, 병원이 아니면 사용될 수 없을 뿐만 아니라 엄격하게 관리되는 약품이다. 문제는 잠을 이루지 못하는 이들(연예인들, 재벌들, 유흥업소 종사자들 등)이 프로포폴을 마약용으로 사용한다는 것이다. 프로포폴은 치료 목적 외의 용도로 사용되면 마약으로 취급되어 처벌의 대상이 된다. 때문에 해당 범죄들의 경우, 이러한 불법행위를 눈감아줄 의사가 필요했다.

이틀 뒤, 동금은 영장을 담당한 검사인 민철준 검사에게 전화를 걸었다. 얼바인 성형외과에 대한 압수수색 영장이 기각됐기 때문이다. 검사는 '유라가 얼바인 성형외과에 방문한 기간이 올해 3월과 4월 두 번밖에 없었으며, 경찰이 작년부터 올해까지 2년간 유라의 진료기록부를 신청하는 것은 기간을 너무 길게 잡았다는 변호인의 의견을 받아들인다.'라며 영장을 거부했다.

"민 검사님, 유라 씨가 성형외과에서 프로포폴을 마약 목적으로 맞았다면 병원에 진료기록을 남기지 않는다는 게 상식 아닙니까? 유라 씨가 진료기록을 남긴 기간을 기준으로 영장 범위를 정하라는 건 사실상 면죄부를 주자는 말씀으로 보이는데요?"

황당함으로 가득한 동금의 목소리에 민 검사는 기분이 몹시 상한 듯 날카롭게 응대했다.

"그럼 언론 보도만 가지고 영장을 광범위하게 내달라는 말입니까? 나도 기사를 봤지만 익명의 제보자 진술밖에 없던데요. 박 형사, 수사 몇 년이나 했습니까?"

동금은 군대에 다녀오고 대학을 졸업한 뒤, 26살에 경찰에 들어왔다. 즉 이제 8년 차에 접어든 경찰이었다. 수사경력은 경찰서에서의 2년과 서울청 광역수사대에서의 1년 6개월이 전부였지만, (순경 출신으로는 최초로) 뉴욕총영사관에서 경찰주재관으로 3년 동안 근무했다는 남다른 경력을 갖추고 있었다. 그러나 동금은 굳이 대답할 필요가 없다는 생각에 '다시 영장을 신청하겠다'는 말을 끝으로 민 검사와의 통화를 마쳤다. 민 검사의 냉소적인 태도로 보아, 대답한다 하여 다시 영장을 내줄 것 같지도 않았기 때문이다.

동금은 기간을 3개월로(3~5월까지) 다시 정해 얼바인 성형외과에서 보관 중인 유라의 진료기록에 대한 압수수색 영장을 신청했다.

민 검사는 마지못해 영장을 내주었지만, 그마저도 해당 기간 동안의 CCTV 기록과 유라의 휴대폰에 대한 영장은 기각했다.

며칠 후, 강남경찰서에 유라의 변호인들이 방문했다. 변호인들은 대형 로펌인 대한(大漢) 법무법인의 변호사로, 한 사람은 경찰에서 지방청장을 지낸 이두영 변호사였으며, 다른 한 사람은 경찰대를 졸업한 수사과장 출신의 백태훈 변호사였다.

"부 팀장님, 저희 변호사들은 경찰 수사에 적극적으로 협조할 예정입니다. 리오 스포츠의 보도는 완전히 거짓말입니다. 유라 씨는 얼바인 성형외과에 피부 트러블 관리 차 방문했다가 치료를 위해 프로포폴을 처방받았을 뿐입니다. 잘 살펴주십시오."

백 변호사의 말은 들은 수찬이 얼굴을 잔뜩 찌푸리며 입을 열었다.

"수사를 해봐야 거짓말인지 아닌지 알 것 아닙니까? 막말로 변호사님들이 우리 편도 아닌데, 우리에게 유리한 얘기를 할 리도 없잖습니까?"

수찬의 말을 들은 백 변호사의 얼굴이 눈에 띄게 굳어졌다. 아무래도 새카만 후배가 (만약 그가 여전히 경찰이었다면 앞에서 고개도 못 들었을 녀석이) 버릇없이 얘기하자 크게 기분이 상한 듯했다. 잠시 후, 변호인들이 사무실을 떠나자 기원이 수찬을 향해 입을 열었다.

"권 반장."

"네, 팀장님."

"같은 경찰 출신 변호사들한테는 너무 막 대하면 안 돼야. 다른 이유 때문이 아니라, 저 사람들은 아무래도 우리 상사들이랑 관계있는 사람들이 많자네? 괜히 자네에 대해서 여기저기 안 좋게 말하고 다닐 수도 있어야. 너무 짧게 보지 말고 길게 보고 생각하란 말이여. 우리가 아직 수사할 날이 많은데…. 일부러 돌부리부터 심어둘 필요는 없지 않어야?"

"죄송합니다. 제가 생각이 너무 짧았네요…."

그날 이후, 대한 법무법인은 검찰과 경찰에 전방위적으로 변론을 했다. 물론 동금을 비롯한 강력 3팀은 이에 흔들리지 않고 수사를 진행했다. 문제는 유라의 3개월 진료기록만으로는 프로포폴 수사에서 진전을 보는 것이 불가능하다는 사실이었다. 그녀가 3개월 동안 치료받았던 두 번의 진료는, 변호인들의 말처럼 피부과 치료를 위한 정상적인 진료였던 것이다. 결국 동금은 미뤄두었던 수 하나를 쓰기로 마음먹었다.

"팀장님, 제가 기사 작성자인 안 기자와 한번 만나고 오겠습니다."

* * *

"처음 뵙겠습니다. 강남경찰서 박동금입니다."

"반갑습니다, 형사님. 리오 스포츠 안경준입니다."

동금은 안 기자가 손짓하는 의자에 앉으며 그의 표정을 살폈다. 안 기자는 자신의 제안을 거절했던 동금을 보며 '그럼 그렇지, 네가 내 정보를 받지 않고 별수 있겠어?' 하는 듯한 표정을 짓고 있었다.

"형사님, 역시 제 제안을…."

"기자님, 제 얘기 먼저 들으시죠."

동금은 이야기를 꺼내려는 안 기자의 말을 잘라버리며 자신의 페이스로 분위기를 가져왔다. 범죄자를 쉽게 다루기 위한 기선제압에 익숙한, 그야말로 형사다운 선제공격이었다. 안 기자 같은(자신의 이익을 위해서라면 뭐든 할 수 있는) 개인주의자들로부터 원하는 것을 얻어내기 위해서는 먼저 기를 꺾어놓는 것이 중요했다.

"거두절미하고 현 수사 상황부터 간략하게 말씀드리겠습니다."

동금은 안 기자에게 지금까지의 수사 상황을 간략히 이야기해주며 현재 상황에서는 유라의 마약 혐의를 인정할 수 없다는 사실을 밝혔다.

"이보세요, 박 형사님. 그럼 내가 뭐 없는 얘기라도 지어내어 썼단 말씀이십니까? 듣자 하니 유라 변호인들이 대한법무법인 소속 고위직 경찰 출신 변호사들이라던데. 혹시 그쪽 눈치 보느라 제대로 수사 못 하시는 건 아니고요?"

어이가 없다는 듯 따져 묻는 안 기자의 말에 동금이 인상을 찌푸렸다. 무엇보다 안 기자의 '고위 경찰 출신 변호사들 눈치 보느라'라는 말은 묵과할 수 없는 부분이었다.

"기자님, 기자님이 저를 믿든 안 믿든 저는 수사합니다. 저뿐만 아니라, 저희 팀 모두 그렇습니다. 변호인 눈치 보느라 수사를 못 한다고요? 그런 일은 지금까지 없었고, 앞으로도 없을 겁니다."

안 기자는 호랑이 같은 동금의 눈동자를 보자 살짝 오금이 저린 듯, 저도 모르게 움츠러든 모습으로 입을 다물었다. 그리고 그런 안 기자의 모습을 본 동금은 본능적으로 지금이 유효타를 먹여야 할 순간임을 느꼈다.

"안 기자님이야말로 유라 씨 소속사인 AI 엔터테인먼트에서 제기하는 손해배상과 형사고소를 어떻게 감당하실 생각입니까? 만약 이대로 '혐의 없음'으로 수사가 종결된다면, 그 시발점을 제시한 것이나 다름없는 기자님께 모든 화살이 돌아갈 텐데 말입니다."

순간, 동금의 말을 들은 안 기자의 안색이 급격히 어두워졌다. 그렇잖아도 동료 기자들로부터 AI 엔터테인먼트의 금재환 회장이 크게 노했다는 소식을 전해들은 참이었던 것이다. 물론 연예계 바닥에서 금 회장과 척을 지면 여러모로 곤란하다는 사실을 모르고 기사를 낸 건 아니었다. 하지만 이야기의 출처가 상당히 믿을 만한 인물이었고, 대한민국에서 최고 자리를 다투는 '유라'가 그 이야기의 주인공이었기에 유혹을 이기지 못하고 기사를 냈다. 헌데 만에 하나 정말로 유라가 아무 혐의도 인정되지 않고 무죄로 판명된다? 그렇다면 동금의 말대로 AI 엔터테인먼트가 가만있을 리 없었다.

"후…."

짧지도 그렇다고 그리 길지도 않은 시간 동안 머리를 굴리던 안 기자가 크게 한숨을 내쉬었다. 동금은 그런 안 기자를 보며, 인내심을 갖고 스스로 입을 열길 기다렸다.

"취재원이 누구인지를 밝힐 수는 없습니다. 대신 다른 정보를 드리겠습니다."

동금은 아쉬움을 삼키며 고개를 끄덕였다. 취재원을 안다면 한결 수사가 쉬워졌을 테지만, 그렇다고 무력행사로 알아낼 순 없었으니까.

"자살 시도를 했다고 합니다. 그것도 몇 번이나요."

"유라 씨가 말입니까?"

"네, 우울증이 굉장히 심각하다고 합니다. 그래서 그 스트레스를 풀기 위해 청담동에 있는 클럽에 자주 놀러간다고 하더군요."

"그 클럽, 이름이 뭡니까?"

동금이 형사수첩[1]을 꺼내 들며 물었다. 안 기자는 잠시 마른 입술을 믹스 커피로 적시더니 동금의 질문에 답했다.

"노블러스, 클럽 노블러스입니다."

* * *

AI 엔터테인먼트 회장실

"우리 유라, 잠은 좀 잤니? 기분은 좀 어때?"

마흔 중후반으로 보이는 남자가 유라를 향해 물었다. 유라를 보는 그의 눈빛은 마치 딸을 바라보는 아버지처럼 따스했다. 유라는 그런 남자를 향해 멍한 표정으로 고개를 끄덕이며 중얼거렸다.

"…괜찮아요."

남자는 안타까운 눈빛으로 유라를 쳐다보았다. 그는 노블러스 클럽 대표인 호진이 그토록 닮고 싶다 이야기하던, 대한민국 연예계에서 영향력 1순위를 다투는 AI 엔터테인먼트의 금재환 회장이었다.

올해로 50살이 된 재환은 고등학교를 졸업하자마자 로드매니저로 연예계에 발을 들였다. 지금이야 로드매니저가 인기 있는 직종일지 모르지만, 당시에는 최소한의 개인 여가조차 주어지지 않는 극한직업 중 하나였다. 그러나 재환은 그저 버티는 것으로 자신의 일을 끝내지 않았다. 그는 담당 여가수의 방송 출연을 위해 음악 프로 PD들의 구두까지 닦아주는 등 혼신의 힘을 다했고, 그렇게 신입 PD부터 방송국 고위간부에 이르기까지 거미줄 인맥을 구축하는 데에 성공해 30대

---

[1] 형사들이 항상 몸에 휴대하고 다니며 중요한 사건기록과 정보를 담아두는 수첩.

중반이라는 나이에 연예기획사를 세웠다. 이후, 그는 데뷔시키는 가수와 배우들을 빠짐없이 성공시키며 '마이다스 금(金)'이라는 별명을 얻게 되었다.

"회장님, 유라 씨가 아무래도 잠을 잘 못 자서 피곤한 모양입니다. 더 잘 관리하지 못한 제 탓입니다. 죄송합니다."

멍하니 앉아 있는 유라를 대신해 곁에 앉아 있던 황 팀장이 입을 열었다. 재환은 안쓰럽다는 표정으로 유라를 보며 고개를 끄덕였다. 그의 앞에 앉아 있는 유라 역시 재환의 최고 걸작 중 하나였다. 17살에 그룹으로 데뷔한 유라는 그룹 멤버 중에서도 유독 돋보였고, 이를 알아본 재환은 그녀를 솔로로 데뷔시켰다. 그리고 유라는 몇 년째 최고 인기가수로 자리매김함으로써 재환의 눈이 틀리지 않았음을 또다시 증명했다.

"그래…. 황 팀장, 유라가 잠이라도 제대로 잘 수 있게 잘 챙겨주라고. 알겠지?"

"네, 회장님."

황 팀장은 푹 고개를 숙였다. 42살인 그녀는 간호학과 출신으로, 원래는 AI 엔터테인먼트 소속 연예인들의 건강을 담당하던 직원이었다. 그러던 중 재환의 눈에 들어 20대 후반부터 일정 담당 과장으로 보직을 변경했고, 승진에 승진을 거듭하여 지금의 수석팀장 자리까지 올랐다. 이제 그녀는 수석팀장 자리를 넘어 임원직을 노리고 있었다.

"유라야, 혹시 남자친구는 있니? 너무 힘들면 잠시 애인이랑 여행이라도 다녀오도록 해. 일정은 내가 어떻게든 조율해 줄 테니까."

재환의 말에 유라는 멍한 표정으로 고개를 저었다. 남자친구는 없다는 의미였다.

"저… 먼저 일어나도 될까요?"

재환은 그러라며 얼른 유라를 회장실 밖으로 내보냈다. 그렇게 황 팀장과 둘만 남게 되자, 재환은 유라에 대한 걱정거리들에 대해 좀 더 자세히 묻기 시작했다.

"유라 상태가 왜 저렇지? 너무 매가리가 없는 것 같은데."

"아무래도 부모님이 이혼하신 뒤로 그 충격이 계속되는 것 같습니다. 노블러스 클럽에서 자주 시간을 보내게 하는 것으로 안정시켜 보고자 노력 중이고요. 너무 걱정하지 마십시오, 회장님. 금방 안정될 겁니다."

"그래…. 자네만 믿겠네. 사람이 몸이든 마음이든 어느 한쪽이 무너지면 다른 쪽도 무너지기 마련이야. 심(心)적으로든 신(身)적으로든 유라가 무너지지 않게 잘 돌봐주라고."

"네, 회장님."

황 팀장이 자신의 핸드백을 움켜쥐며 답했다.

* * *

10월 9일 오후 3시경

경찰서로 들어가려던 동금은 갑자기 울리는 휴대폰을 꺼내들었다.

"여보세요?"

"오빠! 잘 지냈어?"

전화를 건 사람은 이설희였다. 그녀는 뛰어난 외모를 자랑하는 프로골퍼로, 동금이 경찰이 되기 전에 만난 애인들 중 하나였다. 당시 설희와 마찬가지로 골퍼로 활동하던 동금은 그녀를 스토킹하던 남자를 두들겨 팼고, 이로 인해 선수 생활을 접게 되었다. 이후, 얼마 지나지 않아 동금이 모델 출신 배우와 양다리를 걸치면서 두 사람은 연인 사이를 종결하게 되었다. 좋지 않은 일로 연인관계에서 엔딩을 맞긴 했지만 두 사람은 친구 같은 사이로 종종 연락을 주고받고 있었다.

"나야 뭐, 늘 바쁘지. 무슨 일이야?"

"혹시 오늘 저녁 7시쯤 시간 돼?"

"저녁 7시?"

"응! 사촌 여동생이랑 7시에 저녁 먹기로 했는데 같이 먹자구~!"

"음… 내가 요즘 수사하는 사건이 있어서 좀….''

"아, 오빠! 우리 얼굴 못 본 지 5년이야! 내가 모처럼 서울까지 와서 보자는데 너무 한 거 아니야? 아, 와이프 허락 받아야 돼서 그런 건가? 걱정 마, 내가 허락 받아줄게!"

결국 동금은 항복을 선언하며 그녀의 초대에 응하기로 했다. 설희는 그녀의 말대로 선수로서 투어를 다녀야 했기에 서울에 오는 경우가 드물었다. 무엇보다 단둘이 만나는 것이 아니라 사촌 여동생을 만나는 김에 같이 보고자 한다는 말이 동금의 부담을 조금이나마 덜어주었다.

몇 시간 뒤, 동금은 설희와의 약속 장소에 도착했다. 그녀가 초대한 곳은 도산공원 사거리에 있는 프라이빗한 스시집으로, 동금 역시 알고 있는 고급 음식점이었다.

"오빠!"

룸으로 들어가자 먼저 와 있던 설희가 동금을 반겼다. 살갑게 반기는 그녀의 모습에 동금 역시 자연스럽게 미소가 번졌다. 동금보다 한

살 어린 그녀의 나이는 어느새 32살로, 한때는 뛰어난 실력으로 높은 인기를 자랑했지만 이제는 대회 참가에 의미를 두어야 하는 시기를 맞고 있었다.

"와, 이젠 진짜 남자가 다 됐네? 매일 클럽으로 출근 도장 찍던 청담동 돌아이는 어디 간 거야?"

설희는 예전의 철없는 청년이 사라진 동금의 모습이 매우 놀라운 듯했다.

"넌 여전하네. 아직도 스물일곱 살 같다."

동금의 뻔한 칭찬에 설희는 까르르 웃으며 동금의 어깨를 찰싹 때렸다.

"맘에도 없는 거짓말은! 그건 그렇고 오빠, 결혼 생활은 어때? 아기는 있어?"

"아니, 아직 없어."

동금은 결혼 생활에 대한 이야기를 그저 웃는 것으로 대신했다.

"넌 요즘 어때?"

"나? 나야 이제 나이도 나이고… 실력도 예전 같지 않지 뭐. 슬슬 은퇴 준비해야지!"

설희는 '안 그래도 은퇴 시기가 되어서인지 방송 출연제의가 심심찮게 들어온다'며, 굶어죽을 걱정은 안 해도 될 것 같다고 밝게 웃었다.

"방은 왜 룸으로 잡은 거야?"

"나 때문이 아니라 사촌동생 때문에 잡은 거야."

"응? 그게 무슨…?"

그 순간, 문이 열리며 누군가 안으로 들어왔다. 동금은 자기도 모르게 크게 당황하고 말았다. 설희의 사촌동생은 다름 아닌 '유라'였다.

"진아!"

"언니!"

설희와 유라는 얼굴을 보자마자 서로 얼싸 안더니 눈물까지 흘리며 반가워했다. 유라를 진이라고 부르는 설희의 모습에 동금은 유라의 본명을 떠올렸다. 사건 수사 자료들 속, 주민등록등본에서 보았던 유라의 본명이 바로 '이설진'이었던 것이다.

"오빠, 가수 유라 알지? 본명은 이설진인데, 얘가 내 사촌동생이야. 외동이라서 나랑 어릴 적부터 친자매처럼 지냈거든. 요즘 많이 힘들어하는 것 같아서 내가 귀국하자마자 달려왔지!"

"안녕하세요? 유라라고 합니다. 동금 오빠 맞죠? 우리 언니 첫사랑!"

유라는 밝게 웃으며 동금에게 인사를 건넸다. 다른 사람 앞에서는 볼 수 없는, 친언니 같은 설희와 함께였기에 보이는 미소였다. 그러나 동금은 마냥 이 만남을 반가워할 수 없었다. 지금 그가 담당하고 있는 사건이 다름 아닌 유라의 마약 사건 아니던가? 잠시 고민하던 동금은 빨리 상황을 밝히는 길을 택했다.

"반갑습니다, 강남경찰서 박동금이라고 합니다. 현재… 유라 씨의 프로포폴 사건을 담당하고 있습니다."

당연하게도 동금의 이야기를 들은 유라와 설희는 크게 놀랐다.

"뭐? 진이 사건을 강남경찰서에서 수사한다는 건 뉴스로 알고 있었지만… 담당 형사가 오빠였다고?"

설희와 유라는 서로 마주보며 "대박이다, 대박이야." 하고 맞장구를 쳤다. 그리고 그게 다였다. 자리가 크게 어색해지지 않을까 하는 동금의 우려와 달리, 세 사람은 시간 가는 줄 모르고 이야기를 나누었다.

"형사님, 오빠라고 불러도 되죠? 언니가 오빠랑 헤어지고 나서 얼마나 울었는지 아세요?"

"야, 오빠도 다 알거든? 알면서도 나한테 미안하단 말 한마디 안 한 인간이야. 이 오빠가."

맛있게 스시를 먹는 설희와 달리 유라는 제대로 음식을 먹지 못했다. 동금은 이야기를 나누며 눈앞의 유라를 찬찬히 살폈다. 그녀는 늘씬하다기보다는 안쓰러울 정도로 마른 몸을 갖고 있었고, 진한 화장으로 얼굴을 덮었음에도 불구하고 병색이 완연했다. 설희 앞에서는 어린아이처럼 웃고 있었지만 순간순간 확연히 표정이 어두워지기도 했고, 불안증이 있는 사람처럼 잠시도 손이나 발을 가만두지 못했다. 심한 우울증을 안고 있다는 안 기자의 말이 아무래도 사실인 듯했다.

"어쩌면 형부가 될 뻔했던 분이 내 담당 형사가 된 거네요? 너무 신기하다!"

동금의 마음을 아는지 모르는지 유라는 천진난만하게 웃으며 잘 좀 봐달라고 애교를 부렸다. 살짝 당황한 동금이 머쓱하게 웃기만 할 뿐 대답하지 못하자, 설희가 유라에게 철없게 굴지 말라며 분위기를 누그러뜨렸다.

"헤헷, 저 그럼 잠깐 화장실 좀 다녀올게요."

유라가 잠시 자리를 비운 사이, 동금은 설희로부터 유라의 가족에 대한 이야기를 들을 수 있었다. 설희의 작은 삼촌인 유라의 아빠는 2년 전 유라의 엄마와 이혼했다. 이혼 뒤, 유라의 아빠는 양평에서 지내고 있었고 엄마는 대전에서 지내고 있었다.

"우리 아빠는 친동생이지만 작은 삼촌을 더 못마땅해 하고 계셔. 삼촌이 능력도 없이 사업한다고 나섰다가… 돈을 다 날려서 이혼하게 된 거라고 하더라구. 그래서 지금도 양평에서 진이가 보내주는 돈으로 겨우 입에 풀칠하며 살고 있대."

설희는 '남들은 유라를 부러워하겠지만 사촌 언니인 내가 볼 때는 그저 안쓰럽기만 한 동생'이라며 살짝 눈물을 비쳤다.

"나도 한때 골프선수로 인기를 좀 누려봤잖아? 근데 그거. 정말 신기루 같거든? 나 같은 스포츠 스타들만 봐도 인기 때문에 우울증 오는 사람이 한둘이 아니야. 그런데 진이는 지금 인기 절정인데도 저러니…."

설희는 동금을 진지하게 쳐다보며 유라를 좀 도와달라 부탁했다. 그러나 동금은 유라가 프로포폴을 치료 외 목적으로 맞았다면, 그 사실을 없는 것으로 할 수는 없다며 단호히 답했다.

"설희야, 흑을 백으로 만들 수는 없어. 중요한 건 유라 씨가 더 이상 약물에 의존하며 살아가게 두어선 안 된다는 거야. 연예인으로서뿐만 아니라 보통 사람으로 행복하게 살려면 더더욱 말이야. 어쩌면 너나 유라 씨에게는 모진 말로 들릴지 모르지만…. 오빠는 이쯤에서 발각된 게 오히려 유라 씨에게 더 좋은 일이라고 생각해."

동금은 직접 보게 된 유라의 모습을 통해, 그녀가 그저 맑고 여린 영혼을 가진 천진난만한 소녀일 뿐일지도 모른다는 생각을 했다. 그래서 더더욱 유라가 이번 사건을 전환점 삼아 건강한 삶으로 돌아올 수 있도록 돕고 싶었다. 설희 역시 그런 동금의 마음을 느낀 듯 말없이 고개를 끄덕였다. 잠시 후, 유라가 돌아오자 세 사람은 다시 이야기꽃을 피웠다. 그렇게 약 2시간 정도가 지난 뒤, 유라가 먼저 자리에서 일어났다.

"언니, 이거 선물! 동금 오빠, 이건 오빠 선물이에요!"

유라는 설희에게 자신이 광고모델로 나오는 명품화장품을 선물로 건네더니 동금에게도 무언가를 내밀었다. 그녀가 엠버서더로 지정된 명품 브랜드 카드지갑이었다.

"음… 미안하지만 수사대상자에게 이런 걸 받으면 안 되거든요."

동금이 난처해하자 유라는 "그럼 연예인 유라에게 받은 게 아니라 이설희 동생 이설진에게 받은 것으로 해주세요!"라며 거듭 선물을 내밀었다. 결국 동금은 설희와의 관계와 유라의 성의를 거절하지 못하고 선물을 받아들었다.

"형부… 될 뻔한 오빠! 또 봐요!"

커다란 밴을 타고 음식점을 떠나는 유라를 향해 동금과 설희는 꽤 오랫동안 손을 흔들어주었다. 그리고…. 약 2주 뒤인 10월 20일. 유라의 변사체가 그녀의 자택에서 발견되었다.

05
의문의 여자

10월 10일 / 유라 사망 열흘 전

 유라를 만난 다음 날, 동금은 카페에서 누군가를 기다리고 있었다. 그가 기다리는 사람은 다름 아닌 청담동 돌아이 시절 친구인 김요섭이었다. 요섭은 몇 년 전 '플러스 77'이라는 클럽에서 일했던 MD로, 지금은 노블리스 클럽에서 일하고 있었다. MD란 클럽에서 영업을 하는 사람으로, 손님을 클럽으로 유치하고 테이블 예약을 돕는 일을 한다. 다만 클럽에서 돈을 받는 것은 아니기에 고객 유치에 따른 수입만 가져간다. 때문에 MD들은 한 클럽에 종속되지 않는 경우가 많았다.
 "어~이! 청담동 돌아이!"
 "임마, 넌 언제 적 돌아이를 찾고 있냐? 지금 여기 있는 건 청담동 돌아이 박동금이 아니라 강남경찰서 박동금 형사님이시다."
 카페 안으로 들어서는 요섭을 향해 동금이 피식 웃으며 답했다. 요섭은 그런 동금이 정말로 신기한 듯, 친구의 여기저기를 뜯어보며 입을 열었다.
 "그러게 말이다. 말로만 듣다 직접 보니 더 믿기지가 않네? 지금 내

눈앞에 있는 이 형사님께서 강남 클럽이란 클럽은 다 접수하고 다니던 클럽 죽돌이였다는 사실을 누가 믿겠냐고!"

요섭과 인사를 나눈 동금은 시간을 끌지 않고 곧장 노블러스 클럽에 대한 것들을 물어보기 시작했다.

"일단 거기 운영하는 사람들에 대한 것부터 얘기해봐."

"음… 너 지난번에 왔었다니까 얼굴은 봐서 알지? 전직 배우였던 호진이랑 마이클 홍이라는 사람 둘이 공동경영자야. 그 마이클 홍이라는 사람은 그냥 미국에서 온 것도 아니고 실제로 미국 영주권자라는 얘기도 들었던 것 같은데…."

"보니까 실세는 호진인 거 같던데? 맞아?"

"맞아. 그래서 투자나 얼굴마담 같은 일은 호진이 하고, 내부 살림이랑 잡다한 일처리는 마이클 홍이 담당하는 것 같더라고."

"잡다한 일처리?"

"알잖아, 경찰이나 구청 같은 데랑 샤바샤바해서 자잘한 문제 처리하고 그러는 거."

요섭의 이야기에 고개를 끄덕이던 동금은 다음으로 궁금한 것을 물었다.

"저번에 가보니 숨겨진 룸 같은 데가 하나 있던데. 이상한 복도 지나가면 나오는 곳 말이야. 거긴 뭐 하는 데야?"

"아, 거기? 나야 들어가 본 적 없지만 탑급 연예인들이나 VIP들만 들어갈 수 있는 노블레스 룸이야. 워낙 철저하게 분리되어 있어서 나 같은 MD 따위는 접근도 못 하는."

"드나드는 사람 명단은 혹시 모르고?"

"야, MD 위치 뻔히 알면서 그러냐. 너도 알겠지만 룸에 드나드는 사람이 궁금하면 나 같은 MD보다 보안팀 가드들한테 물어보는 게 나을걸? 클럽 들어오고 나오는 사람들 통제하는 건 개들이니까."

"유라 얘기는 들어본 적 없어? 거기 자주 다녔다던데."

"유라? 글쎄? 유라 정도 되는 톱스타들은 철저하게 비밀이라… 아마 아는 애들이 있더라도 쉽게 입을 열지는 않을 거야. 그런데 듣기로는, 유라네 대표 금재환 회장이 가끔 온다는 것 같더라."

"뭐? 엔터테인먼트 회장이나 되는 사람이 그런 클럽에 드나든다고?"

생각지도 못한 이야기에 동금은 저도 모르게 말이 되냐는 표정을 지었다.

"나도 뭐 그냥 주워들은 거라."

"혹시 가드 중에서 노블레스 룸에 대해 알 만한 친구는 없어?"

"가드 중에 알 만한 녀석이라…. 아! 마침 MD 하고 싶다고 나 귀찮게 하는 동생 놈 하나 있는데. 그 녀석한테 노블레스 룸에 대해 좀 알아보라고 할게."

* * *

오후 9시 경 노블러스 클럽 노블레스 룸

호진은 잔뜩 긴장한 표정으로 이를 딱딱거리며 시계를 보고 있었다. 잠시 후, 문을 두드리는 노크 소리가 들려오자 호진은 벌떡 일어나 문을 보고 섰다.

"VVIP들 오셨습니다."

"어서 안으로 모셔!"

호진은 최대한 떨리는 목소리를 숨기며 문 밖을 향해 명령했다. 문이 열리자 무도회에서나 쓸 법한 가면으로 얼굴을 반쯤 가린 VVIP들이 노블레스 룸 안으로 들어왔다. VVIP들은 총 네 명의 중년들로 남자가 셋, 여자가 하나였다.

"오셨습니까, 회장님."

제일 먼저 들어온 남자를 향해 호진이 꾸벅 인사를 올렸다.

"오랜만이다, 호진아."

호진은 허리를 굽힌 채 남자가 내민 손을 두 손으로 감싸 쥐었다.

"자, 그럼 다들 앉으시죠."

호진과 악수를 마친 남자가 다른 VVIP들을 향해 말했다. 그 사이 호진은 얼른 룸 옆에 있는 파우더룸으로 걸음을 옮겼다.

"자, 왕 회장님이 이쪽에 앉으시죠. 최 회장님은 이쪽으로 앉으시고. 이 감독님은… 이쪽으로 오시죠."

남자는 중국인인 듯 보이는 왕 회장을 헤드테이블에 앉혔다. 그가 헤드테이블에 앉자 홍일점인 최 회장을 그 왼편에 앉히고, 자신은 그 오른편에 이 감독이라는 사람과 함께 나란히 자리를 잡았다.

"오래 기다리셨습니다."

파우더룸에서 나온 호진이 입에 발린 멘트를 날리며 VVIP들에게 미소를 지었다.

"다들 나와."

호진의 명령에 파우더룸 안에 있던 여섯 명의 남녀들이 모습을 드러냈다. 그들은 미리 호진의 지시를 받은 듯, 자연스럽게 각자가 모셔야 할 VVIP들 곁으로 다가갔다. 왕 회장이라 불린 남자의 곁에는 연예인 뺨치는 미모의 20대 젊은 여성 두 명이, 최 회장이라 불린 여성에게는 호리호리한 몸매에 뛰어난 미모를 가진 남자 한 명이, 왕 회장 오른편의 남자에게는 여자인지 남자인지 헷갈릴 외모의 소년 같은 남자 하나가, 마지막으로 제일 끝에 앉은 이 감독이라 불린 남자의 곁에는 역시나 뛰어난 미모를 가진 여자 둘이 자리를 잡고 앉았다.

"그럼, 즐거운 시간 되시기 바랍니다."

호진은 VVIP들에게 인사를 올리며 최 회장이라 불린 여자 곁에 앉은 남자를 쳐다보았다. 남자는 호진과 눈이 마주치자 빙그레 미소를 지었다.

"후…."

호진은 조심스럽게 문을 닫으며 숨을 골랐다. 굳게 닫히는 문 뒤로, 자연스럽게 이야기를 나누는 VVIP들의 목소리가 들려왔다.

"어때? 분위기 괜찮아?"

룸 안에 들어가는 것조차 허락받지 못했던 마이클이 호진에게 다가와 물었다. 호진은 고개를 끄덕이는 것으로 답을 대신했다. 그러고는 굳게 닫힌 문을 뚫어져라 쳐다보았다.

10여 년 전, 호진은 지금 저 안에 앉아 있는 여자인지 남자인지 모를 남자와 같은 처지였다. 호진은 동성애자인 남성의 시중을 들며 그를 모셨고, 그렇게 7년 동안 시종이자 애인 노릇을 하며 그에게 많은 것을 배웠다. 투자자인 코지마에게 이세인을 불러 접대시킨 것도 그에게서 어깨너머로 배운 것이었다. 그렇게 배운 것을 바탕으로 호진은 지금의 자리까지 왔다. 하지만 그럼에도 불구하고 호진은 저 자리에 낄 수 없었다. 아직 일개 클럽 대표에 불과한 호진은, 그들의 자리에 게스트로 대우받기에 한참 모자랐다.

"두고 봐, 머지않아 반드시 나도 저 자리에 앉아 있을 테니까…."

*　*　*

오후 10시 경 노블러스 클럽 외부

"얼마 전 코지마 씨와 파티에 참여했던 이세인이라고 합니다. 호진 씨가 보자고 해서 왔어요."

클럽 입구를 지키던 가드들이 놀란 얼굴로 "잠시만 기다려주세요." 라고 말하더니 클럽 안으로 달려 들어갔다. 클럽 안으로 사라지는 가드의 뒷모습을 보며, 세인은 호진의 초대로 노블러스 클럽 파티에 참석했던 날을 떠올렸다.

'그날, 대체 무슨 일이 있었던 건지 알아야 해.'

일주일 전, 세인은 호진의 파티에 초대되어 식사와 함께 와인을 마셨고, 어느 순간 정신을 잃었다. 하지만 그녀의 평소 주량으로 보았을 때, 그 정도 와인을 마시고 정신을 잃는다는 것은 도무지 말이 되지 않았다.

'뭔가… 정말 내게 무슨 일이 있기라도 했던 거라면….'

세인은 까득- 이를 물었다. 그녀는 아리따운 겉모습만으로는 떠올리기 힘든, 남다른 정의감과 적극적인 행동력을 지닌 여자였다. 연예계에 있을 적에는 어려운 후배들을 위해 발 벗고 나서주는 등 좋은 선배로 꽤 유명하기도 했다.

'무슨 이유에서인지 나는 그날 정신을 잃었고, 호진은 그날 이후로 몇 번 더 코지마라는 남자와 만나달라고 부탁하다 연락을 끊었어. 제안했던 드라마 얘기는 한마디도 없이….'

세인은 아무리 생각해도 자신이 코지마라는 일본인의 접대부로 호출된 것일 뿐이었다는 느낌을 지울 수 없었다. 그리고 만약 이 더러운

시나리오가 사실이라면, 절대 가만있지 않을 생각이었다.

"이세인 씨!"

잠시 후, 세인의 앞에 오 과장이 모습을 드러냈다. 일주일 전, 클럽에서 세인을 가장 먼저 맞아주었던 바로 그 남자였다.

"안녕하세요."

자신을 보며 놀라는 오 과장을 향해 세인은 화사한 미소를 지었다.

"아니, 정말 이세인 씨네요? 호진이가 불렀다고요?"

"네, 호진 씨가 좀 전에 따로 연락해서는 급히 좀 와달라고 부탁하더라고요."

"이상하네… 지금 정신없을 텐데…. 아, 혹시 노블레스 룸에 초대받으신 건가요?"

고개를 갸웃거리던 오 과장이 무언가 때려 맞추듯 말했다. 그리고 세인은 그런 오 과장을 향해 말없이 살짝 미소 짓는 것으로 답을 대신했다.

"들어오시죠."

세인의 반응을 본 오 과장은 음흉하게 웃으며 세인을 클럽 안으로 들여보냈다.

"지난번에 와보셨으니 어딘지 아시죠?"

오 과장은 노블레스 룸으로 향하는 복도까지만 세인을 안내해주고는 다시 클럽 어딘가로 사라졌다.

"후…."

홀로 복도에 남은 세인은 감춰온 긴장감이 몰려온 듯 크게 숨을 내쉬었다. 오 과장의 오해 덕분에 생각보다 쉽게 클럽 안으로 들어올 수 있었다. 오늘 같은 VVIP들의 행사는 호진만 정확한 참석자를 알고 있기에 가능한 일이었다.

숨을 고른 세인은 문제의 룸을 향해 걸어가기 시작했다. 룸으로 향하는 복도에는 서빙을 담당하는 직원들이 조심스럽게 문을 열었다 닫으며 서빙을 하고 있었다. 세인은 최대한 자연스럽게 문이 열리는 순간 그 안으로 들어갔다. 그녀의 미모 때문인지 아무도 그녀를 초대받지 않은 외부인이라고는 생각지 않은 듯했다. 룸 안으로 들어간 세인은 우선 파우더룸으로 들어갔다. 마침 파우더룸 안에는 젊은 여자 세 명이 앉아 있었다. 그녀들은 뛰어난 미모를 갖춘 세인이 들어오자 놀란 듯 그녀를 쳐다보았다. 마치 경쟁 상대를 보듯이….

"야, 우리 오늘 선택도 못 받고 그냥 가는 거 아냐?"

"왕 회장이 지난번에 고른 여자애들은 싱가폴로 한 달 동안 초대도 받았다던데…. 태국이랑 발리도 같이 다니면서 한 달 동안이나 요트 타고 놀았대. 돈도 많이 받고 명품 선물도 엄청 받았다더라!"

속상해죽겠다는 듯 입을 삐죽 내미는 여자를 뒤로 하고 세인은 본래의 목적을 위해 파우더룸을 먼저 살펴보기 시작했다. 그런데 그때, 누군가 파우더룸 안으로 들어왔다.

"너, 그리고 너. 나와."

파우더룸 안을 훑어보던 남자가 세인을 향해 손가락질하며 말했다. 남자는 이미 상당히 취기가 오른 상태인 듯, 꼬부라진 혀로 세인과 또 다른 여자 하나에게 파우더룸 밖으로 나오라 명령했다.

'기회다.'

세인은 지목받은 다른 여자와 함께 VVIP들이 있는 룸으로 향했다. 헤드테이블의 남성을 비롯한 다른 두 남자는 맨얼굴이었지만 홍일점인 여성은 가면을 쓴 채 앉아 있었다.

"너희 둘은 이제 비켜라."

남자의 명령에 왕 회장 곁에 앉아 있던 여자 둘이 울상을 지으며 일어났다. 그리고 그 자리에 세인과 다른 여성이 자리를 잡고 앉았다.

'이건 또 무슨 파티지? 그리고 저 사람… 분명 어디선가 본 듯한데…. 그리고 저 여자는 왜 가면을…? 어? 그러고 보니 저 사람, 이태식 감독이잖아?'

얼마 전 국제영화제에서 대상을 수상한 이태식 감독이 제일 말석에 앉은 것으로 보아, 세인은 자신이 앉아 있는 헤드테이블의 남자가 보통 사람이 아닐 것이란 사실을 짐작할 수 있었다.

"What's your name?"

"…현주. My name is 현주."

이름을 묻는 왕 회장에게 잠시 고민하던 세인은 자신을 현주라 소개했다. 알아보는 사람이 있진 않을까 걱정이 된 건 사실이었지만, 다들 술에 상당히 취했기 때문인지 그녀가 이세인임을 알아보지 못하는 듯했다.

자연스럽게 자리에 녹아든 세인은 자리의 인물들이 나누는 대화를 최대한 귀담아 듣고자 노력했다. 그렇게 1시간 정도가 흐른 뒤, 세인은 화장실에 다녀오겠다며 자리에서 일어나 파우더룸으로 향했다.

파우더룸에는 처음부터 그곳에 있던 여자들과 세인이 지목되면서 쫓겨난 여자들까지 총 네 명의 여자들이 그대로 대기 중이었다.

"거기, 두 사람 룸으로 들어갈래요?"

"네? 들어오래요? 그래도 돼요?"

"내가 갑자기 생리통이 와서요. 급하게 병원에 가야 할 것 같아서…."

선택받지 못했던 여자들은 들뜬 얼굴로 파우더룸을 뛰쳐나갔다. 그리고 세인은 그녀들이 룸으로 나가는 사이 노블레스 룸을 살며시 빠져나오는 데 성공했다.

* * *

세인이 빠져나간 뒤, 노블레스 룸에서는 작은 소동이 벌어졌다. 왕 회장이 세인 대신 다른 여자들이 들어오자 심히 불편한 기색을 드러내며 그녀를 찾았던 것이다.

"호진이 당장 들어오라고 해."

자리의 주선자인 남자는 문제를 해결하려고 호진을 호출했다. 그러나 불려온 호진 역시 문제를 해결할 수는 없었다. 그가 아는 한, 현주라는 이름의 여자는 오늘 명단에 없었기 때문이다.

"뭔가 착각하신 건 아닐지… 오늘 그런 여자는 부른 적이 없습니다."

노블레스 룸은 CCTV조차 없는 비밀스러운 공간이었기에 어떤 방법으로도 그녀를 찾을 수는 없었다. 결국 남자는 호진에게 무슨 일이 있어도 여자의 정체를 밝혀내라 지시하는 것을 끝으로 상황을 대충 마무리 지을 수밖에 없었다.

룸을 빠져나온 호진은 그저 어안이 벙벙할 따름이었다. 대체 얼마나 취했기에 있지도 않은 여자를 찾나 싶기도 했지만, 또 한편으로는 그가 그토록 존경하는 분이 하는 얘기니 그저 헛소리라 치부할 수도 없었다.

"무슨 일이야?"

룸 밖으로 나온 호진을 향해 마이클과 오 과장이 다가와 물었다.

"두 사람, 혹시 현주라는 여자 알아? 키 크고 엄청 예쁜 애라고 하던데."

"현주? 처음 들어보는데? 오 과장, 넌 아냐?"

"아뇨, 저도 처음 들어보는데요. 아참, 그런데…."

오 과장이 무언가 물어보려던 순간, 노블레스 룸이 열리며 여자 하나가 빼꼼 고개를 내밀었다.

"호진 사장님, 잠시 들어오래요."

호진은 자신을 호출한다는 얘기에 뒤도 돌아보지 않고 다시 룸으로 들어갔다.

"나도 좀 알아보러 가봐야겠다."

호진이 룸으로 들어가자 마이클 역시 현주라는 여자를 찾아보겠다며 보안실로 달려갔다. 결국 오 과장의 '오늘 이세인 씨도 초대했어요?'라는 질문은 입 밖으로 나오지 못하고 목구멍으로 되돌아갔다.

그날, 호진과 마이클은 열심히 클럽 안에서 현주를 찾아다녔지만 그녀의 그림자조차 찾지 못했다. 그렇게 왕 회장의 마음을 뒤흔든 의문의 여자, 현주는 홀연히 신기루처럼 나타났다 사라졌다. 그 누구도 그녀의 정체가, 세인이라는 사실을 알지 못했기에….

* * *

다음 날, 세인은 자신을 당산동 아파트까지 데려다주었다는 형사에게 전화를 걸었다. 그를 통해 일주일 전 노블러스 클럽에서 있었던 일을 듣고 싶었기 때문이다. 그가 남겨두고 간 명함에는 '강남경찰서 형사과 강력 3팀 박동금 경위'라고 쓰여 있었다.

몇 시간 뒤, 동금이 여의도 63빌딩 1층에 있는 베이커리 커피숍에 나타났다. 자신에게 연락한 세인을 만나기 위해서였다. 세인은 모델 같은 비주얼을 가진 남자가 자신의 테이블로 걸어오자 놀란 얼굴로 자리에서 벌떡 일어났다.

"안녕하세요, 통화했던 강남경찰서 박동금 형사라고 합니다."

"아… 네! 처음 뵙겠습니다. 지, 지난번에는 감사했어요!"

세인은 저도 모르게 얼굴을 붉히며 다짜고짜 동금에게 감사를 전했다.

"처음 뵙는 건 아닙니다만…. 하긴, 세인 씨 입장에서는 처음 보는 거라고 봐야 할지도 모르겠네요."

동금이 살짝 미소 지으며 답하자 세인의 얼굴이 더 새빨개졌다.

'어떻게 이런 사람이 형사를 하고 있지? 이런 사람이 날 구해줬다니….'

세인이 동금의 외모에 감탄하던 것과 마찬가지로 동금 역시 눈앞의 세인을 보며 속으로 크게 놀라는 중이었다. 보면 볼수록 세인은, 자신의 부인이었던 지혜와 도플갱어라 해도 좋을 정도로 닮았던 것이다.

'이건 무슨 운명의 장난일까….'

4년 전, 광수대에 있던 동금은 '쌍둥이 수표' 사건을 해결한 뒤 운명의 여인이라 믿던 황지혜와 결혼했다. 그렇게 그녀와 함께 뉴욕행 비행기에 올랐고, 언제까지고 행복할 것이라 믿었다. 하지만 4년이 지난 현재… 동금은 혼자가 되어 한국으로 돌아왔다.

"어떤 게 궁금하신가요? 사실 저 역시 궁금한 것들이 있긴 합니다만…."

동금은 자신에게서 눈을 떼지 못하는 세인에게 먼저 대화의 시작을 열었다. 어찌되었든 그는 노블러스 클럽에 대한 정보를 어디서든 조금이라도 건져야 했으니까.

"아! 그게 말이죠…."

세인은 자신의 이야기를 시작했다. 호진이 그녀를 파티에 초대한 이야기, 그렇게 찾아간 파티에서 알 수 없는 이유로 정신을 잃은 이야기, 그날 이후, 코지마와 다시 만나줄 것을 요청하던 호진이 코지마가 떠나자 연락을 뚝 끊더라는 이야기까지….

"계속 제게 코지마라는 사람과 다시 만나달라고 했지만 아무래도 찝찝한 마음에 전부 거절했어요."

"잘하셨습니다. 이래저래 수상한 점이 많아 보였거든요."

동금의 칭찬에 세인은 또다시 소녀처럼 홍조를 띠었다.

"아참, 박 형사님. 혹시 그날 노블레스 룸에 있던 다른 여자들은 어떻게 되었나요?"

"여자'들'이 있었다고요? 그날 노블레스 룸에는 호진, 코지마, 마이클 홍, 그리고 세인 씨랑 다른 젊은 여자까지 다섯 명뿐이었는데요."

세인은 그날 자기 외에도 노블레스 룸에 있던 여자들에 대해 이야기하며, 그 여자들은 괜찮았는지 모르겠다고 말했다.

"그날 112 신고를 한 술 취한 남자가 노블러스 클럽에서 마약이 성행한다는 말을 했습니다. 혹시 그런 낌새는 없었나요?"

"그것까진 잘 모르겠어요. 하지만 제가 그렇게 정신을 잃었던 걸 생각하면… 그럴지도 모르겠네요. 아, 그리고 또…."

세인은 전날 노블러스 클럽에 다녀온 사실을 동금에게 자세히 털어놓았다.

"제가 처음 갔던 파티 때보다 몇 급은 더 높은 파티 같았어요. 이태식 감독이 말석에 앉아 있었던 걸 보면… 분명 나머지 사람들도 보통 사람들은 아니었을 거예요. 가면을 쓰고 있긴 했지만 그 여자도… 왠지 모르게 어디선가 본 듯한 느낌이었거든요."

동금은 세인의 말 한마디 한마디가 놀라웠다. 세인의 말대로라면 그날의 주최자는 호진이 아닌 다른 인물이었다. 파우더룸에서 세인을 지목해 왕 회장의 곁에 앉힌 남자…. 그렇다면 어제의 파티는 그 남자가 호진의 클럽을 빌려 접대에 이용한 것일까? 아니면 호진이 아닌 그 사람이 진짜 그 클럽의 주인인 것일까? 가면으로 얼굴을 가렸음에도 불구하고 어디서 본 것 같다는 중년의 여성은 누구일까…?

"주최자로 보이는 남자에게는 앳돼 보이는 미소년이 접대를 하고 있었어요."

그 말이 사실이라면 파티의 주최자였던 남자는 동성애자라는 의미다. 동성애를 무작정 비난할 수는 없겠지만, 만약 그를 접대한 남자가 미성년자라면 그것은 심각한 범죄가 된다.

"세인 씨 말대로라면… 실제로 노블러스 클럽에서는 성 접대가 이루어졌고, 지금도 이루어지고 있을 가능성이 매우 높아 보입니다. 세인 씨가 코지마라는 사람과 만난 날, 이유 없이 정신을 잃었던 것도 약물과 관련되어 있을 가능성이 높아요."

"혹시, 제가 도울 일은 없을까요?"

겁먹을 줄 알았던 것과 달리 세인은 눈을 빛내며 동금에게 자신이 도울 일이 없는지 묻고 있었다. 그리고 동금은 그런 그녀를 가만히 쳐다보다가 피식 웃고 말았다.

'어떻게 이렇게… 성격까지 닮을 수가 있을까.'

* * *

세인과 헤어져 사무실로 돌아온 동금은 어두운 표정으로 모니터를 노려보고 있었다. '유라'에 대한 수사는 극히 제한적으로 발부된 수색영장과 부족한 정보 탓에 답보에 빠져 있었다. 문제는 연일 스포츠신문과 뉴스에서 유라의 프로포폴 투약을 다루고 있다는 것이었다. 심지어 진전 없는 수사가 마치 대대적으로 벌어지고 있는 듯 과대포장하는 뉴스도 심심치 않게 나오고 있었다.

"일단 유라를 불러서 조사해보자고."

기원과 동금은 우선 출석 요청하여 유라를 조사하기로 했다. 되도록 신속히 수사해 최대한 유라에게 부담을 주지 않으려는, 동금의 주장을 기원이 받아들여준 것이다. 문제는 유라의 변호인들이었다. 동금은 유라로부터 협조하겠다는 답을 얻어 그녀의 혈액과 소변에 대한 감정을 요청했다. 그러나 유라의 의사와 달리, 그녀의 변호인들은 이에 강력하게 반발하며 그 요청을 거절했다. 그리고 며칠 뒤… 시민일보에 '경찰이 유라에게 출석을 요청했다'는 기사가 단독 보도됐다.

"어떤 새끼가…!"

신문을 본 수찬이 욕지거리를 내뱉었다. 유라에 대한 조사는 비공개조사로 하기로 했을 뿐만 아니라 그 어떤 기자에게도 얘기하지 않은 정보였다. 그런데 신문에서는 경찰의 출석요구에 더해 출석일자까지 명확하게 적혀 있었다. 당연하게도 기사가 난 뒤, 강남경찰서 앞에는 출석일자가 되기도 전부터 유라를 찍고자 몰려든 기자들이 정문부터 현관까지 우르르 몰려 있었다.

"빨대짓한 새끼… 어떤 놈인지 걸리기만 해봐라…."

수찬이 으드득 이를 갈며 허공을 노려보았다. 빨대짓이란 경찰 내부에서 기자에게 정보를 주는 행위를 말한다. 즉 현 정황상, 서울청이나 국가수사본부 또는 강남경찰서의 누군가가 기자에게 빨대짓을 한 것이다. 동금 역시 착잡한 건 마찬가지였다. 그가 유라의 출석일자에 대해 이야기해 준 유일한 외부인은 유라의 언니인 이설희뿐이었기 때문이다.

'설마 설희가… 아니야. 그렇다면 대체 누구지…?'

* * *

AI 엔터테인먼트 금재환 회장실

재환은 홍보실장과 경영기획실장, 그리고 황 팀장을 회장실로 호출했다.

"회장님, 대한 법무법인에서 말하길 지금까지 이런 수사 흐름으로는 유라에 대해 기소조차 할 수 없을 거랍니다. 장담한다고 했습니다."

재환이 안심하는 표정으로 고개를 끄덕였다. 무엇보다 재환은 유라가 경찰서에 가서 조사는 제대로 받을 수 있을지에 대해 크게 우려했다.

"그래, 조사 일자는 언제지?"

"10월 22일, 오후 3시입니다."

재환은 홍보실장과 경영기획실장에게 '유라의 얼굴이 기자들에게 노출되지 않도록 변호인들과 잘 상의해 처리하라'는 명령을 내리고 두 사람을 내보냈다.

"황 팀장, 유라는 요즘 좀 어때?"

"잠을… 거의 못 자고 있습니다."

"후… 그래, 신경 좀 쓰고 있나?"

"네, 혹시 모를 일을 대비해서 제가 직접 유라 씨가 잠들 때까지 곁을 지키고 있습니다. 만약에 만약을 대비해서 잘 때도 방문을 열고 자도록 하고 있고요."

황 팀장의 말에 재환이 씁쓸한 표정으로 고개를 끄덕였다.

* * *

10월 17일 밤 10시 노블러스 클럽 노블레스 룸 / 유라 사망 사흘 전

"노블러스 클럽의 노블레스 룸에 오신 것을 환영합니다!"

호진은 한껏 들뜬 목소리로 노블레스 룸 출입문 앞에서 소리쳤다. 그의 앞에는 파티의 참석자들이 호진의 인사에 맞춰 환호를 질러대고 있었다.

오늘은 정기적으로 열리는 노블러스 클럽의 노블레스 룸 파티가 있는 날이었다. 이 파티는 호진의 주최 아래 열리는 파티로, 호진의 기준에서 엄선된 사람들만이 참석할 수 있었다. 예를 들자면 아무리 인지도가 있는 연예인이더라도 현재 한물간 취급을 받는 연예인이라면 참석이 불가했고, 또 나이가 서른 살 이상이면 초대에 제한이 되곤 했다. 또한 일반인 참석자 역시 있었는데, 이들의 경우 참석의 기준은 돈이었다. 노블러스 클럽에서 큰돈을 쓰면 나이와 상관없이 누구든 초대했던 것이다. 이는 마이클의 아이디어로, 큰돈의 기준은 한 병에

1억짜리 샴페인을 구매하는 것이었다. 그렇게 호진의 파티에는 연예인뿐만 아니라 코인 사업자, 재벌 4세, M&A 업자, 주식매매업자들이 주로 참석하고 있었다. 이날은 클럽의 보안팀과 주차팀 역시 어느 때보다 바빠지곤 했다.

"호진이 형! 오랜만이야. 오늘 파티만 기다렸어!"

대한민국에서 손에 꼽히는 초고층 빌딩에 거주 중인, 코인거래소 송정훈 사장이 잔뜩 기대한 목소리로 호진에게 소리쳤다. 그의 곁에는 이미 누가 봐도 알 만한 여자 연예인이 하나 붙어 있었다.

"아유, 동생님! 저도 오늘만 기다렸습다! 그럼 오늘 또 미친 듯이 놀아보시자고요!"

흥을 돋우는 호진의 곁에는 일전에 VVIP들의 파티에서 최 회장의 시중을 들었던 남자가 함께하고 있었다. 그의 이름은 이유빈으로, 23살의 모델이었다. 신이 만든 외모라 해도 과언이 아닐 듯한 외모를 가진 그는 호진과 함께 얼굴마담으로 파티에 참석해 있었다.

본격적으로 파티가 벌어지면서 스무 명의 남녀들은 춤과 노래, 술, 그리고 약에 취해 광란의 시간을 보내기 시작했다. 호진은 파티를 즐기는 참석자들을 보며 자기만의 뿌듯함에 한껏 취해 있었다. 그가 아는 한, 연예인이든 돈 많은 거부들이든 이 파티에 참석하려고 애를 썼다. 이 파티에 참석할 수 있다는 것은, 그들만의 세상에서는 또 다른 성공을 의미하기 때문이다.

"호진! 내가 부탁한 건 준비됐어?!"

한 참석자의 말에 호진은 입이 찢어지게 미소를 지었다. 그리고 곁에 있는 마이클에게 손짓했다. 마이클이 들고 있던 고급 박스를 열자, 그 안에 있는 갖가지 마약들이 모습을 드러냈다. 내용물을 확인한 참석자들은 또다시 환호를 내질렀다. 호진은 이렇듯, 자기만의 파티를 여는 날이면 참가자들이 원하는 건 무엇이든 제공해주고 있었다. 심지어, 그것이 악마에게 영혼을 파는 것일지라도….

06
찰나(刹那)

10월 20일 오전 11시경 / 유라 사망 당일

"그럼, 다녀오겠습니다."

동금은 파트너인 수석과 함께 사무실을 나섰다. 오늘은 요섭을 통해 소개받기로 한, 노블러스 클럽 가드를 만나는 날이었다.

"박 형사님, 제가 운전하겠습니다."

"됐어. 안 하던 짓 말고 그냥 타."

보통 형사들이 현장으로 외근을 나갈 때는 조장이 아닌 조원이 운전하는 게 관행이다. 그러나 동금은 자신이 조장임에도 수석에게 운전을 시키지 않았다. 강남 바닥을 훤히 알고 있기 때문이기도 했고, 남다른 운전 실력에 녹이 슬지 않게 하기 위함이기도 했다. 대신 수석은 불편해하는 부분이 없지 않았지만….

"논현동 주상복합 아크로 파크 아파트 201동 2002호, 23세 여성 변사체 발견 신고."

두 사람이 탄 차가 도산공원 사거리를 지나 신호대기 중이던 그때, 무전기에서 음성이 흘러나왔다.

"음? 아크로 파크 아파트면 근처네요?"

무전을 들은 수석이 별생각 없이 중얼거렸다. 그리고 그 순간, 동금의 표정이 갑자기 굳어졌다.

"신 청장, 팀장님한테 전화 넣어라."

"네? 아, 네!"

수석이 전화를 걸자, 수화기 저편에서 기원의 목소리가 흘러나왔다.

"여보세요?"

"팀장님, 접니다."

"어, 박 형사. 무슨 일 있어야?"

"방금 변사 신고 들어온 거, 그거 제가 가겠습니다."

"자네들은 지금 노블러스 가드 만나러 가는 길 아니어야? 변사현장은 내가 권 반장이랑 김 형사 데리고 다녀올게."

기원은 동금에게 편하게 일을 보라 말해주었지만, 동금의 생각은 다른 듯했다.

"아닙니다, 저희가 지금 변사현장 근처예요. 가드는 다음에 만나고 논현동 변사현장으로 바로 출동하겠습니다."

기원의 허락을 받아낸 동금은 즉시 아크로 파크 아파트로 차를 몰았다. 몇 분 만에 두 사람은 아파트 단지에 도착할 수 있었다.

"강남경찰서 형사과에서 나왔습니다."

수석은 경비원에게 경찰신분증을 보여주며 변사현장에 왔음을 알려주었다. 경비원이 가리킨 곳으로 들어가자 먼저 도착해 있는 논현지구대 순찰차 두 대가 보였다.

"수고하십니다."

동금과 수석은 1층의 지구대 경찰관들에게 인사를 건넨 뒤 변사현장인 2002호로 올라갔다. 도착해보니 현관문은 이미 열려 있었고, 안에는 지구대 경찰관 3명이 거실 주변에 모여 있었다.

변사가 발생할 경우, 수사책임자인 형사과장이 도착하기 전까지는 아무도 현장에 손을 댈 수 없다. 때문에 동금 역시 집안 곳곳을 눈으로 살피는 데에 집중했다. 변사자인 여성은 화장실 욕조에서 알몸으로 엎드린 채 사망해 있었다. 언뜻 봐도 심하게 마른 체형으로, 특이점이라면 오른손 팔목에 약간의 멍 자국이 보인다는 정도였다.

'저건 주사 자국 같은데….'

동금은 변사자가 병원치료를 받은 적이 있을지 모르겠다 생각하며 사체 주변을 더 살펴보았다. 잠시 후, 동금은 사체 근처에서 토사물의 흔적을 발견했다. 아마도 변사자가 토해낸 것이겠지만, 욕조 벽을 보며 엎드려 있었기에 얼굴 쪽을 자세히 살필 수는 없었다.

'후… 내가 왜 이러지?'

동금은 사체가 있는 욕실에서 나와 호흡을 골랐다. 갑자기 이상한 느낌이 그를 덮친 것이다. 변사체를 한두 번 본 게 아님에도 불구하고 처음 느껴보는, 뭔가 묘한 기분이었다. 그때 50대로 보이는 남성이 동금의 곁으로 다가왔다. 지구대 팀장인 박병현이었다.

"박 형사, '유라'라고 알아? 유명한 아이돌이라던데?"

박 팀장의 얘기를 듣는 순간, 동금은 심장이 멎은 듯한 표정으로 욕실을 향해 뛰어 들어갔다.

"박 형사! 아직 감식팀 도착 전이야!"

놀란 박 팀장이 동금을 제지하기 위해 소리쳤다. 사체를 뒤집으려던 동금은 한 가닥 이성에 힘입어 우뚝 멈춰 섰다. 마치 전기에 감전된 듯 동금은 그 자리에서 옴짝달싹할 수 없었다.

"어떻게…."

그제야 이상하던 묘한 기분의 정체를 알 것 같았다. 얼굴을 굳이 돌려보지 않아도 알 수 있었다. 지금 욕조 안에 죽어 있는 여성이, 불과 2주 전에 함께 웃으며 이야기를 나누던 '유라'라는 사실을….

"선배님? 왜 그러세요, 괜찮으세요?"

수석 또한 놀란 얼굴로 동금의 뒤에서 물었다. 그러나 동금은 뒤돌아볼 수 없었다. 지금 자신의 눈에 비친 눈물을, 조원인 수석에게 보여줄 순 없었다.

"별일 아니야."

동금은 울컥 올라오는 울음을 간신히 참으며 중얼거렸다. 그리고 이틀 전, 유라와 나누었던 통화를 떠올렸다.

"형부! 경찰서에 가면 있는 그대로 다 얘기할 거예요. 회사에서는 거짓말하라고 했지만, 저는 그렇게 안 할 거예요!"

동금은 경찰 출석에 대한 문제로 유라와 통화했고, 그때 유라는 분명 밝은 목소리로 모든 것을 얘기하겠다 말했다. 그녀는 조사 자체에 대해서는 걱정하고 있었지만, 친언니나 다름없는 설희와 함께 만났던 동금을 믿으며 의지하고 있었다.

'그때… 좀 더 물어봤어야 했는데….'

동금의 마음속에 후회가 밀려왔다. 회사에서 그녀에게 강요한 거짓말은 무엇이었을까? 누가 그런 강요를 했을까? 당시 동금은 조금이라도 빨리 유라가 이 모든 일을 마치고 건강과 행복을 되찾을 수 있기만을 바랐다. 아니, 그럴 것이라 믿고 있었다. 그러나 지금 눈앞의 현실은, 그런 동금의 바람이 안일한 착각이었음을 알려주고 있었다.

동금은 설희에게 전화를 걸었지만 그녀는 받지 않았다. 잠시 후, 기원과 과학수사대 감식반이 거의 동시에 도착했다. 동금은 도착한 이들에게 변사자의 인적사항과 대강의 상황을 설명해주었다.

"자, 할 일들 합시다."

감식팀의 주도 하에 본격적으로 변사자가 발견된 욕조에서 검시가 이루어지기 시작했다. 한참 감식반들이 사진을 촬영하던 그때, 검안의 안 박사가 현장에 도착했다. 검안의란 변사현장에서 경찰을 도와 사체를 검안하는 의사를 말한다.

"오셨습니까, 박사님."

안 박사는 대충 경찰들의 인사를 받아주고는 곧장 사체를 살피기 시작했다.

"듣자 하니 외부에서의 침입 흔적은 없다고 하고…. 외상 흔적도 없는 걸로 보아 타살 가능성은 낮아 보여. 뭐, 당연히 자세한 건 부검을 해봐야 알겠지만 말이야."

안 박사의 말대로 감식반과 검안의의 의견은 참고용에 가깝다. 서울청에 보고하고 수사방향을 정하는 의견은, 형사과장이 담당 팀장과 형사의 의견을 고려해 결정되기 때문이다.

"최초 발견자는 누구랍니까?"

겨우 정신을 조금 차린 동금이 지구대 박 팀장에게 물었다.

"아, 나이 좀 있는 여자였는데…. 뭐라더라? 그 어디 엔터테인먼트 팀장이라더라고. 죽은 여자 소속사 말이야. 황… 명진 팀장이라고 했던가?"

박 팀장이 다른 지구대원을 보며 '맞지?' 하는 표정으로 얘기하자 지구대원이 고개를 끄덕거렸다.

"어디 있습니까? 그 사람."

동금은 지구대원의 안내에 따라 황 팀장을 만나기 위해 이동했다. 최초 발견자였기 때문에 그녀는 현장 근처에서 머물고 있었다.

"강남경찰서 박동금 형사입니다."

"아, 네…. AI 엔터테인먼트 수석팀장 황명진입니다."

동금을 본 황 팀장이 살짝 놀란 표정으로 답했다. 아마도 형사라 보기 힘든 그의 외모 때문인 듯했다. 속으로 조금 놀란 것은 동금 역시 마찬가지였다. 유라와 함께 식사를 했던 그날, 음식점 밖에서 유라를 기다리다 벤에 태워간 사람이 눈앞의 황 팀장이었다는 사실을 깨달았기 때문이다.

"최초 발견자이시니 몇 가지 여쭤보겠습니다. 변사자를 발견한 시간이 몇 시였죠?"

"제가 아파트에 도착한 시간은 오전 10시 30분 즈음이었어요. 집으로 들어가 유라 씨가 쓰러져 있는 것을 발견했고, 바로 경찰에 신고했어요."

"혹시 유라 씨 휴대폰은 못 보셨습니까? 제가 찾아봤는데 어디서도 보이질 않아서요."

"아뇨, 저도 못 본 것 같아요. 정신이 없어서 그건 생각도 못했네요."

죽은 자는 말이 없다. 그래서 죽은 자의 휴대폰은 더욱 중요하다. 마지막으로 누구와 통화를 했는지, 그리고 어떤 통화를 했는지, 전원이 꺼졌다면 언제 꺼졌는지 등 많은 것을 알려주는 단서가 되기 때문이다.

"발견 당시 상황 좀 말씀해주시겠습니까?"

황 팀장은 유라가 전화를 받지 않아 아파트를 방문했고, 그렇게 욕조에서 알몸으로 죽어 있는 유라를 발견했다고 답했다. 유라의 가족은 경기도 양평에 거주하고 있었기에 그녀는 혼자 살고 있었다.

"원래 이렇게 아무렇지 않게 집에 드나드십니까?"

"왜 이러세요? 연예인들이랑 담당 직원들이 어떤 관계인지 모르시는 것도 아닐 텐데."

황 팀장은 전날 밤에 대한 이야기를 시작했다. 전날 밤 9시 경, 황 팀장은 유라를 데리고 젊은 로드매니저 둘과 함께 아파트에 도착했다. 매니저 둘은 바로 퇴근을 시켰고, 황 팀장은 유라가 잠들기 전까지 아파트에 머물렀다. 그렇게 밤 12시 경, 유라가 잠든 것을 확인한 뒤 아파트를 나왔다. 물론 어디까지나 그녀의 주장이었기에 사실 여부는 확인을 해야 했다.

잠시 후, 검시가 모두 끝나자 흰 천에 덮인 유라의 시신이 들것에 실려 나왔다. 그녀의 사체는 근처 대학병원 영안실로 옮겨질 예정이었다. 동금은 멀어지는 유라를 보며 꾹- 눈을 감고 중얼거렸다.

"유라야…. 네가 어떻게 죽었는지 꼭 알아낼게. 네가 억울하지 않도록… 약속할게….."

동금이 감았던 눈을 뜨는 순간, 굵은 눈물 한 방울이 볼을 타고 흘러내렸다.

* * *

유라의 변사사건은 그녀의 마약사건을 담당했던 동금이 맡기로 결정됐다. 이에 동금은 경찰서로 복귀하기 무섭게 감식반이 제공한 사진을 보며 직접 현장에서 목격했던 상황들과 대조를 시작했다.

'…너무 깨끗해.'

동금의 생각대로 유라의 변사현장은 지나칠 정도로 깨끗했다. 변사현장에서 가장 흔히 볼 수 있는 것은 바로 '흐트러짐'이다. 하지만 유라의 집은, 사체 발견 장소인 욕조를 제외하면 거실이고 방이고 모두 깨끗했다. 마치 누군가 깨끗이 치우기라도 한 것처럼….

'그리고… 이 오른쪽 팔목의 주삿바늘과 멍 자국….'

동금의 예상대로 유라의 팔목에 있던 것은 주사 자국이었다. 그러나 현장에서 주사기는 발견되지 않았다. 또한 감식팀의 의견처럼 타살로 볼 만한 외상 역시 발견되지 않았다.

'황 팀장, 그 여자의 침착함은 타고난 성격일까? 아니면….'

일반적으로 변사자를 처음 발견한 여성들은, 죽음을 처음 마주한 사람으로서 두려움과 당혹감에 울음을 터뜨리곤 한다. 하지만 황 팀장은 약간 놀란 기색은 있을지언정 의심스러울 정도의 침착함을 보여 주었다. 현장에서 경찰서로 이동해 참고인 조사를 할 때까지도 그 침착함은 변하지 않았다.

"팀장님, 부검 영장 신청하는 방향으로 유가족 조서도 받겠습니다."

유라는 프로포폴 투약 혐의로 수사를 받는 중이었으므로 부검이 필요하다는 것이 동금의 생각이었다. 기원 역시 동금의 보고에 고개를 끄덕였다.

"그래야지! 어떻게 죽었는지 확인은 해야 하지 않겠어?"

그날, 동금의 휴대폰으로 오후 늦게 설희의 전화가 걸려왔다. 동금이 미리 문자로 유라의 죽음을 알려주었음에도, 설희는 여전히 믿기지 않는 듯 말을 제대로 잇지 못했다.

"현장 상황으로 보아 타살된 것 같지는 않아. 하지만 죽은 유라가 억울하지 않도록, 내가 무슨 일이 있어도 유라 죽음에 대한 진실을 밝힐게."

"오빠만 믿을게…. 유라…. 우리 유라 불쌍해서 어떡해…."

설희의 울음소리를 들으며 동금은 주머니로 손을 넣어 카드지갑을 움켜쥐었다. 죽은 유라와 새끼손가락을 걸고 약속이라도 하듯.

* * *

AI 엔터테인먼트 회장실

금 회장은 홍보실장과 경영기획실장을 불러 유라의 죽음에 대한 이야기를 나누고 있었다.

"회장님, 대한 법무법인 변호사들이 부검 영장신청을 막기 위해 전방위적으로 변론을 하고 있습니다. 다만 사건 담당 형사가 부검 영장신청을 하겠다고 고집을 부리는 중이라고 합니다."

경영기획실장이 심각한 얼굴로 보고하자 금 회장은 홍보실장을 향해 물었다.

"담당 형사가 무슨 이유로 고집을 피우는 건가?"

"그게… 그 형사가 유라의 마약 사건을 담당하던 형사랍니다."

홍보실장의 대답에 금 회장은 피곤하다는 표정으로 거칠게 마른세수를 했다.

"언론은 어떻게 되고 있지? 이런 일에는 언론이 가장 중요해."

AI 엔터테인먼트에서 수년간 최고 매출을 기록했던 유라의 죽음은 금 회장에게도 무척이나 당혹스러운 일이었다. 그리고 그녀의 죽음은, 죽음 이후에도 중요했다. 만에 하나 정말로 유라의 몸에서 마약이

나오기라도 한다면…. 그때는 AI 엔터테인먼트 전체가 매도당할지도 몰랐다.

"담당 형사가 유라에게 사전 협의도 없이 일방적으로 출석 일자를 정해 소환을 통보했고, 이에 유라가 스트레스를 많이 받았다는 식으로 기자들에게 뿌리고 있는 중입니다."

홍보실장은 '담당 형사가 자신의 실수를 감추기 위해 유가족이 원치 않는 부검을 무리하게 밀어붙이고 있다'는 방향으로 기자들에게 언론플레이를 하고 있다고 덧붙였다.

"좋아, 그 정도면 될 것 같군. 유라 가족들에게도 잘 얘기해서 문제가 더 커지지 않게 하라고. 내 말, 무슨 말인지 알겠나?"

얘기를 마친 두 실장이 회장실을 나가자, 다음으로 황 팀장이 회장실에 들어왔다.

"그래, 황 팀장은 좀 괜찮나? 많이 놀랐을 텐데."

"괜찮습니다, 회장님. 걱정해주셔서 감사합니다."

두 사람은 잠시 유라의 죽음에 대한 대화를 나누었다. 그리고 금 회장이 손을 내밀자, 황 팀장이 그의 손에 무언가를 건네주었다.

"그럼 이만 들어가서 좀 쉬게나."

"감사합니다, 회장님."

금 회장은 황 팀장으로부터 건네받은 무언가를 품에 넣고는 자신의 휴대폰을 꺼내들었다. 그가 전화를 건 사람은 다름 아닌 검사장이었다.

"안녕하십니까, 검사장님. 네, 걱정해주셔서 감사합니다. 안 그래도 그 일 때문에 머리가 아파 연락드렸습니다. 강남경찰서에 젊은 형사가 하나 있는데… 유가족이 부검을 반대하는데도 유라 몸에 칼을 대겠다고 난리를 치는 모양입니다…. 우리 불쌍한 유라, 그 앙상한 몸에 칼 댈 곳이 어디 있다고 그걸 두고 보겠습니까?"

* * *

송석 대학병원 장례식장 특실

양평에서 급히 올라온 유라의 아버지는 멍한 표정으로 딸의 영정 사진을 바라보고 있었다.

"아버님, 죽은 사람은 죽은 사람이고. 남은 사람은 살아야 하지 않겠습니까?"

"젊은 애가… 어떻게 이렇게 하루아침에 죽을 수 있는 겁니까? 도무지 이해가 안 됩니다."

유라 아버지가 '이해가 안 된다'는 말만 중얼거리자 곁에 있던 AI 엔터테인먼트 경영실장이 입을 열었다.

"아까도 말씀드렸지만 경찰에서도 타살 가능성은 없다고 했습니다. 그러니 장례식만 치르고 나면 따님 앞으로 되어 있는 모든 재산이 아버님께 양도되도록 회사에서 잘 조치하겠습니다."

'재산'이라는 말에 유라 아버지 곁에 있던 여자가 눈을 빛냈다. 유라의 새엄마였다.

"유라가 남긴 재산이 얼마나 되나요?"

"당신은 지금 그런 말 할 때요? 유라가 죽었는데…!"

유라의 아버지가 아내를 향해 핀잔을 주었지만, 경영실장은 오히려 이 순간을 놓치지 않았다.

"유라 씨 소유의 아파트에 회사에서 관리하는 적금, 그리고 저작권에 이런저런 것들을 전부 다 하면… 아마 200억은 충분히 넘을 것 같습니다."

"200억…!"

200억이라는 금액에 새엄마가 놀라 헛기침을 했다. 유라 아버지 역시 엄청난 금액에 눈빛이 흔들리고 있었다.

"아버님, 굳이 부검이 필요하다고 생각하시나요? 부검이란 게, 죽은 사람 몸 전체를 여기저기 칼로 헤쳐 놓는 겁니다. 죽은 유라가 그러길 바랄까요? 유라 동료들도 다들 걱정하며 반대하고 있습니다."

경영실장의 말에 새엄마도 편을 들었다.

"여보, 애가 반신욕 하다 죽은 것 같던데. 경찰이 지들 자식 아니라고 험하게 구는 걸 그냥 둘 거예요?"

새엄마까지 거들고 나서자, 잠시 고민하던 유라 아버지 역시 고개를 끄덕였다.

"…나도 그런 짓은 싫습니다. 경찰에게 부검하지 말라고 강력하게 요청하겠습니다."

그날 밤, 유라 아버지는 유가족 조사를 받았다. 그리고 그는 동금에게 절대 유라가 부검을 받게 하지 않겠다며 큰소리를 냈다.

"우리 가족은 부검을 절대 반대합니다. 죽은 애 몸에 칼을 댄다는 건 그 아이를 두 번 죽이는 거나 다름없지 않습니까?!"

"아버님, 그렇게만 생각하실 게 아닙니다. 따님은 지금 사인이 불명확합니다. 젊은 딸이 이렇게 갑자기 죽었는데, 어떻게 죽은 건지 제대로 모르셔도 정말 괜찮으신 겁니까?"

동금은 최대한 유라의 아버지를 설득하고자 했지만, 그는 이미 마음을 정한 듯 요지부동이었다. 게다가 대한 법무법인 변호사들까지 나서서 유라 아버지를 거들었다. 전 경찰지방청장인 이두영 변호사가, 경찰서장과 형사과장을 만나 '타살 혐의도 없고 유가족이 극구 반대하는 부검을 왜 하려는지 이해할 수 없다'고 변론한 것이다.

"부 팀장, 저쪽 말고 우리 쪽 얘기 좀 들어보자."

이두영 변호사가 다녀간 뒤, 형사과장은 기원을 호출했다. 그리고 기원으로부터 현 상황에 대한 상세한 설명을 들었다. 기원의 설명을 전부 들은 뒤, 형사과장은 동금의 부검 신청 이유를 납득했다. 하지만 여전히 부검 영장 접수는 산 넘어 산이 기다리고 있었다. 이번에는 영장 접수를 하러 간 동금에게 담당인 민 검사가 '유가족 부검동의를 받아오라'며 반려시킨 것이다. 그리고 이에 맞춰 연예지인 〈스포츠 아시아〉에서는 유라의 죽음이 마치 동금의 수사 압박 때문이라는 뉘앙스로 단독보도를 냈다. 유라의 마약 사건을 수사하는 강남경찰서의 박 모 형사가, 출석일자 협의도 없이 일방적으로 통보하여 유라가 힘들어했다는 보도를 낸 것이다. 마치 동금이 준 스트레스로 유라가 죽은 것처럼 몰아가는, 손발이 짝짝 맞는 움직임이었다. 심지어 '유가족이 이를 문제 삼자 가족이 반대하는 부검을 분풀이 식으로 신청했다'는 내용을 더하고, 기사 말미에는 '그나마 유가족을 배려한 것은 검찰이었다. 검찰은 유가족을 배려하여 영장을 돌려보냈다'라는 말을 덧붙였다.

결국 동금은 사실 확인을 요청하는 기자들에게 그런 일이 없다고 해명하는 데에만 상당한 시간을 소요해야 했다. 그리고 그 사이, 유라의 시신은 부검 없이 장례를 치르는 것으로 결정되었다. 물론, 여기서 물러날 동금이 아니었지만.

"오빠!"

장례식장으로 들어오던 설희가 구석에 서 있는 동금을 발견하고 외쳤다.

"왔어?"

"오빠, 기사 난 거 봤어! 오빠가 나랑 같이 통화해서 유라 편한 날로 출석일자 잡은 건데…. 다들 미친 거 아니야? 오빠가 일방적으로 유라 출석일자를 잡았다니, 그게 무슨 개소리냐고!"

설희의 말대로 유라의 출석일자는 '동금' '유라' '설희', 이렇게 세 사람이 합의해 정한 날짜였다. 유라는 최대한 빠른 시일 내에 조사 받기를 원했고, 이에 오히려 동금이 경찰 입장에서는 부담스러운 날짜임에도 출석일자를 빠르게 정한 것이었다.

"설희야, 지금 중요한 건 부검이야. 유라가 왜 죽었는지 제대로 알기 위해선 반드시 부검을 해봐야 해. 그런데 지금 유라 가족들이 부검을 반대해서 그냥 장례를 치를 분위기야."

"그럼 안 되잖아. 우리 유라, 왜 죽었는지 밝혀야 하잖아?!"

"설희야, 그래서 말인데…. 유라 친어머니가 대전에 계신다고 하지 않았어?"

* * *

10월 22일 오전 8시 유라의 장례식장

유가족들과 동료들의 조문으로 유라의 장례식은 그 끝을 향해가고 있었다. 예정된 시간이 되자, AI 엔터테인먼트 직원들이 유라의 관을 들었다. 동금은 기원과 함께 멀찍이서 그 모습을 지켜볼 수밖에 없었다.

"박 형사야. 네 한 수는 두지도 못하고 끝나는 거 아니냐?"

기원의 말에 동금은 말없이 입술을 씹었다. 이대로 운구차에 유라의 관이 실려 화장터로 가게 되면, 부검의 기회는 영영 사라질 것이다. 설희 역시 유라의 관을 뒤따르며, 저 멀리 서 있는 동금을 초조한 표정으로 몇 번이나 쳐다보고 있었다.

찰칵- 찰칵- 찰칵-

장례가 치러지는 3일 동안, 수많은 기자들이 열띤 취재 경쟁을 벌였다. 그리고 지금, 그 클라이맥스를 알리듯 이동하는 유라의 관 위에는 플래시 불빛들이 은하수처럼 수놓이고 있었다. 그런데 그때, 이변이 일어났다. 어디서 나타났는지 모를 중년의 여성이 유라의 관 앞으로 달려든 것이다!

"우리 유라가 왜 죽었는지 내가 알지도 못하는데! 어떻게 유라를 이렇게 보내!"

유라의 관을 촬영하던 기자들의 플래시가 중년의 여성에게로 향했다. 그랬다, 여성의 정체는 바로 유라의 친어머니였다. 관을 붙잡고 우는 그녀의 뒤에는 두 명의 형사가 함께 하고 있었다. 유라의 어머니를 모셔오라는 미션을 성공적으로 클리어 한, 정선과 수석이었다.

사실 유라 어머니는 장례식에 오지 않을 예정이었다. 유라 아버지와 가정폭력으로 이혼했던 그녀는, 유라를 만날 때도 전남편의 눈을 피해 만날 만큼 그를 두려워했다. 때문에 딸의 장례식이 열린다는 사실을 알면서도 전남편이 무서워 찾아올 엄두를 내지 못했다. 하지만 동금의 부탁을 받은 두 형사로 인해 상황은 바뀌었다. 정선과 수석은 설희에게 받은 주소로 유라 어머니를 찾아갔고, 전심으로 그녀를 설득했다.

"어머니, 이대로 장례식이 끝나면 따님은 억울해서 눈도 제대로 못 감을 거예요. 하지만 어머니가 지금 용기 내신다면 밝혀낼 수 있습니다."

두 형사뿐만 아니라, 설희와 설희의 아버지도 전화로 전남편의 그릇된 행동을 전하는 등 그녀를 설득했다. 마침내 유라의 어머니는 자리에서 일어났고, 그렇게 장례식이 끝나기 전에 딸 앞에 도착할 수 있었다.

"유라야-! 유라야아아아-!!!"

유라의 어머니는 관을 붙잡고 절규했다. 3일이나 되는 장례식 동안, 그 누구에게서도 볼 수 없었던 뜨거운 피눈물이 처음으로 유라의 관을 적시고 있었다.

"…이 여편네가! 갑자기 나타나서는 이게 무슨 행패야?!"

뒤늦게 새 아내에게 등 떠밀린 유라 아버지가 사태를 수습코자 앞으로 나섰다. 그러나 그는 유라 어머니에게 다가갈 수 없었다. 덩치 큰 수찬이 앞을 가로막으며 그녀를 보호한 것이다.

"형사님! 형사님들! 제발… 제발 우리 유라 억울하지 않게…! 죽은 이유라도 알게 해주세요…! 제발 부탁입니다…!"

수찬의 바짓가랑이를 붙잡고 울부짖는 유라 어머니를 향해 동금이 천천히 다가갔다. 동금은 울음을 멈추지 못하는 그녀의 두 손을 잡으며 입을 열었다.

"어머니, 경찰이 반드시 따님이 죽은 이유를 밝혀내겠습니다. 부검을 해서라도 어떻게 죽은 건지, 반드시 밝혀내어 알려드리겠습니다."

드라마 같은 장면에 기자들의 카메라가 불을 뿜었다. 사진으로만 남겨둘 것이 아니라 생각했는지, 개중에는 급히 휴대폰을 꺼내 영상으로 촬영하는 기자들도 적지 않았다.
 이후, 동금과 유라 어머니의 모습은 유튜브를 비롯한 SNS로 순식간에 퍼져나갔다. 그리고 방송에서는 동영상으로, 신문에서는 사진으로 모든 매체들의 1면을 장식했다. 이제 그 누구도 유라의 부검을 막을 수 없었다. 유라의 시신은 무사히 국과수로 옮겨졌고, 동금과 수석의 참여하에 부검이 진행되었다. 그리고 동금은 가장 중요하다 생각되는 부분을 부검의에게 부탁하는 것을 잊지 않았다.
 "박사님, 약물중독 여부에 대한 혈액검사, 철저하게 부탁드립니다."

* * *

 그 시각, 금 회장은 커다란 소파에 앉아 차를 마시고 있었다. 그의 손에는 서류 한 장이 들려 있었다. 다름 아닌 동금에 대한 프로필이었다.
 "전직 골프선수라…."
 프로필을 읽어가던 금 회장은 황당하다는 듯 웃음을 터뜨렸다.
 "담당 사건 범인의 딸과 결혼…? 이 친구, 아주 재미난 친구네?"
 잠시 후, 노크 소리가 들리며 회장실 안으로 누군가 들어왔다. 그러자 금 회장은 더 볼 것도 없다는 듯, 들고 있던 동금의 프로필을 찢어 버리며 방문객을 향해 눈길을 돌렸다.

* * *

 부검 참여를 마친 동금은 유라의 집으로 이동해 있었다. 유라의 사체 발견 당일, 누구도 그녀의 휴대폰을 발견하지 못했다는 것이 마음에 걸렸다. 유라의 휴대폰에는 분명 프로포폴 투약과 사망 원인에 대한 실마리가 있을 것이라는 게 동금의 생각이었다. 휴대폰만 찾아도 유라가 평소 누구와 연락하고 누구와 만나는지, 주로 방문하는 곳은 어디인지 등 많은 것을 알 수 있을 테니 말이다.
 "후… 분명 여기서 전원이 꺼졌는데…."
 기지국을 확인한 결과, 유라의 휴대폰 전원이 꺼진 곳은 바로 이곳, 유라의 집이 확실했다. 때문에 동금은 혹시나 하는 생각으로 아파트 입구와 화단까지 (수석과 함께) 샅샅이 뒤져보았지만, 어디에도 유라의 휴대폰은 없었다.
 "결국… 그 클럽인가?"

* * *

 다음 날, 동금은 친구 요섭으로부터 소개받기로 한 가드를 만나고자 약속 장소로 향했다. 유라의 휴대폰을 찾지 못한 동금의 다음 걸음은, 그녀와 관련된 실마리를 찾고자 했던 노블러스 가드와의 만남이었다.
 "안녕하십니까, 형님! 박정현이라고 합니다!"
 정현은 동금을 보자 꾸벅 고개를 숙이며 자신을 소개했다. 26살인 정현은 군대를 제대하자마자 보안업체에서 일하던 중, 노블러스 클럽이 만들어지는 시기에 맞춰 가드로 취직했다고 했다. 즉 노블러스 클럽이 만들어진 시기부터 클럽과 함께한 인물이었다.

"네, 맞습니다. 형님들 생각대로 노블러스 클럽 실제 주인은 호진 대표입니다. 마이클 홍은 바지사장이고요. 그래서 마이클 홍이 항상 호진 대표 눈치를 봅니다."

정현의 말을 들으며 동금은 가만히 고개를 끄덕였다. 그는 강남에서 고급 호텔을 임대해 클럽을 만들려면 호진의 수준으로는 어림도 없다는 사실을 알고 있었다. 하지만 정현 앞에서 그런 얘기를 할 필요는 없다고 생각했다. 일개 가드가 그런 내용을 알 리 없다는 것 역시 잘 알고 있었기 때문이다.

"VVIP들이 뜨면 보안팀에 특별지시가 내려옵니다. 제가 알기로는 연예계에 있을 때 알던 분들이라고 하던데…. 아무튼 그런 날은 클럽 전체가 비상이나 다름없습니다. 한 마디로 거물들에게 거물 대우를 해주는 날인 거죠!"

"그 거물들에 대해서 아는 게 있습니까?"

"음… 얼굴이나 이름은 모르지만 나이 든 여성 사업가 한 분이 VVIP로 자주 방문하시곤 합니다. 수십억도 우습게 보는 해외 사업가들도 같이 방문하고요. 그리고 연예인 중에서도 특히 인기 많은 연예인들은 특별대우를 해주기도 합니다. 우리 보안팀은 출입을 담당하니까, 미리 귀띔을 주거든요. 실수하면 안 되니까요."

"정현 씨, 죽은 유라도 자주 거기 갔다던데. 맞습니까?"

동금이 날카롭게 묻자, 웃음기를 머금고 떠들어대던 정현의 얼굴이 일그러졌다.

"다 알고 하는 얘기니까 솔직하게 대답하세요."

동금은 정현이 여러 생각을 하지 못하도록 재빨리 쐐기를 박았다. 정현은 잠시 그런 동금과 요섭을 번갈아 보더니, 푸- 한숨을 내쉬었다.

"요섭 형님 친구 분이시니까… 다 말하겠습니다."

정현은 동금에게 노블러스 클럽에 대해 알고 있는 모든 것을 털어놓았다. 유라는 노블러스 클럽에 자주 방문했다. 그리고 방문할 때면, 40대 정도로 보이는 여성과 늘 동행했다. 유라가 방문하는 날이면 보안팀에는 미리 지시가 내려왔고, 오 과장이 그녀를 노블레스 룸으로 안내했다.

"오 과장은 어떤 사람입니까?"

"클럽 운영자 중 하난데요. 호진 대표와 마이클 홍 바로 아래라고 보시면 됩니다. 셋이 제일 많이 붙어 다니기도 하고요."

"마약은요?"

"어휴, 형님. 강남 클럽들 중에 마약 없는 곳이 어디 있습니까. 요즘 마약 구하는 건 일도 아닌 거, 잘 아시잖아요."

정현의 말은 사실이었다. 그리고 노블러스 클럽 정도 되는 황금어장이라면, 마약딜러들이 그만한 시장을 놓칠 리도 없었다.

"아! 호진 대표랑 마이클 홍, 오 과장 말고도 실세 하나가 더 있습니다!"

"그게 누굽니까?"

호기심을 보이는 동금에게 정현이 휴대폰으로 무언가를 검색해 내밀었다. 그가 내민 휴대폰 액정에는 순정만화에서나 볼 법한 외모를 가진 미남의 화보 사진이 떠 있었다.

"모델 이유빈이요! 이 친구까지 네 사람이 노블러스 클럽의 실세입니다!"

07
보물창고

  며칠 뒤, 한창 유라의 변사사건 수사로 바쁘던 동금에게 세인으로부터 연락이 왔다. 무슨 일이 있는지 묻는 동금에게, 그녀는 호진으로부터 연락이 왔다는 사실을 알려주었다.
  "호진 씨가 무슨 일로 연락한 건가요?"
  "오늘 밤에 만나자고요. 노블러스 클럽에서요."
  동금은 잠시 생각에 잠겼다가 조심스럽게 입을 열었다.
  "세인 씨, 혹시 몇 시 약속이신가요? 약속시간 1시간 전에 저랑 잠시 만날 수 있을까요?"
  "아, 네! 물론이죠…!"

* * *

호진과의 약속 1시간 전 / 노블러스 클럽 근처 카페

  '박동금 형사님… 결혼은 했을까?'
  세인은 카페에서 동금을 기다리며 생각했다. 전 남편 이후 이성적 만남을 가진 남자라곤 없던 그녀였다. 하지만 지금 세인은 스무 살 대학생처럼 두근거리는 마음을 감추지 못하고 있었다. 잠시 후, 카페 안으로 들어오는 동금을 발견하자 그녀의 심장은 더 크게 뛰기 시작했다.

"박 형사님…!"

손을 흔드는 세인을 발견한 동금이 성큼성큼 그녀가 있는 자리로 걸어왔다.

"헤어스타일 바꾸셨네요? 잘 어울리세요."

눈썰미 좋은 동금의 칭찬에 세인의 얼굴이 붉어졌다. 그렇잖아도 가슴까지 내려오던 긴 머리를 짧은 커트로 바꾸면서 어떻게 보일지 몰라 안절부절못하던 터였다.

"고맙습니다."

세인이 소녀처럼 빨개진 얼굴로 답했다. 동금은 미소 띤 얼굴로 그녀의 맞은편에 앉으며 이야기를 시작했다.

"조금 급작스러울 수 있겠지만…. 제가 뵙자고 한 이유부터 바로 말씀드리겠습니다."

동금은 세인에게 자신이 유라의 마약사건과 변사사건을 맡고 있다는 사실부터 밝혔다. 그리고 그녀가 노블러스 클럽에 자주 출입했다는 정보를 알려주었다.

"솔직히 말씀드리겠습니다. 세인 씨의 도움이 필요해요."

"유라 씨의 죽음이 자연스럽지 않기 때문이군요?"

"맞습니다. 혹시 호진 씨에 대해 아는 건 없으신가요? 어떤 사람인지… 뭐 그런…."

"죄송하지만 저도 호진 씨에 대해서는 아는 게 별로 없어요. 아마

그쪽에서 먼저 연락을 주지 않았다면 여전히 이름만 아는 정도였을 거예요. 제가 아는 거라곤 뛰어난 외모에 비해 연기력이 부족한 배우였다는 것 정도? 그리고 연예계에서 은퇴하면서, 완전히 연예계에 대한 미련은 접고 사업에 뛰어들었다고 알고 있어요. 뭐, 이 정도는 누구나 아는 정보일 거라고 생각하지만….”

동금은 세인의 이야기를 들으며 씁쓸한 표정으로 고개를 끄덕였다. 그런 동금을 보던 세인이 조심스럽게 입을 열었다.

“제가 그럼 어떤 도움을 드리면 될까요?”

동금은 잠시 망설였다. 먼저 도움이 필요하다 말하긴 했지만, 세인의 안전을 생각하면 쉽게 부탁할 수 있는 일이 아니었기 때문이다. 하지만 그녀의 굳센 눈을 보는 순간, 동금은 마음을 정할 수 있었다.

“오늘 파티에 참석하는 사람들의 면면이나 마약 사용여부에 대해 살펴주시면 큰 도움이 될 것 같습니다. 물론 정보 파악보다 중요한 건 세인 씨의 안전이에요. 저 역시 클럽 앞에서 대기하고 있을 겁니다. 그러니 무슨 일이 생기거나 파티가 끝나면 바로 연락주세요.”

* * *

“세인 씨, 어서 오세요!”

세인은 오 과장의 안내를 받아 노블레스 룸으로 들어갔다. 그녀가 룸에 들어서기 무섭게, 헤드테이블에 자리 잡고 있던 호진이 과장스런 액션으로 그녀를 반겼다.

“오랜만이네요.”

세인의 살짝 차가운 인사에도 호진은 연신 미소를 지으며 그녀를 환대했다. 호진의 왼편에 앉아 있던 마이클 역시 그녀를 반겼다.

"오랜만에 뵙습니다, 세인 씨. 어유, 못 본 사이 더 아름다워지셨네요?"

사실 호진은 세인에게 관심이 없었다. 호진의 입장에서 그녀는 이미 한물 간 연예인에 불과했기 때문이다. 하지만 일본으로 돌아간 코지마는 이후로도 계속 세인을 찾았다. 즉 코지마의 투자를 얻기 위해, 호진에게는 세인이 필요했다.

"세인 씨, 이쪽으로 앉으시죠."

호진이 세인에게 자신의 오른편 자리를 가리키며 말했다. 헤드테이블로 걸어간 세인은 호진과 살짝 거리를 두며 자리에 앉았다.

"조금 있으면 우리 모델 후배 하나 올 거거든요? 그 친구까지 이렇게 네 사람이 친한 멤버입니다. 아시다시피 여기 마이클 홍 형이랑 오 과장은 클럽에서 근무하고 있고요."

잠시 후, 노블레스 룸이 열리며 누군가 모습을 드러냈다. 세인은 그를 보며 놀란 표정을 짓지 않고자 크게 숨을 들이마셔야 했다. 룸으로 들어온 남자는 다름 아닌 모델 이유빈이었던 것이다. 지난 VVIP들의 파티 때, 가면 쓴 중년 여성의 무릎 위에서 아양을 떨고 있던 남자….

'설마… 날 알아보는 건 아니겠지?'

세인의 걱정과 달리 유빈은 그녀를 전혀 알아보지 못하는 듯했다. 그녀의 헤어스타일이 바뀌었을 뿐만 아니라, 유빈 역시 그날 상당히 취해 있었던 덕이었다.

"자, 그럼 멤버도 다 모였으니 놀아볼까요?"

호진의 말이 떨어지기 무섭게 술과 안주가 들어오며 파티가 시작되었다. 네 남자는 서로 웃고 떠들며, 세인에게 술과 안주를 권하는 등 친근감을 표현하기 위해 노력했다.

'보아하니 멤버들끼리만 노는 자리인 것 같은데…. 나를 여기 부른 이유가 뭘까?'

세인의 의문은 틀리지 않았다. 호진이 그녀를 이 자리에 부른 이유는 단 하나였다. 친근감을 줌으로써 세인의 경계심을 무너뜨리고, 그녀의 환심을 사는 데에 성공하여 코지마의 손에 넘겨주는 것. 그렇게 세인이라는 선물로 코지마의 투자를 얻어내는 것만이 호진이 이 자리에 세인을 초대한 유일한 이유였다.

"사장님, 민성대 애들 왔다는데 데리고 올까요?"

오 과장이 자리에서 일어나며 묻자, 호진이 음흉하게 웃으며 고개를 끄덕였다.

"유빈아, 혹시 너 아는 애들 중에 오늘 괜찮은 애 없어? 세인 씨 파트너도 있어야지."

호진의 말에 유빈 역시 씩 웃더니 오 과장의 뒤를 따라 노블레스 룸을 나갔다.

"아참, 호진아. 너도 얘기 들었지? 유라가 그렇게 죽다니…. 연말 인기가수상은 따 놓은 당상이라고 생각했는데 말이야. 안 그러냐?"

마이클의 말에 호진은 비웃는 듯한 미소를 지으며 고개를 끄덕였다. 그리고 순간, 세인이 눈을 반짝이며 입을 열었다.

"저도 얘기 들었어요. 들리는 소문으로는 유라 씨가 여기 자주 놀러왔다던데 사실인가요? 노블러스 클럽에 자주 놀러왔고… 약물중독으로 죽었다는 얘기가 돌던데…."

칵테일을 마시던 마이클은 사레가 걸린 듯 크게 기침을 했고, 호진 역시 순식간에 얼굴이 어두워졌다. 그런 두 사람을 보며 세인은 속으로 미소를 지었다. 동금이 주문한 '슬쩍 떠보기'가 제대로 통한 것이다.

"그, 그런가요? 이상하다. 저는 우리 클럽에서 유라를 본 적이 없는데…. 그치, 호진아?"

"그러게? 난 전혀 모르겠는데?"

마이클과 호진은 전혀 모르는 일이라는 듯 말을 주고받고 있었지만, 누가 봐도 안절부절못하는 어색한 대화였다. 그때 오 과장이 이십대 초반으로 보이는 여자 넷을 데리고 노블레스 룸으로 돌아왔다. 뒤이어 유빈 역시 꽃미남 하나를 데리고 룸으로 들어섰다.

"너, 이리 와."

호진이 먼저 한 여자를 고르자 마이클, 오 과장, 유빈이 차례로 여자를 골랐다. 유빈이 데려온 남자는 세인 곁에 자리를 잡았다.

"몇 살이에요?"

"스물다섯이요. 누나는요?"

세인의 곁에 앉은 남자는 세인으로부터 눈을 떼지 못하며 몸을 밀착시켰다. 세인은 그런 남자가 껄끄러웠지만, 호진을 비롯한 멤버들의 의심을 사지 않기 위해 거부하지 않았다.

"자, 마셔요."

"감사합니다, 누나."

세인은 남자에게 연신 위스키를 권했다. 그렇게 남자를 취하게 만드는 동시에, 멀지 않은 자리에 앉은 오 과장과 대화를 나누기 시작했다.

"아참, 세인 씨. 혹시 그날 현주라는 여자 못 봤어요? 호진 사장이 현주라는 여자를 한참 찾았는데."

세인은 속으로 뜨끔했지만, 오히려 이 기회에 혹시 모를 일을 대비해야 한다고 생각하며 오 과장에게 속삭였다.

"오 과장님, VVIP 분들이 그날 있었던 일에 대해 누구에게도 알리지 말라고 하셨어요. 호진 씨한테도 말이에요. 그러니 그날 얘기는 누구한테도 하지 마세요. 저뿐만 아니라 다른 사람들에 대해서도요. 만에 하나 그분들 귀에 들어가게 되면…. 과장님만 곤란해질 수 있어요."

감미로운 세인의 목소리에 오 과장은 뭔가에 홀린 사람처럼 고개를 끄덕거렸다.

"네, 잘 알겠습니다. 걱정 마세요! 저, 입 무겁습니다."

입에 지익- 지퍼 채우는 시늉을 하는 오 과장에게 세인은 미소로 화답해주며 화제를 돌렸다.

"그나저나 유라 씨 너무 불쌍하지 않아요? 아까 보니 홍 대표님도 안타까워하던데…. 오 과장님은 유라 씨에 대해 좀 아세요?"

세인은 최대한 자연스럽게 유라에 대한 이야기를 꺼내며 주변을 살폈다. 다행히 호진과 마이클, 그리고 유빈은 각자 품에 안은 파트너와 스킨십을 나누느라 바빴다.

"그러게 말이에요. 유라가 우리 클럽에 진~짜 자주 놀러왔거든요."

오 과장이 세인의 잔에 술을 채워주며 말했다.

"아, 그래요?"

"사실, 지금 세인 씨가 앉아 계신 그 자리가 유라가 주로 앉던 자리예요."

오 과장이 유라에 대해 떠들어대기 시작하자, 곁에 앉아 있던 여대생이 놀란 얼굴로 찰싹 달라붙었다.

"오빠, 유라 잘 알아? 친했어? 대박이다…!"

"그러엄. 유라가 여기서 남자를 얼마나 많이 만났는데. 그리고 죽었으니 하는 얘기지만…. 걔 약도 장난 아니게 많이 했다. 모르긴 해도 아마 몸상태가 말도 아니었을걸?"

오 과장은 두 여자의 관심에 기분이 들뜨기 시작한 듯, 어깨를 으쓱거리며 말했다.

"어머나, 유라 씨가 약도 했어요? 그럼 그런 약은 어떻게 구하는 거예요?"

순간, 오 과장이 조개처럼 입을 다물었다. 아무래도 이 이상은 클럽과 관련된 일이라 더 말하기가 껄끄러운 듯했다.

"어, 음…. 그게 말이죠."

"그런 것까진… 잘 모르시나 보죠?"

세인이 아쉽다는 듯, '너는 겨우 그 정도구나?' 하는 표정을 짓자 오 과장은 다급해졌다. 자신을 향한 아름다운 여인의 관심을 조금이라도 더 붙잡고 싶은, 남자로서의 본능이 움직인 것이리라.

"세인 씨, 이건 진짜 비밀인데요."

오 과장은 파트너인 여대생에게 잠시 떨어져 있으라는 제스처를 취하고는 세인을 향해 바짝 상체를 들이밀었다.

"프로포폴 아시죠? 뭐, 뉴스 봐서 아시겠지만 유라가 맞은 게 그거예요."

"아, 네. 저도 알죠. 기사 봤으니까요. 제가 궁금한 건 그게 아닌데…."

세인이 한 번 더 튕기자, 오 과장은 더 조급해진 얼굴로 재빨리 말을 이었다.

"주사 이모라고 있어요."

"주사… 이모요?"

"네, 강남 클럽이나 유흥가에 다니면서 프로포폴 놔주는 사람이에요. 유라가 그 사람한테 직접 맞았는지까지는 몰라도… 아마 구입은 무조건 그 사람한테 했을걸요? 그 유라 졸졸 따라다니던 여자 매니저가 사다 날랐을 거라고요. 걔는 그거 없인 잠도 제대로 못 자는 애였으니까요."

* * *

파티는 새벽 1시가 넘어서야 끝이 났다. 호진을 비롯한 남자들은 각자 파트너를 데리고 노블레스 룸을 나갔고, 세인 역시 자신의 파트너와 함께 클럽을 나왔다.

"세인 씨, 좋은 밤 되세요."

클럽에서 헤어지기 직전, 마이클은 의미심장하게 웃으며 세인에게 봉투 하나를 내밀었다. 안에 든 것은 5만 원짜리 지폐 여섯 장이었다. 아마도 호텔 비용인 듯했다.

"누나, 어디로 갈까요?"

세인의 파트너였던 남자가 잔뜩 기대에 찬 얼굴로 물었다. 그러나 세인은 그런 남자를 향해 마이클이 준 봉투를 내밀었다.

"택시 타고 들어가세요. 난 만날 사람이 있어서."

아쉬움 가득한 얼굴로 눈을 떼지 못하는 남자를 두고 세인은 클럽에서 멀리 벗어나며 휴대폰을 꺼내들었다.

"세인 씨!"

전화기 너머로 들려오는 동금의 목소리를 듣자 세인의 얼굴에 미소가 피어났다. 약속대로 그는 클럽 근처에서 기다리고 있었다.

"박 형사님, 저 조금 전에 나왔어요."

"잠시만 기다리세요. 금방 그쪽으로 가겠습니다."

전화가 끊어지기 무섭게 골목에서 차 한 대가 나타나더니 그대로 세인의 앞에 멈춰 섰다. 동금의 미니쿠퍼였다. 차를 세운 동금은 운전석에서 내려 세인을 위해 조수석 문을 열어주었다.

"당산동 아파트까지 태워 드릴게요. 지금 시간이면 20분도 안 걸릴 겁니다."

차를 타고 이동하며, 세인은 노블레스 룸에서 있었던 일들에 대해 모두 이야기하기 시작했다.

"호진 씨나 마이클 홍이란 사람은 뭔가 감추려는 듯했어요. 하지만 오 과장이라는 사람 말을 들어 보니 유라 씨가 클럽에 자주 온 게 맞는 것 같아요. 프로포폴을… 한 것도 맞고요."

"프로포폴이나 다른 마약에 대해 더 들으신 건 없을까요? 판매자라든가, 그런 거 말입니다."

"오 과장이란 사람이 말하길, 주사 이모라는 사람이 있대요."

"주사 이모요?"

"네, 어떤 방식으로든 그 사람에게서 프로포폴을 구매했을 거래요. 유라 씨가 프로포폴 없이는 잠도 제대로 못 잤나 봐요. 그래서 늘 따라다니는 여자 매니저가 주사 이모로부터 구매했을 거라고 확신하듯 말했어요."

잠시 후, 동금의 차가 세인의 아파트 지하주차장에 도착했다.

"오늘 주신 도움, 정말 감사합니다. 꼭 보답하겠습니다."

"저… 형사님."

"네?"

"그 보답 말인데요…."

조수석에 앉아 있던 세인은 잠시 망설이는 듯싶더니 동금을 향해 상체를 기울였다. 그의 앞으로 다가가는 그녀의 두 눈은, 무언가를 기대하듯 꾹 감겨져 있었다.

* * *

고려 팰리스 호텔 32층 스시 아카사카

32층 엘리베이터가 열리자 한 남자가 뚜벅- 호텔 복도로 발을 내디뎠다. 고급스러운 호텔과는 다소 어울리지 않는, 검은 모자에 편안한 트레이닝복 차림의 남자였다.

"어서 오세요, 안내 도와드릴까요?"

남자를 발견한 여직원이 물었지만, 그는 고개를 저으며 그대로 스시 아카사카 안으로 들어갔다. 그러고는 잠시 안을 둘러보더니 식사 중인 한 중년 남성을 향해 걸음을 옮겼다.

"아, 자네 왔나? 밥은 먹었고?"

작은 키에 뚱뚱한 체격을 가진 대머리 남자가 검은 모자를 향해 물었다. 그러나 검은 모자는 그런 건 관심 없다는 듯, 대머리 남자의 맞은편 의자를 드륵- 꺼내서는 그 앞에 앉았다.

"전달해드리라는 물건이 있어 왔습니다."

검은 모자의 남자가 품에서 무언가를 꺼내 테이블 위에 올려두었다. 그가 꺼낸 것은… 다름 아닌 사라진 유라의 휴대폰이었다.

"그래… 이게 그 휴대폰인가?"

"포렌식[2]해서 보고해달라고 하셨습니다. 그리고 지난번 파이브걸스 일에 대해서는 따로 사례하겠다고 하셨습니다."

"나야 뭐, 그 멍청한 놈이 제 손으로 갖다 바친 휴대폰에서 빼돌려 제보한 것밖에 더 있나? 그저 감사해하더라고 전해주게."

검은 모자는 고개를 끄덕이는 것으로 답을 대신한 뒤 자리에서 일어났다. 그리고 그 순간, 검은 모자의 얼굴이 살짝 드러났다. 검은 모자는 바로 그 남자였다. 지난 8월 24일, 호텔에서 좀비처럼 걸어 나간 시스루 원피스 여인을 뒤따라갔던 남자….

"담에 또 보세."

검은 모자가 자리를 떠난 뒤, 대머리 남자는 테이블에 놓인 유라의 휴대폰을 집어 들었다. 그의 이름은 이석천. 휴대폰 포렌식 전문 업체인 하이노블의 대표였다.

"이렇게 또… 내 손에 보물 하나를 쥐어주시는구먼."

석천은 킬킬거리며 유라의 휴대폰을 품에 넣은 뒤 식사를 계속했다. 그의 말대로 하이노블은 그야말로 보물창고나 다름없었다. 수많은 연예인들이 맡기는, 휴대폰 속 자료들로 가득한 검은 보물창고…. 하이노블에 휴대폰을 맡기는 연예인들은 꿈에도 몰랐을 것이다. 그들이 하이노블에 휴대폰을 맡기는 순간, 그 휴대폰에는 새로운 주인 하나가 더 생기는 것이나 다름없다는 사실을….

---

2 휴대폰 속에 들어 있는 삭제된 사진, 동영상, 문자 등을 복원하는 것..

08
주사 이모

"아잇, 깜짝이야!"

아침 일찍 경찰서로 출근한 수석은 불을 켜다가 깜짝 놀라서 소리쳤다.

"박 형사님, 무슨 일 있으세요? 어제 퇴근 안 하신 거예요?"

수석이 놀란 이유는 피곤에 찌든 몰골로 자리에 앉아 있는 동금 때문이었다. 형사과는 보통 선배들이 출근하기 전에 막내가 먼저 나와서 청소(거기에 선배들의 책상 정리까지)를 해두는 것이 관행이다. 평소라면 아무도 없었을 사무실에 동금이 있는 것을 발견하고 놀란 것이다.

"어제 클럽에서 잠복했거든. 나 좀 씻고 올게. 고생해라."

동금은 인상을 찌푸리며 자리에서 일어났다. 잠시 후, 경찰서에 있는 목욕탕에서 씻고 나온 그는 청소를 대강 마친 수석을 불렀다.

"신 청장, 아침은 먹었냐? 안 먹었으면 해장국이나 먹으러 가자."

충남 공주에서 홀로 올라와 자취 중인 수석이 아침밥을 먹었을 리 없었다. 수석은 좋아죽겠다는 얼굴로 얼른 동금을 따라 나섰다.

"어제 유라가 노블러스 클럽에 다녔다는 거, 확인됐다. 그리고 프로포폴에 대한 정보도 얻었는데…."

수석은 선지해장국을 입 안 가득 집어넣으며 귀를 쫑긋 세웠다.

"프로포폴을 판매하거나 주사해주는 여자가 있단다."

"그게 누굽니까?"

"주사 이모."

"주사 이모요?"

"그래, 강남 클럽이나 유흥가에서 우유 주사를 놔주는 여자래. 아마 유라는 인기 연예인이다 보니 직접 그 여자한테 맞진 않고 구입한 모양이야."

수석은 동금의 말에 고개를 끄덕이며 냅킨을 접어 놓아주었다.

"그러니까… 유라가 죽은 게 우유 주사랑 연관이 있을지도 모른다는 말씀이신 거죠?"

동금은 해장국을 우물거리며 고개를 끄덕였다.

"박 형사님, 그러면 그 주사 이모라는 여자랑 프로포폴을 구매했다는 여자 매니저만 찾으면 되는 거 아닌가요?"

"쉬운 일인 것처럼 얘기한다?"

"뭐 어려울 게 있나요?"

"좋아, 그럼 우리 내기할까?"

동금은 냅킨으로 입을 닦으며 수석에게 내기를 제안했다.

"우리 둘이 주사 이모랑 매니저를 한 사람씩 찾는 거야. 어때?"

"좋습니다, 그럼 저는 매니저를 찾을게요!"

"경찰대 나온 머리 좀 쓰라고 했더니 냉큼 더 쉬워 보이는 쪽을 찾겠다? 좋아, 해보자."

＊＊＊

　다음 날, 수석은 출근하고 얼마 지나지 않아 한 통의 전화를 받았다. 그러고는 잔뜩 풀이 죽은 얼굴로 책상 위에 엎어졌다.
　"신 청장아, 무슨 일 있어야?"
　책상 위에 엎어진 수석을 보며 기원이 귀엽다는 듯 말을 걸었다.
　"아니! 대체! 경찰을! 뭘로 보길래! 공문에 협조를 안 하겠다는 거죠?!"
　전날, 수석은 밥을 먹고 돌아오기 무섭게 AI 엔터테인먼트 홈페이지에 접속해 조직도를 내려 받았다. 그리고 나서 유라의 담당 매니저에 대한 인적사항을 요구하는 공문을 만들어 기원의 결재를 받아 이후 AI 엔터테인먼트로 보냈다. 그러나 AI 엔터테인먼트에서는 수석에게 전화를 걸어 다음과 같이 답변했다.
　"신 경위님, AI 엔터테인먼트 임지상 실장입니다. 요청하신 자료는 회사 영업비밀인 동시에 개인정보가 포함되어 있어 제공할 수 없습니다. 꼭 필요하다면 영장 받아오세요."
　경찰이 요구하는 자료를, 그것도 유라의 사건을 담당하고 있는 경찰팀의 요청을 거절할 수 없을 것이란 생각은 수석의 오판이었다.
　"그러게 내가 뭐랬어야? 그냥 좋은 경험한다고 생각하라고 했지야?"
　전날, 기원은 공문 결재를 해달라는 수석을 보며 이미 오늘 일을 예상했다. AI 엔터테인먼트 정도 되는 곳에서 겨우 공문 하나로 자신들의 꼬리가 잡힐지도 모르는 정보를 내어줄 리 없었던 것이다. 사실 기원뿐만 아니라 다른 팀원들 모두 예상한 일이었다. 그럼에도 수석의 공문에 결재를 해준 것은, 이것도 그에게 좋은 경험이자 공부가 될 것이라 생각했기 때문이다.

"혼자 헛방 치는 일은 그쯤하고 느그 조장인 박 형사랑 같이 움직여봐야. 박 형사는 이미 네가 혼자 헛물켤 거란 사실을 진즉에 알고 있었을 테니까."

기원의 말은 정답이었다. 동금 역시 막내형사이던 시절, 수석처럼 한 업체에 초대명단을 요구했다가 거절당한 적이 있었다. 다름 아닌 쌍둥이수표 사건 때의 일이었다.

"그나저나 박 형사는 지금 어디 있다니?"

* * *

그 시각, 동금은 클럽 MD인 친구 요섭을 만나고 있었다.

"요섭아, 너 주사 이모라고 아냐?"

"만나본 적은 없지만 들어본 적은 있지."

요섭이 해준 얘기는 세인이 들려준 얘기와 거의 동일했다. 결국 동금은 요섭에게 인맥을 총동원해서라도 주사 이모가 누구인지 찾아 달라 부탁할 수밖에 없었다.

"아참, 노블러스 클럽에 지금 난리 났는데. 알고 있어?"

일어나려던 동금은 요섭의 이야기에 다시 엉덩이를 붙였.

요섭의 이야기에 따르면, 미성년자들이 클럽에 들어온 것이 발각되어 조만간 호진이 경찰에 출석할 예정이라고 했다.

"이 고딩 놈들이 글쎄 클럽까지는 잘 왔다 나갔는데 편의점에서 담배를 사다 경찰들한테 걸린 거야. 그리고 결국 노블러스 클럽에 갔다

왔다는 것까지 걸려서 사고가 터진 거지."

"호진 사장… 머리 좀 아프겠네."

"동금아, 너 혹시 추동만이라는 전직 형사 알아?"

"그건 또 누구야?"

"마이클 홍이 그 인간 통해서 이번 일 무마하려고 한다는 소문이 돌던데… 혹시 네가 아는 사람인가 했지."

동금은 고개를 가로저었다. 그러고는 주사 이모에 대한 정보제공자나 다름없는 오 과장에 대해 물었다.

"오 과장? 그 새끼는 원래 나처럼 MD 하던 놈인데…. 옛날부터 윗대가리들 비위 잘 맞추는 걸로 유명했어. 호진 대표 눈에 든 것도 그것 때문이고. 근데 그거 아냐? 오 과장 그놈, 앞에서는 간이고 쓸개고 다 빼줄 것처럼 굴지만 그놈한테 뒤통수 맞은 인간이 한둘이 아니라는 거! 호진이 멍청한 새끼, 그것도 모르고…."

* * *

한편 AI 엔터테인먼트는 수석으로부터 날아온 공문 때문에 신경이 곤두서 있었다. 영장을 받아오라며 큰소리치긴 했지만, 경찰이 여자 매니저들의 명단과 유라 담당 매니저들의 인적사항을 요구했다는 것이 꺼림칙했다.

"뭔가 좀 알아냈나?"

금 회장의 날카로운 눈길을 받으며 실장들은 각자가 알게 된 경위에 대한 보고를 올렸다. 경찰 출신 변호사들을 통해, 유라 사건의 담당형사인 동금이 사건 관련 정보를 얻어 막내형사에게 알아보라 지시했음을 알게 된 것이다.

"박동금… 박동금…."

실장들을 모두 내보내고 홀로 남은 금 회장은 지끈거리는 머리를 꾹꾹 눌렀다. 유라의 죽음으로 날아간 매출이 이미 수백억이었다. 여기서 수습할 수 없는 일들이 더 터져버린다면, 그야말로 그가 혼신을 다해 쌓아올린 회사까지 벼랑 끝에 몰릴지도 몰랐다. 하지만 금 회장은 여기서 패배할 생각이 추호도 없었다. 그는 수많은 연예기획사들과의 싸움에서 승리하며, AI 엔터테인먼트를 정상으로 올린 승부사였으니까.

"내가 겨우 이따위 일로 무너질 것 같아?"

금 회장이 매섭게 허공을 노려보며 중얼거렸다. 그러나 그가 모르는 사실이 있었다. 이미 그는 동금에게 한방을 먹었다는 것. 동금은 수석을 통해 일부러 공문을 넣게 만들어, 자연스럽게 자신이 무언가 알아내었다는 사실을 AI 엔터테인먼트에 흘러들어가도록 유도한 것이었다. 마치 미끼를 던지고 기다리는 낚시꾼처럼 말이다. 그리고 동금이 던진 미끼를 AI 엔터테인먼트는 덥석 물었다. 금 회장은 모르고 있었지만, 동금은 AI 엔터테인먼트의 답변과 변호사를 통한 대응을 지켜보며 다음과 같은 확신을 가지게 되었다. '유라의 죽음은 분명 주사 이모와 여자 매니저, 두 여자와 연관되어 있다!'

* * *

10월 30일 강남경찰서

'어떻게 저렇게 빨리 볼 수가 있는 거지?'

수석은 옆자리에 앉아 있는 동금을 보며 속으로 경악했다. 두 사람은 몇 시간 전, 유라의 아파트를 방문해 엘리베이터 CCTV 영상을 확보해 사무실로 돌아왔다. 그리고 현재, 수석은 담당한 영상을 반에 반도 보지 못했지만, 동금은 이미 영상을 한차례 전부 본 뒤 황명진 팀장의 참고인 진술조서를 읽고 있었다.

'황명진 팀장은 10시 30분쯤 유라의 집에 도착했다. 그리고 112에 신고한 시간은 10시 52분⋯.'

동금은 진술조서를 보며 엘리베이터 영상을 확인했다. 영상에서 황 팀장이 찍힌 시간은 10시 27분이었다. 그녀는 루이비통 손가방을 들고 있었다. 동금은 다시 변사 전날 영상을 돌려 보았다. 저녁 9시경, 유라는 젊은 로드매니저 둘(남자 하나 여자 하나였다)과 황 팀장과 함께 엘리베이터를 타고 집으로 올라갔다. 황 팀장은 여전히 루이비통 손가방을 손에 들고 있었고, 여자 로드매니저의 손에는 유라의 것으로 보이는 큰 가방이 들려 있었다. 잠시 후, 로드매니저 둘이 먼저 엘리베이터를 타고 내려왔다. 로드매니저들의 손에는 아무것도 들려 있지 않았다. 동금은 그녀가 들고 있던 큰 가방이 유라가 발견되었던 날 그녀의 집에 있었던 것을 떠올렸다. 영상을 더 돌리자 밤 12시쯤 황 팀장이 엘리베이터를 타고 내려왔다. 여전히 그녀의 손에는 루이비통 손가방이 들려 있었다.

'진술이랑 불일치하는 건 없는데⋯.'

동금은 작게 한숨을 내쉬며 진술조서를 던지듯 내려놓았다. 유라의 변사 당일 상황에 대한 AI 엔터테인먼트 직원들(황 팀장과 두 명의 로드매니저)의 진술은 CCTV 영상 상황과 정확하게 일치했다. 그러나 동금은 찝찝함을 지울 수 없었다. 그가 생각하기에, 오 과장이 이야기한 '주사 이모로부터 프로포폴을 구입한 여자 매니저'는 분명 황 팀장일 가능성이 높았다.

'그때 소지품을 뒤져봤어야 했는데….'

동금은 황 팀장의 소지품을 수색하지 않은 것을 후회하고 있었다. 유라의 시신이 발견된 그 날, 만약 황 팀장의 가방에서 유라의 휴대폰이 발견되었다면… 분명 상황은 지금과 많이 달랐을 것이다.

* * *

검은 세단 한 대가 한강이 보이는 한적한 주차장에 세워져 있었다. 잠시 후, 새까만 오토바이 한 대가 나타나더니 세단 가까이로 다가왔다. 오토바이가 다가오자 세단의 뒷좌석 창문이 천천히 열렸다. 창문으로 보이는 얼굴은 하이노블의 대표, 이석천이었다. 그는 창문 밖으로 갈색 종이봉투를 내밀었다.

"작업 마쳤으니까 갖다드리게. 비밀번호는 11111110일세."

오토바이 운전자는 헬멧 실드를 열고 슬쩍 봉투의 내용물을 확인했다. 드러난 그의 눈매를 통해, 그가 일전의 검은 모자라는 사실을 알 수 있었다. 봉투 안에 든 것은 유라의 휴대폰이었다. 내용물을 확인한 남자는 종이봉투를 품에 넣고 헬멧 실드를 다시 덮었다.

"바탕화면에 폴더로 만들어 놨으니 보시기에 불편함은 없을 거야."

남자는 석천을 향해 살짝 고개 숙이는 것으로 인사를 대신하고는 주차장을 떠났다.

* * *

노블러스 클럽 / 노블레스 룸

　노블레스 룸에서는 호진이 마이클과 오 과장, 그리고 석 팀장을 데리고 심각한 표정으로 앉아 있었다.
　"보안 팀에서 왜 이런 고삐리들을 걸러내지 못한 거야?"
　호진이 짜증 섞인 목소리로 물었다.
　"이놈들이 체격도 좋고 머리도 기르고 있어서 고삐리인 줄 전혀 몰랐답니다. 죄송합니다."
　석 팀장이 한숨을 내쉬며 고개를 숙였다. 청소년이 클럽에 출입해 술까지 마신 경우, 이는 영업정지 1개월에 해당했다. 한참 영업이 잘되는 이 시기에 한 달이나 영업정지를 당한다면… 노블러스 클럽이 입을 손해는 단순 계산만으로도 수십억 원에 달할 것이다.
　"아니, 우리가 일부러 출입시킨 게 아니잖아? 주민등록증 위조해서 들어오는 새끼들을 도대체 어떻게 막냐고!"
　호진의 입장에서는 충분히 억울할 만했다. 노블러스처럼 장사가 잘되는 클럽은 청소년들이 출입하는 것을 철저하게 막는다. 괜히 청소년을 출입시켰다가 수십억을 날리고 싶은 클럽이 어디 있겠는가? 심지어 이런 경우 사장이 경찰서로 불려가 조사를 받는 수모도 겪어야 했다.
　"형, 강남경찰서에 돈을 먹여서라도 어떻게 해야 하는 거 아니야?"
　호진은 마이클이 그럴듯한 해결책을 내놓길 기대했다. 애초에 그를 클럽 공동대표로 세운 것도 그의 인맥이 좋다고 생각했기 때문이었으니 말이다. 문제는 마이클 역시 뾰족한 수가 없다는 것이었다.

평소 호진에게 자신의 인맥을 과시하던 마이클이었지만, 실제로 이 정도의 문제를 해결할 만한 인맥은 없었다. 무엇보다, 호진의 말처럼 경찰에 직접 돈을 먹이는 것으로 해결할 수 있는 시대는 더더욱 아니었다.

* * *

다음 날, 마이클은 그나마 자신이 기댈 구석인 전직형사 추동만을 클럽으로 불렀다. 48세인 동만은 7년 전 룸살롱 업주로부터 뇌물을 받고 파면된 경찰이었다. 경찰에서 파면된 뒤, 그는 마이클처럼 경찰서에 민원이 있는 사람들로부터 돈을 받고 일을 봐주는 브로커 짓을 하고 있었다.

"홍 대표, 수사관이 누구라고? 걱정하지 마. 그래 봐야 다 내 후배들이야!"

동만은 마이클에게 호언장담하며 휴대폰을 꺼내 들었다. 발신 중인 그의 휴대폰에는 '강남경찰서 김 형사'라는 수신자명이 떠 있었다.

"아이고, 김 형사! 잘 지내지? 내가 조만간 사무실에 한번 갈게. 근처에서 밥이나 먹자!"

당당하게 강남경찰서 형사로 추정되는 사람과 통화하는 동만을 보며, 마이클은 매달리듯 그의 손을 잡고 애원했다.

"형님, 이거 정말 잘 처리돼야 합니다. 부탁 좀 드리겠습니다!"

동만은 그런 마이클에게 다시 한번 휴대폰을 보란 듯 내밀었다. 그가 내민 휴대폰 화면에 보이는 것은 한 통의 문자였다.

[위원님, 취임 축하 화분 잘 받았습니다. 응원해주셔서 감사하니

다. 더욱 정진하여 1등 치안을 만드는 데에 최선을 다하겠습니다. 강남경찰서장 최진수 배상]

강남경찰서장이라는 글자에 마이클의 안색이 밝아졌다.

"형님, 잘만 처리해주시면 바로 2천 더 드리겠습니다."

동만은 마이클이 내놓은 현금 1천만 원을 챙겨 넣으며 걱정 말라는 듯 코웃음을 쳤다.

"어이, 홍 대표. 속고만 살았어? 내가 누구야? 나 강남경찰서 출신 추동만이야. 나만 믿으라니까?"

* * *

"박 형사님! 주사 이모 찾았는데. 언제 밥 살래?"

요섭의 연락에 동금은 당장 만나자며 사무실을 나섰다. 잠시 후, 두 사람은 동금이 단골로 찾아가는 고깃집에 앉아 본격적으로 주사 이모에 대한 이야기를 시작했다.

"그 주사 이모라는 사람, 강남 바닥에서는 꽤 유명하더라. 나도 제대로 알아보고 나서야 안 거지만… 강남 유흥가 종사자들 중에 약 맞는 애들은 주사 이모를 다 알더라고. 그런데 마침 내가 아는 마담 하나가 그 여자 고객이었던 거야!"

요섭은 마담에게 사정사정하여 겨우 알아낸 것이라며, 주사 이모의 연락처를 동금에게 알려주었다.

"그럼 이 번호로 연락하면 그 여자를 만날 수 있는 거야?"

"아니."

"뭐?"

"마담이 그러는데, 주사 이모는 절대로 보증인 없이는 거래하지 않는데."

"보증인?"

"응, 주사 이모랑 거래하면서 신분이 확인된 사람. 그러니까 이미 고객인 사람이 다리 놓아주는 게 아닌 사람하고는 거래하지 않는다는 거지."

요섭과 헤어진 뒤, 동금은 경찰서로 돌아가 주사 이모의 전화번호로 휴대폰 요금 청구지를 확인했다. 그리고 청구지를 통해 주사 이모의 집 주소를 확보할 수 있었다.

"김 형사님, 저 좀 도와주시겠습니까?"

주소지를 알아냈으니 다음으로 해야 할 일은 잠복이었다. 다만 검거대상이 여자였기에, 이번 잠복에서 동금은 수석이 아닌 정선의 도움을 받기로 했다. 그렇게 동금과 정선, 두 형사는 휴대폰 요금 청구지로 확인된 송파구 어느 오피스텔에서 잠복을 시작했다. 잠복 장소는 주사 이모의 집으로 추정되는 604호가 보이는 6층 계단이었다.

"박 형사."

"네?"

"지혜 씨랑 떨어져 지내느라 힘들지?"

휴대폰으로 아내 지혜의 사진을 보고 있는 동금을 정선이 위로했다. 정선의 위로에 동금은 쓸쓸하게 웃으며 휴대폰을 집어넣었다.

"뭐, 그렇죠. 영혼의 단짝이 바다 건너 있으니 힘드네요."

동금이 아내의 죽음을 밝히지 않았기에, 정선을 비롯한 다른 형사들은 동금의 아내인 지혜가 여전히 미국에서 박사 학위를 따고자 공부 중인 것으로 알고 있었다.

"김 형사님, 요즘에는 현장 출동할 때 바디캠 착용하시나 보네요?"

동금이 정선의 옷에 부착된 소형 카메라를 가리키며 화제를 돌렸다. 바디캠은 주로 지구대나 파출소 경찰관들이 경찰복에 부착하는 소형 카메라를 말한다. 경찰들은 현장에서의 증거 수집뿐만 아니라 검거과정에서 생기는 사고 방지용(성추행 당했다는 거짓말 등)으로 바디캠을 사용하곤 한다. 다만 사복일 때 바디캠을 부착하는 경우는 드물다. 사복 차림일 때에는 테이저건이나 권총 같은 무기류를 주로 소지하기 때문이다.

"아, 이거? 예전에 기억나지? 팀장님이 검거 현장에서 호루라기 하나로 시민들 싹 제압하신 거. 그때 이후로 나도 나만의 아이템 하나는 있어야겠다 싶어서 장만했지."

그때, 오피스텔 엘리베이터가 열리는 소리가 들려왔다. 동금과 정선은 나누던 대화를 멈추고 몸을 숨긴 채 6층 복도를 노려보았다. 남색 셔츠에 손에 가방을 든, 육중한 체격의 남자가 엘리베이터에서 내리고 있었다.

"에이…."

동금과 정선은 김이 빠진 얼굴로 긴장했던 몸을 풀었다. 그런데 이게 무슨 일인가? 남자가 604호 앞으로 다가가더니 번호키를 누르기 시작하는 게 아닌가?

'아뿔싸…!'

그랬다, 주사 이모는 여자가 아니라 남자였다! 40대 초반 정도로 보이는 남자는, 누가 봐도 그가 집주인임을 알 수 있을 만큼 자연스럽게 604호의 번호키를 누르고 있었다.

"박 형사."

정선의 속삭임에 동금은 고개를 끄덕이며 복도로 나갔다. 마치 연인인 듯 두 형사는 자연스럽게 팔짱을 낀 채 604호를 향해 걸어갔다. 주사 이모는 잠시 두 사람을 힐끔 쳐다보았지만, 그냥 커플이라고 생각한 듯 다시 604호 문으로 고개를 돌렸다. 그리고 그때, 주사 이모의 주머니에서 전화벨 소리가 흘러나왔다. 동금이 몰래 주사 이모의 휴대폰으로 전화를 건 것이다. 남자의 정체가 주사 이모란 사실이 명백해지는 순간이었다.

"주사 이모?"

정선의 목소리에 남자가 놀란 얼굴로 고개를 돌렸다. 그의 눈앞에는 정선의 경찰신분증이 흔들리고 있었다.

"저항하지 말고 순순히…."

"씨발…!"

주사 이모는 냅다 정선을 밀쳐버리고 도망치기 시작했다. 갑작스런 주사 이모의 행동에 벌러덩 넘어진 정선을 향해 동금이 놀란 얼굴로 외쳤다.

"김 형사님!"

"난 괜찮으니까 빨리 잡아!"

정선의 호통에 동금은 재빨리 주사 이모를 쫓기 시작했다. 주사 이모는 육중한 체격임에도 제법 날렵했지만, 동금의 추격을 뿌리칠 정도로 빠르진 못했다.

"너 이 새끼, 경찰이야?"

동금에게 뒤를 잡힌 주사 이모가 싸움 자세를 취하며 물었다.

"그래, 강남경찰서 박동금 형사다. 이봐. 주사 이모님. 괜히 힘 빼지 말고 쉽게 갑시다."

주사 이모는 동금의 말에 비웃는 듯한 표정을 짓더니 그대로 주먹을 날렸다. 주사 이모의 싸움 실력은 생각보다 좋았다. 그는 동금의 허리춤을 잡아 패대기치는 등 유도나 씨름을 한 사람 같은 실력을 보여주고 있었다.

'젠장, 테이저건을 가져왔어야 했는데…!'

동금은 일차원적으로 주사 이모를 여자라고만 생각했던 스스로의 멍청함을 후회했다. 결국 정면으로 맞붙어서는 안 되겠다 판단한 동금은 주사 이모의 공격을 요리조리 피하기 시작했다. 동금의 계산은 적중했다. 육중한 체격을 가진 주사 이모는 몇 분 정도 헛방을 치자 급격히 지친 기색을 보였다. 그렇게 주사 이모가 가쁜 숨을 몰아쉬는 순간, 동금은 그 틈을 놓치지 않고 주사 이모의 배에 주먹을 꽂아 넣었다.

"커억…!"

명치를 제대로 얻어맞은 주사 이모가 새우처럼 몸을 웅크리며 앞으로 고꾸라졌다. 동금은 재빨리 다가가 주사 이모의 양손을 뒤로 오게 만들어 수갑을 채웠다.

"잡았어?"

잠시 후, 두 남자가 있는 곳에 도착한 정선은 주사 이모의 엉덩이에 발차기를 날렸다. 자신을 나동그라지게 만든 것에 대한 소심한 복수였다.

"일단 오피스텔로 들어가 보죠."

동금의 제안에 정선 역시 고개를 끄덕였다. 두 사람은 커다란 덩치의 주사 이모를 일어서게 만들어 6층으로 데려갔다.

"다 끝났으니까 순순히 불어."

두 손이 묶여버린 주사 이모는 어느 정도 체념한 듯, 오피스텔 비밀번호를 알려주었다. 오피스텔 안으로 들어가자 두 형사의 눈이 반짝였다. 오피스텔 안에는 우유 주사로 추정되는 의약품들과 주사기를 담은 상자들이 차곡차곡 쌓여 있었던 것이다. 아마도 이 오피스텔은 의약품을 보관하는 용도로 사용하는 공간인 듯했다.

"이름?"

"…최정섭."

정선이 상자들을 하나씩 풀어 내용물을 확인하는 사이, 동금은 주사 이모의 인적사항을 캐묻기 시작했다.

"나이?"

"마흔셋…."

"참나, 주사 이모라기에 천생 여자인 줄 알았더니만. 마흔 살 먹은 아저씨인 줄 누가 상상이나 했겠냐고!"

내용물을 촬영하던 정선이 어이없다는 듯 소리치자 정섭 역시 민망한 듯 입을 오므렸다. 30분 정도가 지난 뒤, 동금의 지원 요청을 받은 기원과 수찬이 오피스텔에 도착했다.

"박 형사야!"

"오셨어요? 신 청장은요?"

"주차하고 금방 올라올 거다. 뭐 좀 나온 게 있어야?"

동금과 정선은 오피스텔에서 발견한 의약품들과 고객명단을 자랑스럽게 내밀었다.

"어이, 주사 이모 최정섭 씨! 당신을 약사법 위반으로 긴급체포합니다!"

* * *

"최정섭 씨, 언제부터 주사 이모로 활동한 겁니까? 과거에는 뭐 하던 사람이에요?"

조사를 맡은 동금의 질문에 정섭은 깊은 한숨을 내쉬며 입을 열기 시작했다.

"몇 년 전까지는 제약회사에서 영업사원으로 일했습니다. 그전에는 씨름 선수로 잠시 활동했고요."

동금은 속으로 '역시!' 하며 가만히 고개를 끄덕였다.

"영업사원으로 일하면서 주로 성형외과랑 피부과에 약을 팔러 다녔는데…. 보니까 이게 돈이 될 것 같은 겁니다. 그래서 유흥업소에서 우유 주사 같은 걸 팔며 영업을 시작했습니다."

"우유 주사 같은 거? 우유 주사 말고 또 뭘 팔았습니까?"

동금이 정섭의 말실수를 놓치지 않고 날카롭게 물었다.

"'에토미데이트'라고… 제2의 프로포폴이라고 불리는 게 있습니다. 그것도 팔았습니다."

자신의 말실수를 깨닫고 인상을 찌푸리던 정섭은 어쩔 수 없다는 듯 실토했다.

"얼마 전에 변사체로 발견된 가수 유라, 아시죠?"

"대한민국에서 유라 모르는 사람이 있습니까? 근데 왜요?"

정섭은 갑자기 여기서 유라가 왜 나오냐는 듯, 고개를 갸웃거리며 물었다.

"당신이 판매한 우유 주사를 사용한 사람 중 하나가 유라 씨입니다. 정말 모르셨어요?"

"…뭐라고요?"

정섭은 정말로 깜짝 놀라며, 자신은 절대 유라에게 약을 판 적이 없다고 부인했다. 그런 정섭을 보면서 동금은 가만히 머릿속으로 사건을 정리해보았다.

'유라는 원래 얼바인 성형외과에서 프로포폴을 맞았던 거야…. 그런데 언론에 폭로되면서 성형외과가 막혀버리자 주사 이모를 통해 프로포폴을 구입한 거지…. 유라 대신 프로포폴을 구입한 사람, 그 매니저의 신원만 확실하게 확보할 수 있다면….'

동금은 종이 뭉치를 책상 위에 탕- 내려놓으며 정섭을 쏘아보았다. 이름 대신 휴대폰 번호로만 이루어진, 주사 이모의 고객명단이었다.

"유라 씨는 노블러스 클럽을 통해 약을 구입했습니다. 이 말인즉, 당신이 노블러스 클럽과도 거래해왔다는 거죠. 여기에 대해 사실대로 털어놓으세요. 그렇지 않을 경우, 당신이 이제까지 불법 판매한 의약품 거래 전부 파내서 법정 앞에 앉혀줄 테니까."

동금의 서슬 퍼런 경고에 정섭의 얼굴이 흙빛으로 변했다. 마약 판매를 해온 지 어느새 10년이 다 되어가는 그였다. 만에 하나 정말로 모든 거래내역이 밝혀져 법정에 서게 된다면…. 글자 그대로 백발노인이 되어서도 바깥 공기라고는 맡을 수 없게 될지도 몰랐다.

"사, 사실대로 전부 말씀드리겠습니다."

정섭은 얼마 전, 노블러스 클럽의 오 과장으로부터 누군가를 소개받았다. 즉 오 과장이 보증인이 되어 다리를 놔준 것이다. 오 과장은 나름대로 화류계에 오랜 시간 몸담은 인간이었기에 정섭 역시 그를 믿고 새 여자와 거래를 텄다. 그렇게 맺은 거래가, 10년 동안 경찰에게 잡히지 않던 꼬리를 내어주는 일이 될 것이라곤 상상도 하지 못한 채….

"명단을 보면 아시겠지만 저도 이름은 모릅니다. 다만 그 여자가 지정한 장소에 나가서 에토미데이트를 건네주고 돈을 받았습니다."

정섭의 이야기를 들은 동금은 노트북에서 영상 하나를 틀어 그에게 보여주었다.

"이 여자, 맞습니까?"

영상을 본 순간, 정섭이 눈을 크게 뜨며 고개를 위아래로 흔들었다.

"마, 맞아요! 이 여자가 틀림없습니다!"

정섭의 확신에 동금은 노트북 속 여자를 노려보았다. 유라의 엘리베이터 CCTV 영상에 찍힌, AI 엔터테인먼트 황명진 수석팀장을….

09
영혼의 단짝

'황 팀장은 유라가 죽기 전날 밤, 9시 경에 유라와 함께 아파트로 들어갔다. 함께 들어갔던 두 남녀 로드매니저들은 10분 뒤 유라의 집에서 나왔고, 황 팀장은 12시가 다 된 시간에 유라의 아파트를 떠났다. 9시에서 12시 사이, 황 팀장은 유라에게 에토미데이트를 놔주었을 것이다.'

동금은 정섭의 증언과 CCTV 영상을 바탕으로 황명진 팀장의 행적을 재구성했다. 그러나 한 가지 이해가 되지 않는 부분이 있었다.

'간호사도 아닌 황 팀장이… 어떻게 유라에게 주사를 놓아줄 수 있었던 걸까?'

유라의 팔목에 있던 주사 자국과 멍으로 보아 그녀가 에토미데이트를 맞았다는 것은 확실했다. 그러니 유라가 스스로 놓았든, 황 팀장이 놓아주었든 둘 중 한 사람은 주사기를 사용했을 터였다. 약을 구입하는 건 쉬울지 몰라도, 주사를 놓는 건 기술이 필요한 일이다. 아무나 할 수 있는 일이 아니라는 얘기다. 명백한 팩트는, 유라에게는 주사를 맞은 흔적이 남아 있었고 발견된 주사기는 없었다는 것이다. 따라서 유라에게 주사를 놓은 사람은 황 팀장일 가능성이 높았다. 다른 매니저들을 내보낸 뒤, 홀로 유라 곁에 남아 있던 것도 황 팀장이었으니 말이다.

'오 과장, 이 인간을 만나봐야겠어.'

세인으로부터 들은 정보와 주사 이모로부터 들은 정보의 교집합은 '오 과장'이었다. 보다 확실한 일처리를 위해서는 오 과장의 증언이 필요했다.

* * *

"이게 대체 다 무슨 일이냐고!"

호진은 몰려오는 스트레스를 참지 못하고 고래고래 소리를 질렀다. 고등학생 놈들 때문에 영업정지를 당하게 생긴 것도 모자라 오 과장까지 경찰에서 출석을 요구받은 것이다.

'제기랄… 설마 오 과장이 내 이름을 불진 않겠지?'

호진은 오 과장이 경찰서에 출석하게 되었다는 사실에 엄청난 불안을 느끼고 있었다. 그랬다, 사실 황 팀장에게 오 과장을 소개해 준 것은 호진이었던 것이다. 경찰에서는 아직 오 과장을 의심하는 듯했지만, 오 과장이 자신을 불어버린다면 모든 게 끝나버릴지도 몰랐다. 결국 고민에 고민을 거듭하던 호진은 휴대폰을 열고 어디론가 전화를 걸었다. 잠시 후, 긴 통화 연결음 끝에 상대방이 전화를 받았다.

"…호진입니다."

* * *

오 과장에게 출석을 요구한 다음 날, 동금은 오 과장의 변호인이라는 사람으로부터 연락을 받았다.

"오진영 씨의 조사를 연기해주길 요청합니다."

"죄송하지만 그건 안 되겠는데요."

"이런 식으로 나오시면 저희 측에서는 출석을 거부할 수밖에 없습니다."

변호인의 뻔뻔한 반항에 동금의 머릿속에서 무언가 툭 끊어지는 소리가 들렸다. 인내심이 끊어지는 소리였다.

"자진해서 출석하지 않을 시 체포되실 겁니다. 그래도 좋다면 어디 부터 보시든가요."

동금은 엄포를 놓는 것으로 통화를 종료했다. 그런데 그때, 강력 3팀 사무실에 뜻밖의 손님이 방문했다. 세인이 도시락과 치킨, 그리고 과일바구니를 양손 가득 들고 찾아온 것이다.

"아니, 이게 누구십니까? 이세인 씨?"

형사들에게 지인들이 먹거리를 사 들고 방문하는 일은 종종 있는 일이다. 동금 역시 미리 세인의 연락을 받고 동료들에게 얘기를 해둔 참이었다. 그럼에도 수찬을 비롯한 형사들은 격하게 그녀를 반겨주었다. 동금과 세인을 위한 따뜻한 마음이 담긴 배려였다.

"지난번에 클럽에서 저를 구해주셨는데…. 감사 인사도 제대로 못 드린 것 같아서요."

세인은 감사인사라 둘러댔지만, 그녀가 동금을 보러 온 것이란 사실을 모르는 형사는 없었다.

"이런 절세미인이 우리 사무실을 방문해 주시니 영광입니다!"

기원이 웃으며 너스레를 떨자 다른 형사들도 덩달아 맞장구를 쳤다. 그런 동료들을 보던 정선이 사과 하나를 베어 물며 말했다.

"박 형사, 유부남이 인기도 많아? 내가 부인이었으면… 어휴."

순간, 세인의 눈빛이 흔들렸다. 동금은 세인에게 자신이 결혼했다는 사실을 알리지 않았던 것이다. 잠시 어색한 분위기가 흘렀지만 먹거리 잔치는 그런대로 기분 좋게 끝을 맺었다.

"세인 씨, 제가 모셔다 드리겠습니다."

먹거리 잔치를 끝으로 기원이 퇴근을 선언하자, 동금은 세인에게 집까지 바래다주겠다며 앞장서서 사무실을 나섰다. 정선은 사무실을 떠나는 두 사람의 뒷모습을 보며 고개를 절레절레 흔들었다.

"박 형사도 참… 문제야, 문제."

* * *

세인의 집으로 향하는 동금의 차 안에서는 꽤 긴 침묵이 흘렀다.

"박 형사님, 결혼하신지 몰랐어요. 부인… 어떤 분이신지 물어봐도 되나요?"

침묵을 먼저 깬 사람은 세인이었다. 그녀의 목소리는 잠겨 있었고, 얼굴은 침울했다.

"…제 영혼의 단짝입니다."

동금의 답을 들은 세인의 눈가에 이슬이 맺혔.

'그래, 그날 나를 거부했던 건… 이유가 있었구나.'

지난번 세인을 집에 데려다주었을 때, 동금은 키스를 요구하는 그녀를 거부했다. 하지만 세인은 그저 동금이 그녀를 배려해서 그러는 것일 거라 생각하며 스스로를 위로했다. 그런데 그런 종류의 이유가 아니었다니….

"4년 전, 아내에게 프러포즈하며 약속했습니다. 오직 그녀만 평생 사랑할 자신이 있다고요."

잠시 후, 동금의 차가 세인의 집 앞에 멈춰 섰다. 동금은 세인을 쳐다보지 않은 채, 운전대를 움켜쥐며 쐐기를 박았다.

"세인 씨, 죄송하지만 제 마음은 여전히 영혼의 단짝에게 있습니다."

* * *

"대부님!"
"아니, 이게 누구야? 우리 박동금 형사님 아니야?!"

경기도 이천의 어느 전원주택을 찾아간 동금은 백발이 성한 남자와 격한 포옹을 나누었다. 동금을 안아준 남자의 이름은 윤명규. 한때 광역수사대를 호령하던 경찰 대부였던 그는 동금의 아버지 박부경과 호형호제하는 30년 지기로, 동금이 경찰이라는 길을 걸을 수 있게 만들어준 일등공신이었다.

"어휴, 염색 좀 하세요!"

동금은 명규의 머리를 보며 장난치듯 소리쳤지만 그 마음은 매우 쓰라렸다. 불과 1년 전만 하더라도 명규의 머리가 새하얗지 않았다는 것을 알고 있었기 때문이다. 지난해, 명규는 보물선을 인양한다는 사기꾼들에게 속아 울릉도로 가는 배 안에서 자살을 시도했다. 수십 년간 범죄자를 잡던 자부심으로 가득했던 경찰 경력이, 사기를 치는 데 이용되었다는 사실을 알게 되자 절망 속에 그릇된 선택을 했던 것이다. 그렇게 명규는 바다에 떨어졌지만 하늘이 도우셨는지 목숨을 건질 수 있었다.

"오랜만에 뵙는데 어떻게 더 건강해 보이세요?"

"인마, 오랜만인 건 알고 있냐?"

명규의 꾸짖음 같은 투정에 동금은 아이 같은 얼굴로 웃음을 터뜨렸다. 잠시 후, 명규는 동금을 데리고 오솔길을 걸어 참외밭으로 향했다. 이미 수확이 끝난 참외밭은 휑한 느낌이 들었지만, 대신 여러 개의 벌통이 군데군데 자리 잡고 있었다.

"농사일, 힘들진 않으세요?"

"과수 농사일이 쉽기야 하겠냐. 그나마 언제든 고향 친구들 만날 수 있게 되었으니 좋은 일이지."

몇 달 만에 만난 만큼, 두 사람은 참외를 먹으며 한참 이런저런 이야기를 나누었다.

"양봉도 하시나 봐요?"

"아, 저거? 재미 삼아 시작했는데 할 만하더라. 동금아, 그거 아냐? 저 꿀벌들이 아주 웃긴 놈들이야."

"뭐가 그렇게 웃긴데요?"

"꿀통에는 여왕벌이 딱 한 마리씩만 들어 있거든? 그런데 이 꿀벌들이 꿀을 따 오면 여왕 앞에서 뭘 하는지 아냐?"

"뭘 하는데요? 뭐, 춤이라도 춰요?"

"어떻게 알았냐?"

"진짜로요?"

"그래, 이유는 모르겠지만 이 녀석들이 꿀을 따 오면 여왕벌 앞에서 춤을 춘다. 볼 때마다 어찌나 웃기면서도 신기한지!"

명규는 신이 나서 한동안 꿀벌에 대한 이야기로 열을 올렸다. 동금은 그런 명규의 이야기에 즐겁게 귀를 기울였다.

"아참, 대부님. 얼마 뒤에 을지한우에서 저희 팀 회식 있거든요? 그때 꼭 오셔야 합니다! 아버지도 대부님 엄청 보고 싶어 하세요."

을지한우는 동금의 아버지 부경이 운영하는 고깃집으로, 유명한 고급 한우점이었다. 보통 형사들이라면 엄두도 못 낼 고가의 음식점이지만, 동금과 한 팀인 형사들에게는 동료로서 특권을 누릴 수 있는 장소와 같았다.

"그래, 조만간 서울에서 보자."

미니쿠퍼를 타고 떠나는 동금의 뒷모습을 보며, 명규는 안쓰러운 미소를 지었다.

"녀석, 내색하진 않아도 어지간히 힘든 모양인데…. 힘내라, 동금아. 나도 잘 버텨낼 테니…."

* * *

명규를 만나고 온 다음 날, 동금은 경찰서로 출석한 오 과장 조사를 시작했다. 통화로 대화를 나누었던 변호인도 함께였다.

"이름?"

"오진영입니다."

오 과장은 마이클이나 호진보다 나이가 많은 36세였다.

"직업?"

"노블러스 클럽에서 영업 총괄 이사로 있습니다."

긴장된 표정으로 답하는 오 과장을 보며, 동금은 곧장 칼을 빼들었다.

"주사 이모 최정섭 씨, 알죠?"

오 과장이 꿀꺽- 침을 삼켰다. 그는 노블러스 클럽이 만들어지기 전부터 10년이나 MD를 해온 마당발이었다. 주사 이모 역시 몇 년 전부터 알던 사이로, 자신의 고객 중 하나였던 텐프로 마담을 통해 소개받은 사이였다.

"네, 압니다."

"유라 씨한테 주사 이모 소개해줬죠?"

"아닙니다."

"아니라고요? 그럼 황명진 씨한테는요?"

"황명진 씨에게는 소개해 줬습니다. 황명진 팀장이 스트레스로 잠을 잘 못 잔다며 주사 이모를 소개해달라고 했습니다."

황명진이라는 이름에 기다렸다는 듯 답하는 오 과장을 보며, 동금은 눈살을 찌푸렸다.

"오진영 씨, 형사 앞에서 거짓말하시면 안 됩니다."

"지, 진짭니다! 황명진 팀장이 저한테 요청했고, 그래서 제가 소개해 줬습니다!"

오 과장은 조금 떨긴 했지만, 기죽지 않고 자신이 주사이모를 소개해준 사람은 유라가 아닌 황 팀장이라고 주장했다. 마치 사전에 교육을 받은 듯, 믿는 구석이 있는 사람처럼….

'이러면 번거로워지는데….'

동금은 턱을 문지르며 생각했다. 단순히 황 팀장에게 주사 이모를 소개해 준 것만으로 오 과장을 처벌하는 것은 쉽지 않았다. 보아하니 오 과장은 동석한 변호인을 통해 이런 사실들을 미리 교육받고 온 듯했다.

'좋아, 그럼 둘이 얼마나 합을 맞추고 있는지 한번 보자고.'

오 과장의 조사를 마친 뒤, 동금은 황 팀장에게 경찰 출석을 요구했다. 오 과장이 언급한 것이 황 팀장이니, 그녀를 통해 오 과장을 압박해보기로 작전을 세운 것이다.

"오랜만입니다, 황명진 수석팀장님."

동금의 인사에 황 팀장은 입술을 살며시 깨물었다. 그녀의 곁에는 대한 법무법인의 경찰 출신 변호사가 동석하고 있었다. 동금은 잠시 커피를 한 모금 마시며 일부러 시간을 끌었다. 그러다 황 팀장이 살짝 초조한 기색을 보이자 인정신문을 시작했다.

"나이가 어떻게 되시죠?"

"42살입니다."

"가족관계는요?"

"부모님과 남동생이 있습니다. 미혼이라 혼자 살고 있고요."

"학력이 어떻게 되시죠?"

"신백제대학교 간호학과를 졸업했습니다."

순간 동금의 눈이 반짝였다. 황 팀장의 대답을 통해 풀리지 않던 퍼즐 조각 하나를 찾아낸 것이다.

'그래, 유라에게 주사를 놓은 건 역시 당신이었구나.'

동금이 오 과장 이야기를 꺼내자, 황 팀장은 잠시 망설이더니 자신이 오 과장으로부터 주사 이모를 소개받은 사실을 인정했다.

"그러면 에토미데이트를 구입했다는 사실도 인정하십니까?"

"…네, 인정합니다."

"그래서 그걸 유라 씨에게 줘줬나요?"

"아닙니다, 제가 사용하려고 구매했습니다. 그리고… 투약하려고 했지만 겁이 나서 실제로 투약하진 못했습니다."

황 팀장은 구입을 했지만 사용하진 않았다며, 최근 자신이 불면증에 시달린다는 정신과 치료 진료 기록을 변호사를 통해 제출했다.

"준비 참 많이도 해오셨네요. 오진영 씨도 그렇고 두 분 다 이렇게 뻔뻔하게 거짓말들을 잘하시는 게…. 꼭 미리 맞춰오신 것 같습니다?"

호탕하게 웃으며 말하는 동금의 모습에 황 팀장은 최대한 무표정을 유지하며 고개를 돌렸다.

"어차피 순순히 자백하실 거라곤 기대도 안 했습니다. 거짓말이 어디까지 가는지 보자고요. 구속이 된 뒤에도 이렇게 나오실 수 있을지 궁금하네요."

구속이라는 말에 황 팀장과 변호사의 안색이 어두워졌다. 동금은 두 사람이 그러거나 말거나 유라 변사 전날에 대한 행적을 묻기 시작했다.

"지난번 유라 씨가 죽은 날 말씀드린 그대로예요. 유라 씨가 아침에 전화를 받지 않기에 10시 30분쯤 방문했고, 욕조에서 죽어 있는 걸 발견해 10시 50분쯤 112에 신고했습니다. 죽기 전날에 대해서도 마찬가지예요. 로드매니저 둘과 함께 유라 씨를 데려다 준 뒤, 두 사람은 먼저 퇴근시키고 저는 12시까지 있다가 퇴근했어요."

앵무새처럼 같은 말을 반복하는 황 팀장을 동금은 유심히 살펴보았다. 그녀를 이렇게 앵무새로 만든 사람이 누구일까? 이 여자의 뒤에는 과연 누가 있는 것일까?

"그럼 유라 씨가 죽기 전날, 매니저 둘을 먼저 보내고 3시간 동안 뭘 하다 나오신 겁니까?

"유라 씨가 잠들 때까지 기다렸어요. 그게 답니다."

일말의 망설임도 없이 나오는 반사적인 대답…. 동금은 다시 그녀를 날카롭게 노려보았다.

"일단 알겠습니다. 어디 언제까지 그러실 수 있는지 두고 봅시다."

* * *

11월 5일 노블러스 클럽

호진은 노블레스 룸에서 열 뻗친 얼굴로 마이클에게 짜증을 내고 있었다. 조금 전, 강남경찰서 수사과의 김희철 수사관으로부터 '다음 주 수요일 오후 1시에 경찰에 출석하라'는 연락을 받았기 때문이다.

"형, 이게 어떻게 된 거야? 추동만이 강남경찰서에 선이 닿는다며? 김 형사라는 인간이 얼마나 다그치는지 말도 못 하겠더라!"

호진은 마이클로부터 잘 해결될 거란 말을 들었던 터라 김 수사관과 말이 통할 것이라 생각했다. 그러나 이는 호진의 오산이었다. 마이클이 대신 출석하면 안 되겠냐는 호진에게, 김 수사관은 말도 안 되는 소리 말라며 "두 사람 다 소환할 예정이니 날짜랑 시간이나 잘 지키세요."라는 말을 끝으로 단호하게 전화를 끊은 것이다.

'추동만 이 개새…!'

갑갑한 건 마이클도 마찬가지였다. 그는 호진에게 문제 해결 비용으로 현금 1억을 받았고, 그 중 1천만 원을 동만에게 주었다. 그리고 나머지 9천만 원은 애인과 동거할 집을 구할 보증금으로 써버렸다. 사실 마이클은 이런 일이 있을 때마다 호진 몰래 자기 몫을 떼먹고 있었다. 노블러스의 월 매출이 수십억인 것과 별개로, 마이클은 그저 월급쟁이 바지사장에 불과했기 때문이다. 결국 마이클은 다시 동만을 찾아갔다.

"이봐요, 추 형사님. 이거 어떻게 된 겁니까? 지금 강남경찰서에서 김희철 수사관이란 사람이 다음 주까지 조사받으러 나오라고 난리예요. 분명 문제없이 사건 끝내준다고 했잖습니까?"

마이클이 따지고 들었지만 동만은 일말의 동요도 없이 진정하라는 듯 제스처를 취했다.

"홍 대표, 지금 우리 희철이도 노블러스를 돕고는 싶은데 위에서 경찰서장이 빨리 조사하라고 했다더라고. 그놈도 나한테 힘들다고 얼마나 하소연을 하는지 몰라!"

"아니, 그럼 경찰서장에게라도 연락을 넣든지 해야 하는 거 아닙니까?"

"상황이 이렇게 됐으니 그래야겠지? 근데 말이야. 경찰서장이면 일개 수사관보다 훨씬 사이즈가 커지는데…."

엄지와 검지를 비비는 동만을 보며 마이클은 미치겠다는 표정으로 머리를 마구 헝클었다. 동만은 그런 마이클을 보며 능글맞은 미소를 지었다. 닳고 닳은 동만에게 있어 궁지에 몰린 마이클과 호진은 손쉬운 먹잇감이었다.

"자, 이것 좀 보라고. 경찰서장이랑 나 사이를 아는 사람들은 하나같이 나한테 잘 좀 얘기해달라고 난리라니까?"

동만은 마이클에게 자신의 휴대폰을 내밀었다. 휴대폰 화면에는 강남경찰서 경찰관과 주고받은 문자메시지가 떠 있었다.

[존경하는 추 회장님, 역삼지구대 경위 곽진입니다. 이번에 경감 승진하는 데 서장님께 말씀 좀 잘 부탁드립니다. 베풀어주신 은혜는 평생 잊지 않겠습니다.]

"이런 거 말고요. 더 확실한 거 없습니까?"

동만은 씩 웃더니 또 다른 문자를 마이클에게 보여주었다. 그가 보여준 것은 경찰서장이 동만에게 보낸 문자 메시지들이었다. 며칠 뒤, 결국 마이클은 지푸라기라도 잡는 심정으로 동만에게 3천만 원을 더 내어줄 수밖에 없었다. 물론 그 돈의 출처는 호진이었지만.

"제발, 제발 잘 좀 부탁드립니다!"

10
정의의 사도

11월 8일 오전 8시 30분경 AI 엔터테인먼트 강남 사옥

아침 일찍 AI 엔터테인먼트 사옥에 형사들이 들이닥쳤다. 강남경찰서 강력 3팀 형사들을 비롯한 타 팀 형사들이었다. 무슨 일이냐며 앞을 막는 직원에게, 수찬은 당당히 영장을 내밀며 소리쳤다.

"강남경찰서에서 나왔습니다. 지금부터 압수수색 들어갑니다."

같은 시각, 황 팀장의 주거지에도 정선을 비롯한 3명의 형사들이 압수수색에 들어가고 있었다. 그야말로 강력 3팀의 갑작스런 기습이었다.

"회장님, 큰일 났습니다!"

실장으로부터 연락을 받은 금 회장은 들고 있던 커피 잔을 내려놓고 휴대폰을 꺼내들었다. 그는 논현동의 자택 테라스에서 출근 전 티타임을 즐기는 중이었다.

"윤 검사장님, 금재환입니다."

금 회장의 전화를 받은 윤태영 검사장은 알아보겠다며 잠시 전화를 끊었다. 그리고 몇 분 뒤, 금 회장의 휴대폰이 울렸다.

"금 회장, 강남서에서 민 검사가 아닌 다른 부 소속 검사에게 압수수색을 신청해서 받아갔다고 하네. 약사법위반 사건이라 담당 부서가 다르다는 거야. 다른 부 검사는 유라 사건인지 모르고 바로 영장을 내준 것 같네."

통화를 마친 금 회장은 서둘러 집을 나섰다. 강남경찰서에서 신청한 압수수색영장 대상에는 '경영기획실' '일정 담당팀' '황명진 수석팀장 사무실'뿐만 아니라 '금 회장의 사무실'까지 포함되어 있었다.

잠시 후, 회사에 도착한 금 회장은 이미 진을 치고 있는 기자들을 피해 사무실로 올라갔다. 인터넷에서는 이미 'AI 엔터테인먼트 압수수색'이 실시간 검색어 1위로 떠오르고 있었다.

"회장님, 지금 대한 법무법인에서 변호사 5명이 압수수색에 참여 중입니다."

사무실로 들어서자 임지상 경영기획실장이 가장 먼저 보고를 시작했다.

"아니, 변호사들이 어떻게 압수수색 나오는 거 하나를 눈치 채지 못하고 있었단 말인가?"

금 회장의 호통에 경영실장과 홍보실장, 비서실장까지 하나같이 입을 다물었다.

"임 실장, 오늘 압수수색은 일단 대한 법무법인에게 맡기고 새로 다른 대형 로펌을 섭외하게!"

"네, 회장님."

임 실장의 차례가 끝나자 다른 실장들도 차례로 보고를 올렸다. 변호인들이 파악한 결과, 이번 압수수색은 강력 3팀에서 형사과장과 경찰서장에게만 보고하여 극비리에 추진한 일이었다. 담당 형사인 동금이, 유라의 변사사건이 아닌 약사법위반 사건으로 담당 검사를 다르게 선택해 영장을 받아낸 것이다. 보고를 들은 금 회장은 기가 막힌다는 듯 헛웃음을 터뜨렸다.

"이 여우같은 놈이…. 임 실장, 이 박동금이라는 형사를 움직일 수 있는 변호사를 찾아보게. 분명 한 사람쯤은 있을 거야. 반드시 찾아내."

강력 3팀의 압수수색은 오후 5시가 되어서야 마무리되었다. 애석하게도, 압수 물품 중에 유라의 휴대폰은 없었다. 황 팀장이 구입했다 자백한 에토미데이트도 찾을 수 없었다. 그나마 건진 수확이라면 황 팀장의 휴대폰과 지난번 수석이 요구했던 AI 엔터테인먼트의 매니저 명단 정도였다.

"신 형사야, 지난번에 네가 요구했다 물 먹은 자료들, 오늘 전부 확보했지야?"

"네, 팀장님."

기원의 말에 수석이 고개를 끄덕이며 답했다. 기원은 먼저 경찰서로 움직이는 동금을 턱짓으로 가리키며 입을 열었다.

"형사는 말이다. 상대 마빡만 갈길 생각을 할 게 아니라 이렇게 뒤통수도 간간히 멕일 줄 알아야 한다 이 말이여. 너그 조장 박 형사에게 열심히 배우그라! 알았지야?"

* * *

압수수색 다음 날, 동금에게 한 통의 전화가 걸려왔다. 전화의 발신인은 이무성 변호사였다.

"선배님!"

동금은 반갑게 무성의 전화를 받았다. 이무성 변호사는 한때 수사 경찰의 전설이라 불리던 인물로, 총경으로 마지막 임기를 마치고, 퇴임한 뒤 변호사로 두 번째 인생을 걸고 있었다.

"박 형사, 미안하지만 오늘은 변호사로 전화한 걸세."

반갑게 인사하는 동금에게 무성이 씁쓸한 목소리로 입을 열었다. 이야기인즉, AI 엔터테인먼트에서 그를 찾아와 동금이 맡은 수사의 변호인이 되어줄 것을 요청했다는 것이었다.

"아무래도 자네랑 내 관계를 알고 접근한 것 같았어. 그 정도 되는 회사가 대형 로펌이 아닌 날 변호인으로 추가 선임할 리 없으니 말이야. 아니나 다를까, 선임 되면 자네에 대한 변론과 수사 진행 상황을 파악해 보고해달라고 하더군. 혹시 내가 알아야 할 얘기가 있으면 좀 들려줄 수 있겠나?"

무성은 동금이 큰 존경심을 갖고 있는 대선배였다. 무엇보다 그가 광수대 막내이던 시절 정체성을 잃고 방황할 때, 경찰로서의 길에 대해 촌철살인 같은 조언을 던져준 것이 무성이었기 때문이다. 그는 "경찰의 주인은 누구라고 생각하십니까?"라고 묻던 동금에게, "경찰의 주인은 경찰을 가장 사랑하는 사람입니다."라는 답으로 그를 잡아주었다.

"선배님, 솔직하게 말씀드리겠습니다."

동금은 무성에게 자신이 맡은 사건을 설명하며 수사 목표가 무엇인지 거짓 없이 알려주었다. 그러고는 다시 밝은 목소리로 덧붙였다.

"선배님, 변호사 하시는데 이것저것 다 따지면 수임은 언제 하시게요? 선배님 가오 세우실 수 있을 정도의 정보라면 얼마든지 알려드리겠습니다!"

무성은 결국 AI 엔터테인먼트로부터 사건을 받지 않았다. 물론 적지 않은 수임료가 아깝지 않은 것은 아니었다. 하지만 의뢰를 맡기고자 하는 AI 엔터테인먼트의 속셈도 괘씸했거니와, 아끼는 후배인 동금이 형사로서 결판을 내고자 하는 사건의 상대편에 서고 싶지 않았다.

* * *

"회장님, 죄송합니다. 이무성 변호사 선임에 실패했습니다."

금 회장은 보고를 마친 임 실장에게 그만 나가보라 손짓하며 깊은 한숨을 내쉬었다.

"박동금… 박동금…."

동금의 이름을 중얼거리던 금 회장은 획- 의자를 돌리더니 서재로 다가갔다. 그러고는 한구석에 놓인 책을 빼 들고 숨겨진 버튼을 눌렀다. 거짓말처럼 서재 아래쪽이 열리며 비밀금고가 나타났다. 금 회장이 몸을 숙여 금고 다이얼을 돌리자 굳게 닫혀 있던 금고가 활짝 입을 열었다.

"후…."

금 회장은 금고 안에서 무언가를 꺼내 들고는 작게 한숨을 쉬었다. 그의 손에 들려 있는 것은… 다름 아닌 유라의 휴대폰이었다.

"유라야… 왜 이렇게 사람을 피곤하게 하니. 편하게 보내줬으면 곱게 좀 갈 것이지…."

휴대폰을 보는 금 회장의 눈이 날카롭게 찢어졌다. 그랬다. 황 팀장으로부터 유라의 휴대폰을 전달받은 사람도, 전달받은 휴대폰을 검은 모자에게 맡겨 포렌식을 의뢰했던 사람도, 유라의 죽음을 결정한 사람도…. 금 회장이었던 것이다.

'황 팀장…. 그년이 설마 자백을 할까? 만에 하나 그년이 내가 유라를 죽이라고 했다 경찰에 말하기라도 한다면….'

다행히 경찰은 그의 금고를 발견하지 못했지만, 황 팀장이 진실을 자백한다면 지금까지 그가 쌓아온 모든 것이 무너질 수도 있었다.

"씨이발…!"

금 회장의 입에서 격한 욕설이 튀어나왔다. 사실, 그는 공황장애에 시달리는 환자였다. 늘 불안감에 시달렸고, 스트레스를 받으면 격하게 욕을 뱉거나 다리를 사시나무처럼 떨곤 했다.

"이렇게 가만히 당하고만 있을 수는 없지."

금 회장은 자신의 승부사 기질을 깨우기 위해 가만히 생각에 잠겼다. 목숨이 달린 승부에서 중요한 것은 무엇을 버리고 무엇을 취하느냐이다. 내어줄 것은 내어주고, 정말 지켜야 할 것은 굳게 지키며 강한 카운터를 먹여야 한다. 잠시 후, 생각을 마친 금 회장이 유라의 휴대폰을 내려두고 자신의 휴대폰을 꺼내들었다.

"이 대표, 날세."

* * *

사무실에 앉아 있던 동금은 뉴스 앵커의 목소리에 벌떡 일어나 고개를 돌렸다.

"오늘 뉴스는 주영아 기자의 단독보도로 시작합니다. 얼마 전 죽은 인기 가수 유라 양의 휴대폰에 얽힌, 연예계의 추악한 단면을 포렌식 업체 대표가 폭로했습니다."

동금의 눈이 향한 TV 속에서는 DBS 방송국 주영아 기자의 단독보도가 흘러나오고 있었다.

'유라의 휴대폰이… 왜 저기에…?'

동금은 뉴스를 보며 그토록 찾던 유라의 휴대폰이 생각지도 못한 곳에서 나타났다는 사실에 충격을 받았다. 황 팀장의 집은 물론이고 AI 엔터테인먼트에서도 발견되지 않던 유라의 휴대폰이 갑자기 포렌식 업체 대표의 손에서 발견되다니…. 하이노블이라면 동금도 들은 적이 있는 업체였다. 주로 프라이버시를 중시하는 연예인들이 휴대폰을 맡기는 곳으로 유명했다.

"유라 양이 생전에 휴대폰에서 삭제된 내용을 복구해달라며 저희 업체를 찾아왔었습니다."

TV 속 석천이 유라의 휴대폰을 트로피처럼 흔들어대며 말했다. 그는 휴대폰을 포렌식하자 입에 담기 어려운 내용이 줄줄이 나왔다며, '유라가 N클럽의 대표인 전직배우 H씨, 모델 L씨와 함께 엑스터시를 복용하고 집단 성관계를 하는 동영상을 확보했다'고 말하고 있었다. 이니셜로 표기하긴 했지만 동금은 즉시 두 남자가 누구인지 알 수 있었다. H는 호진일 것이고, L은 이유빈일 것이었다.

다음 날, DBS 방송국은 단독보도 2탄을 송출했다. 유라의 영상에 등장했던 H씨가 형사 출신 브로커를 통해, 미성년자 클럽 출입 사실을 은폐하고자 강남경찰서장에게 로비했다 보도한 것이다. 그야말로 전국을 발칵 뒤집는 뉴스에 경찰도 급히 동금이 속한 강력 3팀을 특별수사팀으로 꾸려 대응에 나섰다.

"유라 양 고인의 명예는 물론 중요할 것입니다. 하지만 우리 사회가 점점 더 성범죄와 마약이 판을 치는 세상이 되어서는 안 되지 않겠습니까? 저는 그런 신념으로 제보하게 되었습니다."

한편 언론으로부터 비판의 집중포격 대상이 된 경찰과 달리 국민 영웅이 된 사람이 있었다. 바로 하이노블의 대표 석천이었다. 석천은 순식간에 유명인사가 되어 수많은 언론사와 인터뷰를 나누었다. 연예계의 추악한 면면과 경찰의 로비를 고발한 그를 칭송하는 보도가 이어졌다. 한 인터넷 커뮤니티에서는 그를 '정의의 사도 이석천'이라 명명하며 국회로 보내야 한다는 서명운동이 일어나기도 했다.

"당장 유라 휴대폰부터 확보하라고!"

경찰은 유라의 휴대폰부터 확보하기 위해 급히 석천에게 '임의제출'을 요청했다. 그러나 석천은 경찰의 요청을 거부했다. 이유인즉, 브로커와 한통속이 되어 수사를 막으려 했던 경찰을 신뢰할 수 없다는 것이었다.

'전과 8범이 정의의 사도라니…'

동금은 컴퓨터 속 석천의 전과기록을 보며 이를 갈았다. 뉴스를 본 동금은 석천에 대한 조사에 나섰고, 그가 '명예훼손' '사문서위조' '음주운전' 등 자잘한 범죄를 저지른 전과 8범이라는 사실을 알 수 있었다.

'대부님께 배웠던 걸 한번 써먹어볼까?'

동금은 자리에서 일어나 영등포로 출발했다. 과거, 동금의 대부인 명규는 쌍둥이수표 사건을 조사할 때 평택을 방문한 적이 있었다. 당시 용의자였던 조폭 출신 주왕재를 잡기 위해, 그의 과거에 대해 잘 알고 있는 조폭팀장의 조언을 듣고자 평택까지 찾아갔던 것이다. 지금 동금이 향하는 영등포에는 석천의 명예훼손죄를 수사했던 박정한 경위가 근무 중이었다.

"씨발, 이석천 같은 새끼가 정의의 사도라고? 개소리 하고 자빠졌네. 세상이 아무리 요지경이라도 그렇지. 그딴 새끼를 뭐? 국회로 보내?"

괄괄한 성격을 가진 박 경위는 동금과 인사를 나누기 무섭게 석천을 향한 욕을 바가지로 쏟아냈다.

"박 경위님, 당시 수사하셨던 내용을 좀 들려주실 수 있겠습니까?"

"당연하지! 박 형사, 찌라시 알지? 정보지 말이야. 5년 전쯤에 찌라시 때문에 가짜뉴스가 판을 쳤거든? 얼마나 심했으면 경찰청에서 특별단속 지시가 내려왔어. 그때 내가 찌라시 만드는 놈들 중 하나를 검거했는데 그게 바로 이석천 그 새끼야."

여의도는 증권가와 정당, 대기업이 밀집해 있는 만큼 정보지가 유통되기 좋은 환경을 가지고 있다. 즉 박 경위의 말에 따르면 석천은 5년 전만 하더라도 찌라시나 만들어 퍼뜨리던 잡범이었던 것이다.

"혹시 이석천이 돈이 좀 있었나요?"

동금은 석천의 재산에 대해 아는 것이 있는지 물었다. 이무성 변호사에게 따로 문의해본 결과, 포렌식 업체를 세우기 위해서는 초기 투자금으로 최소 5억 이상이 필요하다는 사실을 들었기 때문이다.

"하이고~ 돈은 무슨! 그 새끼 완전히 빈털터리였어. 변호사 살 돈도 없어서 국선변호사를 썼다니까? 아, 돈은 없었지만 눈치는 빨랐지. 인맥도 좀 있었고 말이야."

박 경위는 그 후 석천의 소식을 듣지 못하다가 이번에 뉴스에서 보게 되어 깜짝 놀랐다는 말을 덧붙였다.

"아무튼 이석천 그 새끼 말이야. 지금은 어떻게 된 건지 몰라도 본질은 빈털터리 양아치 새끼다, 이거야!"

* * *

논현동 S호텔

금 회장은 발가벗은 채 코를 골며 정신없이 자고 있었다. 그리고 그런 그의 몸 구석구석을 10대 후반으로 보이는 미소년이 정성스럽게 주무르고 있었다. 금 회장은 수년간 극심한 스트레스로 공황장애에 시달렸다. 다른 사람들에게 자신이 어떻게 비추어질지 항상 불안해했고, 자신의 악행이 드러날까 두려워했다. 그나마 미소년 같은 젊은 남자 애인들을 사귀면서 스트레스를 풀었다. 그가 처음부터 동성애자는 아니었다. 하지만 30대 중반에 연예기획사를 차리면서 더 자극적인 것을 찾다 보니 이성이 아닌 동성을 사랑하게 되었다. 첫 번째 애인은 16살의 호진이었고, 두 번째 애인은 이유빈이었다. 금 회장은 호진과 유빈을 6~7년 정도씩 애인으로 두었다. 그리고 지금 그의 몸을 마사지하는 미소년이 세 번째 애인이었다.

"참 잘 잤다!"

미소년의 마사지를 받던 금 회장이 천천히 눈을 뜨더니 기지개를 켜며 말했다. 아주 오랜만에 꿀잠이었다. 요 며칠 그는 자신이 던진 승부수가 통하는 것을 확인했다. 이석천을 이용해 대한민국을 떠들썩하게 만들었고, 유라의 휴대폰도 석천에게 떠넘겼으며, 휴대폰으로 뉴스를 이용해 세상의 관심을 완전히 다른 쪽으로 돌려버리는 데에 성공했다. 무엇보다 주영아 기자를 선택한 것이 신의 한 수였다. 그녀는 전부터 경찰을 신랄하게 비판하기로 유명한, 인정사정없는 기자로 이름을 날리고 있었다.

'일이 이 정도로 터졌으니 경찰은 당장 유라의 변사사건조차 제대로 수사할 수 없겠지.'

그의 계획대로 현재 경찰은 온갖 비난을 받고 있었다. 제아무리 동금이 날고 긴다 한들, 이런 상황에서 AI 엔터테인먼트까지 건드리는 수사를 할 수는 없을 것이다.

* * *

동금은 영장을 통해 겨우 유라의 휴대폰을 확보하는 데에 성공했다. 또한 여기서 그치지 않고 호진과 마이클, 그리고 유빈의 휴대폰까지 영장을 받아 손에 넣었다.

"제기랄…."

영장까지 받아 휴대폰들을 손에 넣긴 했지만 이미 한 발 늦었다는 사실을 인정할 수밖에 없었다. 호진과 마이클, 그리고 유빈이 제출한 휴대폰은 모두 새 휴대폰이었던 것이다. 녀석들은 새 휴대폰을 제출하며 '술을 마신 뒤 분실했다'는 뻔한 거짓말을 내놓았다. 문제는 놈들이 버린 휴대폰을 찾기 전까지는 그 뻔한 거짓말을 받아들이지 않을 수 없다는 것이다. 유라의 휴대폰 역시 문제가 있긴 마찬가지였다. 그녀의 휴대폰은 마치 누군가 한 차례 정리 과정을 거치며 필요한 내용만 저장해둔 듯했다. 아무리 보아도 23살의 젊은 여성이 사용한 휴대폰으로는 보이지 않았던 것이다. 석천이 유라의 휴대폰에서 발견했다는 문제의 영상 역시 마찬가지였다. '엑스터시를 투약하는 영상'과

'약에 취해 2대1 섹스를 하는 영상'은, 아무리 봐도 유라의 휴대폰이 아닌 타인의 휴대폰으로 찍은 것을 그녀의 휴대폰에 옮겨놓은 것 같았다. 결국 동금은 이를 확인코자 무성을 통해 소개받은 채호영 대표를 찾아갔다. 그는 경찰 출신으로, 현재 포렌식 업체를 운영하고 있었다. 그리고 그를 통해 동금은 자신의 짐작이 맞았음을 확인할 수 있었다.

"박 형사님, 아무래도 이 영상은 다른 사람의 휴대폰에서 유라 양의 휴대폰으로 이동한 게 맞아 보입니다."

한편, 설희는 유라의 뉴스가 세상에 나온 뒤 수시로 동금에게 전화해 억울함을 호소했다.

"오빠, 내가 친자매처럼 지낸 유라를 모르겠어? 유라는 절대 그런 난잡한 섹스나 하는 애가 아니야. 오빠, 내 말 믿지?"

설희는 마치 자신이 당한 일처럼 울며 동금에게 전화하곤 했다. 동금 역시 설희의 마음이 충분히 이해가 되었다. 유라는 현재, 피해자임에도 불구하고 돌을 맞는 상황에 처해 있었던 것이다.

"걱정 마. 내가 반드시 진실을 밝혀줄 테니까."

설희를 다독여 통화를 마친 뒤, 동금은 매섭게 창밖을 노려보았다. 그가 한 걸음 진실에 다가설 때마다 새로운 이슈가 터지며 다른 거짓으로 진실을 가리고 있었다. 마치 보이지 않는 거대한 손이, 판 전체를 조종하고 있는 것처럼….

11
주영아 기자

　호진과 유빈이 경찰에 출석하는 날이 되자 경찰서 현관은 모여든 기자들로 북새통을 이루었다. 현관뿐만 아니라, 경찰서 정문 밖에서는 시민들이 모여 호진을 향해 욕설을 날리고 계란을 던지는 등 소동도 일어났다.
　"유라 휴대폰에서 발견된 엑스터시 투약하는 동영상, 당신 맞지? 거짓말 할 생각 말고 순순히 말해. 어차피 국과수에서 영상 분석 결과 나오면 누군지 다 밝혀지니까."
　동금이 호진을 날카롭게 노려보며 말했다. 다른 방에서는 수찬이 유빈을 조사 중이었다.
　"저는 유빈이가 촬영한 영상을 전달받았을 뿐이에요. 절대 저 영상을 유라한테 보낸 적은 없습니다."
　호진은 영상 속 남자가 자신이라는 것은 인정했지만 영상을 유라에게 보낸 것에 대해서는 부인했다. 얼마나 두려웠으면 호진의 두 손은 쉬지 않고 덜덜 떨고 있었다.
　"너랑 이유빈은 유라에게 강간을 하고 있어. 이 동영상을 보면 유라는 완전히 마약에 취해 정신을 거의 잃은 상태야. 유라는 동의하에 성관계를 한 게 아니라 너와 이유빈이라는 쓰레기들에게 강간을 당하고 있다고. 법률용어로는 준강간이라고 하지!"

동금은 호되게 호진을 몰아붙였다. 전 애인이었던 설희의 사촌동생이 성폭행 당한 사건인 만큼, 아무리 동금이라도 냉정을 유지하긴 쉽지 않았던 것이다.

"아, 아니에요. 동의하에 한 겁니다."

호진은 덜덜 떨면서도 동의하에 이루어진 성관계라며 거짓말을 했다. 문제는 피해자인 유라가 이미 죽었기에, 그의 말이 거짓말이라는 사실을 입증해 줄 사람이 없다는 것이었다.

"다시 묻는다. 이 영상, 누가 유라한테 보낸 거야?"

"모르겠습니다. 아무튼 저는 아닙니다."

동금은 수시로 옆방의 수찬과 소통하며 호진의 조사를 이어갔다(막내인 수석이 두 방을 열심히 오가며 피의자 조서 초안을 가져다주었다). 진술을 맞추어보니 유빈 역시 호진과 같은 진술로 일관하고 있었다. 호진이 영상 속 남자가 자신임을 인정했듯, 유빈 역시 영상을 찍은 것이 자신임을 인정했다. 그러나 유라에게 영상을 보낸 사실에 대해서는 호진과 마찬가지로 부인하고 있었다.

잠시 후, 동금과 수찬은 쉬는 시간을 맞아 기원에게로 향했다. 지금까지의 조사 내용을 보고하기 위함이었다.

"팀장님, 호진이나 이유빈 중 한 놈이 협박용으로 동영상을 보낸 게 아닐까요?"

수찬은 호진보다는 유빈이 영상을 보낸 것이라 추측하고 있었다. 돈이 없는 것은 유빈이니, 유라에게 영상을 보내 협박용으로 사용하지 않았겠냐는 것이었다.

"권 반장, 두 놈에게 협박할 동기가 있을까? 이유빈이 동영상을 호진이에게 보내준 것은 인정하고 있잖아. 그 말은 이유빈과 호진은 몰카의 공범이라는 증거지. 그런 이유빈이 호진이 몰래 유라에게 자기들 범죄를 들킬 증거를 보냈을까?"

"아무래도 유라가 최고 인기 가수고 돈도 많으니까…. 협박했을 가능성도 있다고 보는데요. 솔직히 협박을 받은 게 아니라면 유라 휴대폰에 그 두 동영상이 있을 이유가 없지 않습니까? 누가 자기 범죄 사실이 뻔히 나오는 영상을 두 개나 갖고 있겠어요. 안 그렇습니까?"

수찬의 말은 어느 정도 일리가 있었다. 마약 투약 영상이나 섹스 동영상 모두 유라에게 불리하면 불리하지 득 될 것이 없는 영상이었다. 가해자라면 몰라도, 피해자인 유라의 휴대폰에 그 동영상들이 있는 이유가 도무지 설명되지 않았던 것이다. 가만히 생각에 잠겨 있던 동금이 입을 열었다.

"팀장님 말씀처럼 이유빈이나 호진이 유라에게 동영상을 보낼 범행 동기는 부족해 보입니다. 자신들의 범행 증거를 피해자한테 보낸다는 것도 사실 이례적이고요. 만약 협박용으로 동영상을 보냈다면, 그 이후에 유라에게 뭔가 요구하는 징후가 있어야 하는데 그것도 없지 않습니까? 저는 지금 저희가 이 사건에서만 답을 찾으려 해서는 안 될 것 같다는 생각이 듭니다."

동금의 말에 수찬과 기원 모두 귀를 기울였다.

"유라의 변사 현장에서는 찾을 수 없었던 휴대폰이 갑자기 포렌식 업체 대표의 손에서 나타났습니다. 그리고 그 시기는, 공교롭게도 유라의 에토미데이트 수사에서 진전이 이루어졌을 때예요. 뭔가 이상하지 않습니까?"

동금의 말을 들은 기원이 의미심장한 미소를 지으며 고개를 끄덕였다.

"그러니까 박 형사 말은… 누군가 손바닥 위 개구리를 자기가 원하는 방향으로 뛰게 하는 것 같다~ 이 말이지야? 그놈이 어떤 놈인지는 모르겠지만… 두 사람 다 조금만 흥분을 가라앉히는 것이 좋겠다. 정말로 이놈들 뒤에 누군가 있는 것이라면, 흥분할 게 아니라 더 냉철하게 파고들어 숨어 있는 놈을 잡아야 하지 않겠어야?"

* * *

DBS 주영아 기자의 보도가 가져온 파장은 실로 대단했다. 뭣보다 전직 형사가 브로커가 되어 현직 경찰서장을 비롯한 경찰관들에게 로비를 했다는 사실은, 국민들의 분노를 일으키기에 더할 나위 없었다.

"저희 클럽은 미성년자를 출입시켜 경찰 수사를 받고 있었습니다. 전직 형사가 이 수사를 무마할 수 있다기에 인건비로 수천만 원을 주었습니다."

현재, DBS 방송국은 주영아와 마이클의 인터뷰를 추가로 보도하고 있었다. 영상 속 마이클은 얼굴이 보이지 않는 앵글에서 주영아 기자에게 모든 사실을 털어놓고 있었다.

"말씀하신 그 사람이 로비를 할 수 있다고 믿은 이유가 뭔가요? 근거가 있었나요?"

"그 사람에게 경찰서장이 보낸 문자를 봤습니다. 화환을 보내주어 고맙다는 감사 문자였습니다."

인터뷰 영상이 끝나기 무섭게 문제의 문자메시지 캡처 장면이 방송에 나타났다. 마이클이 주영아 기자에게 넘긴 추동만의 문자메시지였다. DBS의 추가 보도 이후, 경찰을 향한 비난은 더욱 거세졌다. 대체 뭘 믿고 경찰에게 계속 수사를 맡기겠냐며, 검찰에게로 수사권을 넘겨야 하는 것 아니냐는 여론까지 일어났다. 들끓는 여론에 경찰지휘부는 특별수사팀에 최대한 신속히 수사하라는 지시를 내리고, 강남경찰서장은 즉시 직위해제를 명해 수사대상자로 신분을 전환시켰다.

태풍처럼 몰아치는 상황에 가장 곤란해진 것은 강남경찰서장 최진수였다. 그는 순경으로 시작해 경찰청장까지 오른 입지전적인 인물로, 경찰 내 세평도 좋았다. 그러나 브로커에게 보낸 문자 한 통으로 인해 그는 하루아침에 파리 목숨이 되어버렸다.

"후…."

최진수 서장을 피의자로 조사하게 된 동금 역시 착잡하긴 마찬가지였다. 어제까지만 해도 상사이던 그를 피의자로 마주하게 된 것이다. 동금은 전날, 무성이 전화로 건넨 조언을 떠올렸다. 동금이 최진수 서장 조사를 맡았다는 이야기를 듣자, 무성은 그에게 다음과 같은 조언을 건넸다.

"박 형사, 최진수 서장님은 내가 광진경찰서에서 수사과장으로 근무할 때 경무과장을 하셔서 잘 알고 있네. 사람 속은 모른다고 하지만… 내가 아는 최 서장님은 브로커와 어울릴 분은 아니야. 아무래도 경찰지휘부에서 여론을 잠재우려고 최 서장님을 희생양 삼으려고 하는 것 같아. 부디 자네만큼은 흔들리지 않고 진실의 편에서 판단해 주길 바라네."

최진수 서장의 축 처진 어깨를 보며 동금은 안쓰러움을 느꼈다. 그

가 추동만에게 문자를 보낸 것은 분명 사실이었다. 따라서 청탁을 받
든 받지 않았든 이 사실 자체가 최진수 서장에게 있어 매우 불리하게
작용하고 있었다.

"서장님, 이무성 전 총경님으로부터 진실의 편에서 판단해달라는
말씀이 있으셨습니다."

"박 형사, 고마워요. 나 역시 오늘 진실만 말하고 가겠습니다."

동금은 간단한 인정신문을 끝낸 뒤, 본격적으로 동만과의 관계에
대해 물었다.

"추동만은 전혀 모르는 사람입니다. 내가 추동만이란 사람에게 감
사 문자를 보낸 것은 인정합니다. 하지만 정말 모르는 사람입니다. 믿
기 어렵겠지만 그게 진실입니다."

"서장님께서는 추동만에게 감사 인사를 보냈습니다. 추동만은 이
것으로 마이클 홍에게 서장님과의 친분을 과시해 돈을 받아갔고요.
또 추동만은 승진을 앞둔 지구대 경찰관에게도 서장님과의 문자를 보
여주며 친분을 과시해 인사청탁을 받았습니다. 이에 대한 증거를 마
이클 홍이 경찰에 제출한 상황입니다."

최진수 서장은 끝까지 고개를 저으며 추동만을 모르는 사람이라고
부인했다. 얼굴조차 본 적이 없다고도 했다.

"내가 강남경찰서장으로 취임했을 때, 정말 많은 사람에게서 축하
화분이 왔습니다. 주변 사람들에게는 화분을 보내지 말아 달라 미리
부탁했지만, 이미 와버린 화분들을 돌려보낼 수는 없었어요. 경무계
에서 화분을 보낸 사람들의 명단을 이름과 연락처로 정리해주어 문자
로 감사 메시지를 보냈습니다."

동금은 최진수 서장의 이야기에 계속해서 귀를 기울였다.

"추동만은 모르는 이름이었는데…. 전임지인 경기도 남양주 경찰서에 있는 경찰서 유관단체 회원과 이름이 비슷해서 그 사람이라고 생각했던 것 같아요. 박 형사도 잘 알다시피, 경찰은 많은 유관단체들이 있지 않습니까?"

최진수 서장의 말대로 경찰은 '녹색어머니회' '보안위원회(탈북자 봉사단체)' '생활안전협의회(지구대경찰관들과 함께 순찰하는 단체)' 등 많은 유관단체가 있다. 때문에 한 경찰서에 관련된 회원들만 수백 명이 넘곤 한다. 최진수 서장은 추동만을 이런 유관단체의 회원들 중 하나라 생각했던 것이다. 물론 어디까지나 이는 확인이 불가능한 진술이므로 크게 신빙성을 가진다고 보긴 어려웠다. 하지만 추동만과 최진수 서장이 주고받은 문자 메시지는 1년 동안 2개가 전부였다. 정말 청탁을 주고받을 정도로 가까운 사이였다면, 고작 감사인사 메시지나 주고받았을까? 그러나 최진수 서장의 진술 이후, 여론은 그가 동만을 모르는 사이라고 주장한 것 때문에 더 악화되었다. DBS 방송국의 주영아 기자는 '경찰이 제 식구를 감싸기에 급급하다'라는 보도를 내며 국민 정서에 더욱 불을 지폈다.

"추동만을 잡기 전까지는 최진수 서장님 수사를 중지해야 한다고 생각합니다."

동금은 담당형사로서 의견을 내었지만, 최악으로 치닫는 여론으로 인해 그의 의견은 받아들여지지 않았다. 결국 추동만을 잡기 위한 검거팀이 꾸려진 것과 별개로(추동만은 어느새 도주해 완전히 잠적해버린 상태였다) 최진수 서장은 '청탁금지법위반'으로 해임처분 되었다.

※ ※ ※

　최진수 서장이 해임된 다음 날, 주영아 기자가 강력 3팀에 찾아왔다. 당연히 형사들은 모두 그녀에게 노골적인 반감을 드러냈다. 보통 기자가 찾아오면 반가운 척이라도 해야 한다. 그러나 상황이 상황이니만큼 그 누구도 그녀를 반기지 않았다.
　"박 형사님, 오랜만이에요! 뉴욕에는 잘 다녀오셨어요? 아내 황지혜 씨는 잘 지내시죠?"
　형사들이 그러거나 말거나 주영아는 활짝 미소를 지으며 반갑게 인사를 건넸다.
　"우리 주 기자님은 여전하시네. 4년 전에도 그러시더니, 이번 보도도 펜이 아니라 칼로 쑤시는 것 같았다니까?"
　수찬이 썩은 미소를 지으며 인사 아닌 인사를 건넸다. 그의 말대로 주영아는 4년 전, 동금이 속해 있던 광수대 3팀에게 악질적인 기사로 곤욕을 치르게 만든 과거가 있었다.
　"이거 알 만한 분들이 왜 이러세요? 4년 전에 박 형사님이 얼마나 센 빽을 쓰셨는지 제 기사야말로 아주 칼질을 당했잖아요! 박 형사님, 안 그래요?"
　"오늘은 무슨 일로 오신 겁니까?"
　동금은 주영아의 질문에는 답하지 않고 찾아온 용건을 물었다. 입 밖으로 내진 않았지만, 얼른 용건이나 말하고 꺼지라는 얘기였다.
　"에이~ 오랜만에 인사나 드리러 온 거죠! 아참, 박 형사님. 우리 언제 술이나 한잔해요! 어쨌든 4년 전에도 그렇고 이번에도 그렇고 나랑 한 방씩 주고받고 있는데, 둘이 속이라도 좀 풀어야 하지 않겠어요?"

주영아의 말을 들은 형사들의 얼굴이 붉으락푸르락 변했다. 말 그대로 불난 집에 부채질이나 하러 온 그녀를 더는 봐주기 힘들었던 것이다.

"좋습니다. 대신 휴대폰은 끄고 오셔야 합니다."

동금이 평소 주영아가 몰래 녹음하여 기사를 쓴다는 사실을 비꼬며 말했다. 하지만 비꼬는 말에도 불구하고 주영아는 반색하며 활짝 웃었다.

"아싸! 분명 약속한 거예요?"

밝은 미소를 머금고 사무실을 떠나는 주영아의 모습에 수찬은 쾅-테이블을 내리치며 욕설을 내뱉었다.

"씨발년, 지랄하고 있네."

* * *

주영아가 다녀간 다음 날, 동금은 세인과 만나 저녁식사를 함께했다. 동금이 그녀에 대한 자신의 태도를 분명히 밝혔음에도 불구하고, 세인은 동금에게 푹 빠져 있는 상태였다.

"박 형사님, 호진이 유라 씨를 성폭행했다는 뉴스를 보고 깜짝 놀랐어요. 저도 코지마를 만난 날 박 형사님이 아니었으면 그런 끔찍한 일을 당했을지도 모른다고 생각하니…. 유라 씨가 너무 불쌍해요."

동금은 일부러 그녀에게 노블러스 클럽 이야기를 꺼내지 않았다. 혹시라도 그녀에게 좋지 않은 기억을 떠올려주진 않을까 걱정되었기 때문이다. 하지만 세인은 전혀 그런 게 없는 듯, 오히려 동금에게 노블러스 클럽 수사에 대해 이것저것 물어보았다.

"박 형사님, 제가 노블러스 클럽에 두 번째 갔던 날 중년 여성 옆에 이유빈이 앉아 있었어요. 보기에는 마치 그 여자의 애인처럼 보였어요."

생각지도 못한 세인의 말에 동금의 눈이 반짝였다. 이 정보를 이용하면 이유빈의 입을 열 수 있을지도 모른다는 생각이 든 것이다.

"세인 씨, 그날 그 자리에 있던 사람들의 모습이나 특징 같은 것 중 기억에 남는 게 있으십니까?"

동금의 질문에 세인은 휴대폰을 꺼내 들고 열심히 떠오르는 기억들을 이야기해주었다. 그리고 마침내, 그녀는 중요한 단서를 떠올리는 데에 성공해냈다.

"맞아, 지금 기억났어요! 그날 그 자리에 금재환 회장이 있었어요! 그때는 누군지 알아보지 못해서 기억을 못했는데…. 맞아요, 금재환 회장이 확실해요!"

12
여왕벌과 꿀벌

다음 날, 동금의 앞에는 호진이 아닌 유빈이 마주앉아 있었다. 지난번과 달리, 이번에는 동금이 유빈의 조사를 맡기로 한 것이다. 사실 조사자는 특별한 이유가 없다면 바꾸지 않는다. 그러나 오늘만큼은 달랐다. 동금이 세인으로부터 들은 정보를 통해 유빈을 공략할 생각이었기 때문이다.

이런 동금의 마음을 아는지 모르는지 유빈은 수찬이 아니라는 사실을 반기는 듯했다. 수찬은 산적 같은 외모에 걸맞게 조금만 마음에 들지 않는 답이 나오면 버럭버럭 소리부터 질러댔던 것이다.

"여기서 조사하시는 겁니까?"

유빈과 동행한 변호사가 주변을 둘러보며 말했다. 지금 유빈이 조사받는 곳은 밀폐된 조사실이 아니라, 강력 3팀의 사무실이었다. 즉 쉽게 말해 공개조사나 다름없는 상황이었다.

"왜요? 안 될 이유라도 있습니까?"

동금은 변호사를 쳐다보지도 않은 채 조사 준비를 하며 답했다. 변호사가 뭐라 할 말을 잃고 한숨을 내쉬는 사이, 유빈은 불안한 얼굴로 주변을 두리번거렸다. 나이 든 팀장부터 시작해 젊은 여자 형사, 남자 형사 등 여러 사람이 힐긋거리며 그를 쳐다보고 있었다.

"유빈 씨, 조사받느라 힘들지?"

불안한 기색을 보이는 유빈을 향해 동금이 위로하는 듯한 말투로 말을 걸었다. 유빈은 말없이 동금을 향해 고개를 끄덕였다. 동금의 위로에 불안감이 조금이나마 진정된 듯했다.

"보자…. 유빈 씨, 애인 있어?"

동금의 뜬금없는 질문에 유빈과 변호사 모두 눈을 동그랗게 뜬 채 입을 다물었다. 그러나 동금은 웃는 얼굴로 답을 재촉했다.

"왜 말이 없어? 애인 있냐니까?"

"이보세요, 박 형사님! 사생활 질문은 자제해주시기 바랍니다. 저희 고객이 그런 질문에까지 답할 필요는 없어 보이는데요?"

순간, 동금은 눈빛을 바꾸며 항의하는 변호사를 노려보았다. 살기등등한 호랑이 같은 모습에, 변호사는 저도 모르게 움찔- 몸을 뒤로 물렀다.

"변호사님, 정식질문인지 아닌지는 내가 미리 판단해서 하고 있는 겁니다. 그러니 내가 질문하는 중에 끼어들지 마세요. 1차 경고입니다. 다시 제 질문에 끼어든다면 2차 경고하고 조사 방해로 퇴실시키겠습니다."

동금은 일부러 변호사에게 으름장을 놓으며 '이 인간은 너를 도울 수 없다'라는 사실을 유빈에게 보여주고 있었다. 즉 유빈을 변호사로부터 완전히 고립시키기 위한 덫을 놓은 것이다. 이 한 방으로 동금은 기세를 완전히 자신의 것으로 만드는 데에 성공했다. 유빈에게 있어 악몽 같은 시간의 문이 열리는 순간이었다.

"자, 다시 물을게. 애인 있어?"

"…없습니다."

"좋아, 그럼 지난 10월 10일에 노블러스 클럽 노블레스 룸에서는 누구랑 있었지?"

동금의 질문에 유빈은 기억을 떠올리려는 듯 인상을 찌푸렸다. 노블레스 룸에 들어가는 일이 적지 않다 보니 정확하게 누구와 있었는지 기억하기가 쉽지 않았다.

"기억할 수 있게 내가 도와줄까?"

동금은 마치 사무실 안 모두가 들으라는 듯, 큰 목소리로 말했다. 그는 진즉에 유빈이 부끄러움을 많이 타는, 수줍은 청년임을 파악해 두었다. 조사실이 아닌 사무실을 조사 공간으로 정한 이유 역시 이것 때문이었다. 지금 이 상황은 동금이 유빈을 공략하고자 철저히 계산해 마련한 무대였다.

"그날, 네 나이 든 애인이랑 같이 있었잖아? 기억 안 나?!"

순간, 유빈의 얼굴이 새빨개졌다. 동금의 일갈에 그날이 선명히 떠올랐던 것이다.

"AI 엔터테인먼트의 금재환 회장과 외국인 사업가, 이태식 감독, 그리고 네 나이 든 애인!"

유빈은 물론이고 옆에 앉아 있던 변호사 역시 크게 놀랐다. 설마 동금의 입에서 금 회장의 이름이 나올 것이라곤 상상조차 못했던 것이다. 동금의 외침에 유빈의 얼굴은 이제 하얗게 질려가고 있었다. 보아하니 동금은 그날 클럽 안에서 있었던 일을 훤히 다 알고 있는 것만 같았다.

'최 회장님이 내 애인이라는 게 알려지면….'

유빈은 이 자리에 권총이 있다면 자기 머리를 날려버리고 싶은 충동을 느꼈다. 무려 마흔 살 가까이 차이 나는 여자가 애인이라는 사실이 언론에 알려진다면⋯ 그의 남은 인생은 크게 망가질 것이 분명했다.

"이유빈, 네가 그 여자 앞에서 어떻게 했는지 여기서 내 입으로 얘기해 줄까? 내가 내 입으로 얘기하길 정말 원해?"

유빈은 질끈 눈을 감았다. 그리고 마침내 베일에 싸여 있던 중년 여성의 이름이 그의 입술 사이에서 흘러나왔다.

"⋯최정림 회장님입니다."

사무실 안에 있던 모든 사람들의 얼굴에 놀라움이 떠올랐다. 유빈을 변호하기 위해 동석했던 변호사까지도⋯.

"최정림? 그 최정림 말하는 겁니까?"

변호사의 물음에 유빈은 눈을 감은 채 고개를 끄덕였다. 최정림. 그녀는 90년대의 인기 배우로, 연예계를 은퇴하며 대왕그룹 회장과 결혼해 세간의 화두에 올랐던 최고의 배우였다. 그녀는 10년 뒤 남편과 이혼하며 다시 한번 세상을 떠들썩하게 만들었고, 그렇게 세기의 이혼소송으로 수천억 원의 위자료를 받았다. 들리는 소문에 의하면 그녀는 위자료로 받은 돈을 여러 곳에 투자해 재계에서 모르는 이가 없을 정도의 큰손이 되었다고 했다.

"그래, 난 네가 최 회장의 정부라는 사실을 이미 알고 있었어."

동금은 입에 침도 바르지 않고 거짓말을 했다. 그 역시 마침내 얻어낸 특급 정보에 놀라움과 기쁨이 뒤섞인 상태였다. 하지만 지금 유빈 앞에서 그런 감정을 드러낼 수는 없었다. 아직 한참 더 파내야 할 정보가 남았기 때문이다.

"후… 후….'

순간, 유빈의 얼굴이 일그러지더니 가슴을 움켜쥐었다. 갑자기 숨이 안 쉬어지는 듯했다. 공황장애로 인한 호흡곤란이 온 것이다.

"이쪽으로!"

동금은 급히 유빈을 사무실 구석에 놓인 라꾸라꾸 침대로 데려갔다(형사들은 사무실에서 쪽잠을 자기 위해 라꾸라꾸 침대를 구비해둔다). 잠시 후, 동금은 조금 진정된 듯 보이는 유빈에게 물 한 잔을 가져다주었다.

"유빈 씨, 우리 조용히 조사받을까? 사람들 없는 곳에서?"

* * *

유빈은 변호사를 밖에 두고 동금과 조사실로 들어갔다. 자신의 비밀을 변호사가 알게 하고 싶지 않았기 때문이었다. 잠시 후, 유빈의 입에서 어마어마한 비밀들이 쏟아져 나오기 시작했다.

"그날은 금 회장님이 싱가폴 사업가인 왕 타오 회장을 접대하기 위한 자리였어요. 금 회장님은 동성애자예요. 그래서 제가 연예인 지망생인 석준이를 시켜서 접대하게 했어요."

"그 석준이라는 친구는 몇 살인데? 알지? 내가 이미 알 만큼 다 알고 있는 거. 거짓말할 생각하지 마라."

"…19살이요."

세인에게 들었던 대로 금 회장을 접대한 남자는 미성년자였다.

"계속 얘기해봐."

"왕 타오 회장이랑 이태식 감독한테는 호진이가 텐프로 에이스 두 명씩을 앉혔어요."

"넌 언제부터 최정림 회장이랑 애인 사이가 된 거야?"

"6개월 전부터요…. 최 회장님도 노블러스 클럽 투자자거든요."

동금은 속으로 쾌재를 불렀다. 세인이 준 정보 하나로 그토록 찾아 헤매던 보물 같은 정보들을 무수히 얻어낼 수 있게 된 것이다. 그때, 누군가 조사실 문을 두드렸다. 막내 수석이었다.

"박 형사님. 조서 가져왔습니다."

동금은 수석으로부터 호진의 조서를 건네받았다(수석 왈, 수찬은 이미 호진의 조사를 마쳤다고 했다). 호진은 여전히 지난번 조사 때와 마찬가지로 거짓말을 고수하고 있었다. 동금은 수석을 조사실에서 내보낸 뒤, 다시 유빈에게 질문을 시작했다.

"유라 폰에 있던 마약 영상이랑 섹스 동영상, 몰래 촬영한 거 맞지? 호진이가 시킨 거냐? 주동자가 누구야?"

"호진이 형이 찍어서 돌려보자고 했어요…. 죄송해요…."

유빈은 울음을 터뜨리며 두 손으로 얼굴을 감쌌다. 그의 유약함이 고스란히 드러나는 광경이었다. 유빈은 그렇게 찍은 영상을 호진과 마이클, 그리고 오 과장까지 모두 돌려봤다고 덧붙였다.

"엑스터시는 누가 넣은 거야?"

"호진이 형이요…. 기분 좋아지는 약이라고 속여서 먹게 했어요. 유라는 몰랐어요…."

"유빈아, 인정하면 선처를 받을 수도 있어. 너랑 호진이가 유라를 성폭행한 거 맞지?"

유빈은 고개를 끄덕이며 모든 사실을 자백했다. 엑스터시로 유라를 정신없게 만들어 둘이 성폭행하고, 이를 클럽 멤버들끼리 돌려봤다고 했다. 휴대폰은 AI 엔터테인먼트가 압수수색 당한 날, 호진의 제안으로 다 같이 한강에 버렸다고도 자백했다. 노블러스 클럽 멤버들의 악행이 수면 위로 명확하게 드러나는 순간이었다.

"좋아, 이제 거의 다 왔다. 조금만 더 힘내자."

동금은 잠시 휴식시간을 가진 뒤 다시 유빈과 마주 앉았다. 마지막으로 세인과 코지마에 대한 것을 조사할 생각이었다. 어쩌면 여전히 미궁을 헤매고 있었을지도 모르는 수사에 큰 도움을 준 세인에게, 조금이라도 전해줄 이야기를 건지고자 했다.

"일본인 사업가 코지마라는 사람이 너희 클럽에 방문했던 날에 대해 아는 대로 다 얘기해."

유빈은 동금의 질문에 답을 하기 시작했다. 코지마는 일본의 돈 많은 사업가로, 호진은 그가 노블러스 클럽에 투자하길 바랐다. 때문에 이를 위해 세인을 바치고자 했다. 코지마가 세인을 갖고 싶어 한다는 사실을 일찍부터 알고 있었기 때문이다.

"물뽕(GBH, 성적 흥분제 마약)을 먹게 해서 코지마한테 넘겨줄 계획이라고 했어요. 그러면 코지마가 무조건 투자를 해줄 거라고요."

유빈의 말을 들은 동금은 저도 모르게 주먹을 움켜쥐었다. 그날, 세인은 정말로 벼랑 끝에서 동금의 손에 구출되었던 것이다.

'정말이지 사람 인연이란… 알 수가 없구나.'

거짓말처럼 위기의 순간에서 그녀를 구해준 동금. 그런 동금의 죽은 아내와 쌍둥이 같은 외모를 가진 세인…. 운명의 여신이 엮는 실타래를, 인간은 결코 알 수 없다는 사실을 동금은 새삼 깨닫고 있었다.

　　　　　　　　＊ ＊ ＊

　유빈이 동금에게 모든 사실을 고백했다는 정보는 금 회장과 최정림 회장, 그리고 호진을 비롯한 클럽 멤버들에게 고스란히 전달되었다. 조사실 밖에서 대기하던 유빈의 변호사가, 유빈이 모든 것을 자백했단 사실을 위에 전달했기 때문이다. 유빈의 자백 소식을 들은 호진과 마이클의 불안감은 그야말로 극에 달했다. 유빈이 유약하다는 것은 알았지만, 금 회장이 소개해 준 변호사까지 붙여주었으니 무너지지 않고 버티리라 믿었던 것이다. 물론 두 녀석과 달리 금 회장은 아무렇지도 않았다. 그에게 있어 호진을 비롯한 노블러스 멤버들은 이미 버리는 카드로 사용된 지 오래였다. 꿀벌 몇 마리 줄어든다고 벌통이 무너지는 것은 아니었으므로….

13
꿀벌들의 말로

강남경찰서 앞 어느 카페

다음 날, 동금은 세인을 만나 자신이 알게 된 사실들에 대해 알려주었다.

"그러니까… 제가 그날 마약을 먹고 코지마에게 성폭행을 당할 뻔했단 얘기군요?"

"네."

세인은 새삼 자신이 얼마나 심각한 위기에 처했던 것인지를 깨달은 듯, 두려움에 손을 떨었다. 동금은 손을 뻗어 그녀의 떨리는 손을 살며시 잡아주었다.

"다 끝난 일이에요. 이젠 걱정하지 않으셔도 됩니다."

"감사해요… 정말 감사해요….'

두 사람은 잠시 말없이 서로의 눈을 응시했다. 선하지만 쓸쓸함이 묻어 나오는 두 눈이 그녀를 보고 있었다.

'듣기로는 세기의 연인이라 불릴 정도로 로맨틱한 부부라는데… 왜 이렇게 이 사람의 눈은 쓸쓸한 걸까?'

세인은 동금의 눈을 볼 때면 어딘지 모르게 쓸쓸해 보인다는 생각을 지울 수 없었다. 그래서일까? 동금은 분명 그녀에게 선을 그었지만, 세인은 도무지 그를 향한 마음을 접을 수 없었다. 오히려 절체절명의 위기에서 그녀를 구해주었단 사실을 알게 되면서, 더욱 그를 향한 불길이 거세져가고 있었다.

* * *

K호텔 35층 회의실

금재환 회장과 최정림 회장은 넓은 호텔 회의실에서 단둘이 마주 앉아 있었다. 두 사람은 은밀한 대화를 나눌 때면 이렇게 K호텔의 고층 회의실을 이용하곤 했다. 호텔 회의실은 넓고 쾌적할 뿐만 아니라, 보안이 잘 유지되어 재벌가 회장들이 자주 애용하는 공간이었다.

"회장님, 혹시 걱정되는 일이 있으십니까?"

금 회장이 먼저 말문을 열었다. 최 회장은 말없이 앞에 놓인 만년필을 쥐더니 메모장에 낙서하듯 무언가를 끄적거리기 시작했다.

"이유빈의 휴대폰은 지금 어디 있죠? 경찰에게 있나요?"

"그 문제라면 걱정 안 하셔도 됩니다. 호진이를 비롯한 클럽 아이들의 휴대폰은 전부 한강에 던져진 지 오랩니다. 경찰이 지금 한강 바닥을 수색 중이라고 합니다만 찾기 어려울 겁니다."

그랬다. 호진 일당에게 휴대폰을 버리라 지시한 사람 역시 금 회장이었다. AI 엔터테인먼트가 압수수색 당하던 날, 그는 즉시 호진 일당에게 휴대폰을 한강에 던져 처리하라는 지시를 내렸다.

"경찰 쪽에 어떻게 우리 모임에 대한 이야기가 들어가게 된 거죠?

보안에 문제가 있는 거 아닌가요?"

최 회장의 지적은 합당했다. 그녀 입장에서는 경찰이 노블러스 클럽에서 일어나는 모임에 대해 소상히 알고 있었다는 사실을 도무지 납득할 수 없었다.

"죄송합니다, 회장님. 그 일에 대해서는 제가 입이 열 개라도 할 말이 없습니다."

"경찰의 귀에 내가 노블러스 클럽 지분권자라는 사실이 들어가면 안 될 텐데요?"

동금이 그토록 알고 싶어 하던 이야기가 최 회장의 입에서 흘러나왔다. 그녀의 말대로 노블러스 클럽의 진짜 주인은 바로 최 회장이었다. 최 회장은 금 회장의 권유로 노블러스 클럽에 70%의 지분을 투자한, 노블러스 클럽의 실질적인 소유자였다. 그녀 외에 왕 타오 회장이 25%를, 그리고 나머지 5%의 지분을 호진이 갖고 있었다.

호진이 기를 쓰고 코지마에게서 투자를 받으려 했던 이유가 여기 있었다. 클럽의 수익이 월 수십억 원에 달해도, 자신의 지분은 5%밖에 되지 않았기에 늘 불만이었던 것이다. 그는 그저 최 회장이라는 여왕벌 앞에 열심히 꿀을 따다 나르는, 꿀벌 한 마리에 불과했다.

"이 사건, 금 회장이 책임지고 마무리 짓도록 하세요."

최 회장은 늘 구설수에 오르는 것을 가장 조심했다. 그래서 투자를 할 때도 철저하게 바지들을 내세워 신분이 노출되는 것을 피했다. 4년 전, 생각지도 못한 곤욕을 치른 뒤로는 더더욱이나.

"우리의 신뢰 관계를 위해서라도 말이에요."

최 회장의 마지막 말에 금 회장의 등에서 식은땀이 흘러내렸다. 제아무리 금 회장이 연예계 1~2위를 다투는 인사일지언정, 재벌가의 인사들과는 비교 자체가 불가했다. 즉 지금 최 회장은, 한 번만 더 클럽과 관련된 일로 곤란한 상황을 만든다면 그때는 가만두지 않겠다는 경고를 날리고 있었다. 금 회장은 얼른 자리에서 일어나 90도로 허리를 숙이며 사죄를 올렸다.

"죄송합니다, 회장님. 명심하겠습니다."

* * *

그 시각, 동금은 테헤란로를 걸으며 생각에 잠겨 있었다. 조금 전, 설희에게 전화해 지금까지 이루어진 수사에 대한 이야기를 전해주었다. 엑스터시를 먹은 것도, 성폭행을 당한 것도 전부 호진 일당들의 짓이었음을 알려준 것이다.

동금의 이야기를 들은 설희는 오열했다. 누구보다 유라가 당한 일련의 사건들에 가장 억울해하던 그녀였으니 이는 당연한 반응이었다. 동금은 그런 설희에게, 왜 유라가 그런 상황까지 몰리게 되었는지 끝까지 수사해 밝혀내겠다 약속하고 통화를 마쳤다.

'반드시… 반드시 모든 것을 밝혀 합당한 벌을 받게 해주겠어.'

결의를 다지던 동금은 문득 걸음을 멈추고 네온사인을 올려다보았다. 저 네온사인의 붉은 빛을 향해 얼마나 많은 불나방들이 몰려들었을까? 그 불나방들은 어째서, 저 화려한 불빛이 자신들을 태워죽이리란 사실을 알지 못하는 걸까?

* * *

11월 21일 자정 무렵 강남역 근처 BAR

마이클은 강남역 근처 바에서 홀로 술을 마시고 있었다. 내일 오전 11시, 서울중앙지방법원에서 세 사람(호진, 마이클, 유빈)에 대한 구속영장실질심사가 열릴 예정이었다. 불구속될 수 있을지도 모른다는 희망을 갖고 있는 호진이나 유빈과 달리, 마이클은 진즉에 모든 희망을 버린 상태였다.

"씨발… 좆 됐네, 좆 됐어. 웃기지도 않네."

마이클은 자신이 처한 모든 상황들이 한탄스러웠다. 호진의 따까리가 되어 분수에 맞지 않는 욕심만 부리다 교도소에 가게 생긴 스스로가 너무나 비참하고 한심했다.

"다 끝났어…. 전부 다 끝났다고…."

마이클은 위스키를 두 병이나 마신 뒤 새벽 2시가 넘어 바를 나섰다. 늦가을 날씨는 어느새 손이 시릴 정도로 차가웠다. 얼마나 걸었을까? 어디선가 나타난 20대 후반의 남자 두 명이 마이클에게 다가왔다.

"사장님, 여기 바로 앞에 주점 있는데 20만 원이면 아가씨하고 양주 2병 마실 수 있어요. 잘해드릴 테니까 한잔 더 하고 가시죠!"

이미 취할 대로 취한 마이클은 함께 술 마실 아가씨가 있다는 말에 남자들을 따라갔다. 잠시 후, 마이클이 도착한 곳은 일명 삐끼주점이었다. 찬바람을 맞다가 따뜻한 곳에 들어간 마이클은 몰려오는 취기와 졸음을 이기지 못하고 자리에 앉자마자 쓰러져 잠이 들었다.

"야, 뒤져봐."

남자들은 마이클이 잠들기 무섭게 양복 주머니를 털었다. 그렇게

1시간 뒤, 잠에서 깨어난 마이클의 눈앞에는 비어 있는 위스키 4병이 놓여 있었다.

"너 이 새끼들…. 누굴 호구로 알아?"

술이 덜 깬 마이클이 반항했지만 남자들은 오히려 그런 마이클을 쥐어박았다.

"이 새끼가 술김에 다 처먹어 놓고 어디서 오리발이야? 취해서 기억 안 난다는 얘긴 하지도 마라. 더 처맞기 싫으면 잔말 말고 카드 비밀번호나 부세요."

법은 멀고 주먹은 가깝다고 했던가. 마이클은 어쩔 수 없이 놈들이 원하는 대로 카드 비밀번호를 알려줄 수밖에 없었다.

"그럼 우리 사장님, 안녕히 가시고 또 오세요~"

녀석들은 마이클의 카드로 현금인출기에서 있는 돈을 몽땅 턴 뒤에야 그를 가게에서 내보내 주었다. 외투마저 빼앗긴 마이클은 셔츠 차림으로 덜덜 떨며 길을 나섰다. 그렇게 정처 없이 길을 걷던 중, 결국 추위를 이기지 못하고 근처 건물 안으로 들어갔다.

"으으… 추워…."

마이클은 비척거리며 지하로 향하는 계단을 걸어 내려갔다. 그리고 잠시 후, 계단 바닥에 웅크리고 앉은 채 서서히 잠이 들었다.

"…추 …워."

마이클의 짧은 인생은 그야말로 속고 속이는 삶의 연속이었다. 호진을 속이고… 추동만에게 속고… 다시 호진을 속이고… 또다시 추동만에게 속으며 그 과정에서 죄 없는 많은 이들에게 피해를 입혔다. 그리고 결국에는 자기 자신의 인생도 파멸에 이르게 만들었다.

마이클은 그렇게 쓸쓸하게 죽어갔다. 아무도 모르는 지하 계단에서… 차갑고 외롭게….

* * *

11월 22일 강남경찰서 주차장

마이클의 시신은 아침 9시경, 강남역 근처 5층 건물의 지하 1층 계단 밑에서 발견되었다. 경찰은 그가 외투도 없이 추위를 피하려고 건물에 들어왔다가 그대로 잠이 들어 저체온사한 것으로 추정했다. 강남에서 가장 잘나가는 노블러스 클럽의 공동대표였던 그가, 강남에서 가장 수준 낮은 삐끼주점에서 공갈을 당하고 횡사한… 참으로 아이러니한 죽음이었다.

마이클의 죽음과 별개로 경찰은 호진과 마이클, 이유빈, 오 과장에 대해 '성폭력' '불법 촬영' '마약 범죄'를 이유로 구속영장을 신청했다. 이에 강남경찰서 주차장 앞에는 양옆에 형사들의 팔짱을 끼고 수갑을 찬 호진과 그 일당들의 모습을 찍으려는 기자들이 인산인해를 이루었다. 미리 대표로 지정된 남녀기자[3]는 호진에게 "죄를 인정하십니까?" "현재 심경은 어떠신가요?" 등을 물었지만 호진 일당은 그저 후드티로 얼굴을 가린 채 형기차에 오르기 바빴다.

결과적으로 호진과 일당들은 모두 구속됐다. 그렇게 그들은 강남경찰서 유치장에 갇혀, 이미 조사받은 내용에 대해 확인하고 여죄를

---

3 모든 기자들이 질문을 할 수 없기에 기자단에서는 미리 질문할 기자 두세 명을 선정한다.

밝히기 위한 추가 조사를 기다리는 처지가 되었다.

이후 이어진 조사에서 오 과장은 모든 것을 순순히 자백했다. 그는 모든 책임을 호진과 마이클에게 미루었다. 동금의 친구 요섭의 말대로, 오 과장은 호진의 뒤통수를 제대로 때렸다. 그는 "저는 호진이랑 마이클이 시킨 대로 한 죄밖에 없습니다!"라며 동금이 묻지 않은 정보들까지 술술 불었다.

"호진이 그 새끼가 유빈이보다 먼저 금 회장 애인이었다니까요? 유빈이도 호진이 새끼가 금 회장한테 소개한 거예요!"

"이유빈은 최 회장 애인인 걸 내가 모르는 줄 알아? 근데 걔가 그전에는 금 회장 애인이었다고? 나보고 그걸 믿으라는 거냐?"

"형사님, 금 회장이 유빈이 버려서 그 새끼가 지금 돈 많은 여자 장난감 된 거예요. 진짜라니까요!"

오 과장의 조사를 마친 뒤, 동금은 마지막으로 호진을 사무실로 불렀다. 유치장에서 불려온 호진은 의외로 담담한 표정이었다. 그는 유빈의 자백에도 불구하고, 이전의 자세를 고수했다.

"몇 번을 물으셔도 제 답은 같습니다. 마약 영상이랑 강간 영상은 이유빈이 몰래 촬영한 거예요. 저는 그냥 이유빈이 준 동영상을 봤을 뿐입니다. 유라한테 동영상을 보낸 적도 없고요. 유라랑 섹스한 것도 유라 동의를 구하고 한 겁니다. 그래요. 엑스터시는 제가 먹였습니다. 그리고 휴대폰도 제가 한강에 버리자고 했습니다. 그건 인정합니다."

동금은 같은 말만 반복하는 호진을 향해 다른 질문을 던졌다.

"좋아, 그럼 다른 얘기를 해보자. 노블러스 클럽은 누가 만들자고 한 거야?"

호진은 마이클이 '강남 바닥에서 클럽을 만들면 돈을 벌 수 있다'

며 처음 제안했다고 답했다. 그렇게 마이클의 추천으로 다른 클럽 MD인 오 과장을 영입하고, 오 과장의 인맥을 통해 다른 MD들을 추가 영입해 노블러스 클럽이 자리를 잡게 만들었다고 했다.

"솔직히 말할게요. 처음 4~5개월 동안은 적자였어요. 그러다가 한 병에 수천만 원짜리 샴페인을 구매하고 현금을 뿌려대는 손님들이 오면서 풀리기 시작했죠. 제 이름도 팔고, 연예인들도 놀러오게 하면서 열심히 키웠습니다."

"글쎄? 그것만이 아닐 텐데? 내가 듣기로는 노블러스 클럽에서 마약 구하기가 쉽다는 소문도 한몫한 걸로 아는데, 안 그래?"

동금의 말에 호진은 억울하다는 듯 목소리를 높였다.

"저기요, 박 형사님. 내가 알기로는 형사님도 강남 바닥에서 놀았던 분으로 알거든요? 솔직히 말해서, 강남 클럽 중에 마약 없는 클럽이 있습니까? 왜 우리 클럽만 그런 것처럼 말하세요?"

"내가 강남 바닥에서 좀 놀았다는 건 어디서 들은 거야?"

호진은 클럽 MD들이 동금에 대해 얘기해주었다고 했다.

"여자도 엄청 많으셨다면서요? 오는 여자 막지 않고 가는 여자 잡지 않는다고 노래까지 불렀다고 유명하던데요? 아닙니까?"

자신의 과거 이야기를 떠들어대는 호진을 보던 동금이 웃음을 터뜨렸다. 이제는 전부 과거가 되어버린 이야기를 듣자, 새삼 자신이 살아온 망나니 시절 삶이 우스웠다.

"그래, 인정한다. 나도 너만큼 놀아봤어. 근데 말이야. 나는 너희처럼 여자들한테 마약을 먹인 적도 없고, 싫다는데 억지로 붙은 적도 없어. 너희들이 벌인 짓은 사람이 하는 짓이 아니라, 쓰레기들이 하는 짓거리였다고. 알겠어?!"

동금의 호통에 호진은 고개를 떨어뜨렸다. 동금은 잠시 그런 호진을 가만히 노려보다가 클럽의 지분 관계에 대해 물었다.

"싱가폴의 왕 타오 회장이 투자했습니다."

"금재환 회장이랑 왕 타오 회장은 어떤 관계야?"

"왕 타오 회장이 금 회장님 소개로 클럽에 투자했습니다. 내가 아는 건 그게 답니다."

호진은 노블러스 클럽의 지분 구조에 대해서는 모르쇠로 일관하며 입을 다물었다. 잠시 후, 호진과 변호사가 피의자 신문조서를 작성하던 중 누군가 강력 3팀 사무실로 들어왔다. 두 손에 커피를 가득 든 이세인이었다.

"형사님들! 커피 드시고 하세요."

동금이 선을 그었음에도 불구하고 세인은 여전히 그를 향한 구애를 멈추지 않고 있었다. 다만 대놓고 할 수는 없어 스스로를 '강력 3팀 간식담당'이라 칭하며 혹시 모를 오해를 막고 있었다. 그때 조서를 쓰던 호진이 세인을 발견했다.

"…이세인 씨?"

호진은 세인을 보자 크게 당황한 듯, 숨을 곳을 찾는 쥐새끼처럼 이리저리 고개를 돌려댔다. 세인은 그런 호진을 잠시 경멸 어린 눈으로 노려보다가 일갈을 날렸다.

"호진 씨, 당신이 나를 코지마에게 성노리개로 바치려고 했던 거 다 알고 있어요. 나는 여기 형사님들 덕분에 구사일생할 수 있었지만, 당신이 저지른 짓들로 인해 씻을 수 없는 피해를 본 여자들을 위해서라도 평생 반성하는 마음으로 사세요. 알겠어요?!"

* * *

유치장에서 10일을 보낸 뒤, 호진 일당들은 법무부 구치소로 호송되었다. 호진 일당이 호송되던 날, 강남경찰서 앞은 사진을 찍으려는 기자들로 새벽부터 북새통을 이루었다.

"권 반장님, 언제 출발하나요?"

뉴신라일보의 박 기자가 포토라인을 세우는 수찬에게 물었다.

"10시로 생각하고 있습니다. 간사에게 미리 공지할 겁니다."

'간사'는 기자단의 총무 역할을 하는 기자를 말한다. 보통 경찰과 기자단과의 소통은 간사를 통해 이루어진다. 잠시 후, 동금이 호진 일당들을 데리고 강력 3팀 사무실로 올라왔다. 기원은 올라온 놈들을 하나하나 훑어보며 입을 열었다.

"지난 두 달 동안 너희들로 인해 대한민국이 들썩거렸다. 별별 음모론도 판을 쳤고 말이지! 중요한 건, 난 너거들이 진심으로 반성하고 있다는 생각을 안 한다는 것이여. 니들이 아직 모든 진실을 말하지 않았다고 보거든!"

기원의 말을 끝으로 호진과 일당들은 수찬의 손에 끌려 경찰서 밖으로 나갔다. 그리고 무수히 터지는 기자들의 플래시 속에서 차례차례 형기차에 올랐다.

"이제야 제대로 한 고비 넘겼고만. 안 그래야?"

호진 일당의 뒷모습을 지켜보는 동금의 뒤에게 기원이 말했다. 동금 역시 가만히 고개를 끄덕이며 기원의 말에 동의했다.

"네, 이제부터가 진짜 시작이죠."

＊ ＊ ＊

호진 일당이 구속되자 여론은 한결 잠잠해졌다. 경찰 역시 겨우 한시름을 놓을 수 있었고, 국가수사본부에서는 사실상 수사가 마무리되었다고까지 생각하는 듯했다.

"어머님, 저 왔습니다!"

"바쁜데 여긴 또 어떻게 온 거야?"

황영숙 여사가 동금을 향해 꾸중 같은 인사를 던졌다. 현재, 동금은 아차산 근처에 있는 영숙의 집을 방문한 참이었다. 2층짜리 단독주택에서 용화사를 운영하며 홀로 사는 그녀는, 다름 아닌 동금의 장모였다. 미국에서 돌아온 뒤, 동금은 아무리 바빠도 한 달에 한 번씩은 반드시 장모 영숙의 집에 방문해 식사를 하곤 했다.

"어머님, 다음 주에 건강검진 받으시는 것 알고 계시죠? 전날부터 금식하셔야 해요. 저 그날 휴가 냈으니까 차로 모시러 올게요."

영숙은 고마움과 슬픔이 뒤섞인 눈으로 동금을 바라보았다. 장모인 자신의 건강검진까지 챙겨주는 동금에게 말로 다 할 수 없을 만큼의 고마움을 느끼는 그녀였다. 그러나 다른 한편으로는 동금을 볼 때마다 슬픔이 느껴지는 것도 사실이었다. 함께 미국으로 갔다가 홀로 돌아온 동금을 볼 때면, 젊은 나이에 이국땅에서 목숨을 잃은 딸이 자연스럽게 떠올랐기 때문이다.

"박 서방."

"네, 어머님."

"나 다음 달에 이 집 정리하고 원혜사로 가기로 했어."

영숙이 동금에게 줄 커피를 내리며 말했다. 이미 마음을 굳힌 듯,

담담함이 느껴지는 말투였다.

"아…. 잘 생각하셨어요, 어머님. 혼자 많이 쓸쓸하셨을 텐데 잘됐네요."

갑작스러운 통보였지만 동금은 그녀의 결정을 존중해주기로 했다. 홀로 외롭게 서울에 있는 것보다 다른 사람들과 함께 지내는 것이 훨씬 나을 것이라 생각된 것이다. 무엇보다 원혜사는 지혜의 친부인 해담 스님이 계신 곳이었다.

"대신 원혜사 가실 때는 제가 모실게요. 이삿짐도 제가 용달차 알아볼 테니 신경 쓰지 마시고요. 서울 계실 때만큼은 아니어도 자주 뵈러 갈 테니 문전박대하시면 안 됩니다? 그때도 이렇게 맛있는 커피 내려주셔야 해요!"

"대신 나도 부탁 하나 할게."

"뭐든지 말씀만 하세요, 어머님."

"…박 형사."

커피를 마시려던 동금은 굳어버린 표정으로 영숙을 바라보았다. '박 서방'이 아닌 '박 형사'라는 호칭을 듣는 순간, 심장이 쿵 내려앉은 것이다. 마치 이후에 나올 이야기를 듣기도 전에 알 것만 같은, 그 이상한 느낌이 동금의 온몸을 기어오르고 있었다.

"…지혜, 이제 그만 보내주게."

지혜의 이름을 듣자 동금의 눈시울이 순식간에 붉어졌다. 그리고 이내 그 커다란 눈에 뜨거운 눈물이 가득 차올랐다. 그녀를 잃은 뒤, 차마 입에 올리지 못하던 이름이었다. 누구에게도 보이지 못하고 참아왔던 눈물이었다. 사실 동금도 알고 있었다. 지혜는 이미 저 멀리 떠났다는 사실을. 하지만 동금은 그녀를 놓을 수 없었다. 평생 사랑하겠다 맹세한 그녀를, 평생 지켜주리라 약속했던 그녀를… 차마 자기 손으로 놓을 수 없었다.

"떠난 사람 그만 붙잡고 놓아줘. 그게 맞아. 자네가 놓아주지 않으면 지혜도 편히 못 쉴 거야. 그러니… 이제 지혜 남편 그만하고, 자네로 살아."

향기로운 김이 피어오르는 커피 잔 위로, 한 남자의 뜨거운 눈물이 뚝뚝 떨어져 내리고 있었다.

14.
망자(亡者)의 전화

동금은 그의 경찰대부인 명규의 조언에 따라 최 회장에게 참고인으로 출석해 줄 것을 통보했다(명규는 4년 전, 쌍둥이수표 사건을 수사하면서 최 회장을 조사한 인연이 있었다). 요청 사유는 '노블러스 클럽의 소유관계 확인'이었다. 경찰로부터 통보를 받은 최 회장은 법무법인과 상의한 뒤, 변론팀을 구성해 대응에 나섰다.

"박 형사님, 최정림 회장님은 참고인 신분입니다. 참고인은 출석 의무가 없다는 거 아시죠? 다만 저희 회장님께서 경찰 수사에 협조하겠다는 의사가 강하십니다. 그래서 저희는 한 가지 제안을 하고자 합니다. 강남경찰서가 아닌 안국역 사무실에서 조사를 하되, 언론에는 절대 알리지 않는 조건으로 조사를 받겠습니다."

동금은 최 회장 측의 제안을 받아들이기로 했다. 변호인의 말대로, 피의자가 아닌 참고인이 출석하지 않겠다고 할 시 강제할 방법은 없었기 때문이다.

11월 27일 최정림 회장의 안국역 사무실

약속된 날, 기원을 필두로 동금과 수찬이 안국역 사무실을 방문했다. 사무실이 있는 건물 앞에는 최 회장의 비서인 김성수 부장이 마중을 나와 있었다.

"김 부장님, 맞으시죠? 저 기억 하십니까?"

김성수 부장을 본 수찬이 반갑게 인사를 건넸다. 수찬은 4년 전, 명규와 함께 이곳을 방문하며 김성수 부장을 본 적이 있었다.

"저를 아십니까?"

수찬과 달리 김성수 부장은 전혀 수찬을 알아보지 못하는 듯했다. 잠시 후, 세 형사는 건물 30층에 위치한 최 회장의 사무실로 안내되었다.

"들어가시죠."

최 회장의 사무실은 그녀 혼자 사용한다는 사실이 믿기지 않을 정도로 넓었다. 전망은 경복궁을 포함한 주변 전경이 모두 보일 정도였고, 가구는 물론이고 소도구 하나하나까지도 모두 최고급으로 갖추어져 있었다.

"어서들 오세요. 최정림입니다."

도무지 62세라고는 믿을 수 없는, 40대 정도로 보이는 외모의 최 회장이 형사들을 맞았다. 과거 최고의 인기 배우라는 명성이 허언이 아님을 증명하는, 경이로운 미모였다.

"회장님, 오랜만에 뵙습니다."

"아, 네."

이미 최 회장과 안면이 있는 수찬이 먼저 인사를 건넸다. 그러나 최 회장 역시 김성수 부장과 마찬가지로 수찬을 알아보는 것 같진 않았다.

"자, 그럼 조사 시작하겠습니다. 10월 10일, 노블러스 클럽 노블레스 룸에서 금재환 회장이 주최하는 모임에 참여하셨죠?"

"…네."

"그 모임은 노블러스 클럽의 실제 소유자들이 모인 자리로 보이는데요. 맞습니까?"

"아닙니다. 금재환 회장이 싱가폴에서 중요한 손님이 온다며 초대했을 뿐이에요. 그 손님은 저한테도 중요한 사업 파트너였기에 초대에 응했을 뿐입니다."

낯빛 하나 변하지 않고 술술 대답하는 최 회장을 보던 수찬은 회심의 질문을 날리고자 입을 열었다.

"최 회장님, 저희가 노블러스 클럽의 수입에 대한 자금 흐름을 추적했는데요. 매달 일정액이 '대산'이라는 법인에 들어가는 것으로 확인되었습니다. 대산 법인은 최 회장님이 100% 지분을 가지고 있는 곳이던데요. 여기에 대해 할 말 없으십니까?"

돈의 흐름은 곧 그 주인이 누구인지를 알려주는 명백한 증거다. 강력 3팀은 이 질문이라면 최 회장이 노블러스 클럽의 실제 소유주란 사실을 인정하지 않을 수 없으리라 자신했다. 그러나… 오산이었다.

"저는 노블러스 클럽이 있는 라인 호텔의 소유자입니다."

순간, 수찬을 비롯한 형사들은 뒤통수를 맞은 표정으로 최 회장을 쳐다보았다. 돈의 흐름만 쫓다 호텔의 소유관계까지는 미처 확인하지 못했던 것이다.

"그리고 라인 호텔을 소유하고 있는 법인이 '대산'이죠. 제가 제 건물에 들어온 노블러스 클럽에서 세를 받는 게 문제가 되나요?"

반박할 수 없는, 최 회장의 강력한 한 방이었다. 결국 수찬은 클럽에 대해 더 질문하지 못하고 다른 주제로 질문을 넘길 수밖에 없었다.

"이유빈 씨와는 어떤 관계이십니까?"

"제 사생활이 범죄와 무슨 연관이 있나요?"

최 회장의 말은 틀린 말이 아니었다. 유빈이 그의 범죄에 대해 자백한 것과 별개로, 유빈과 최 회장의 만남은 말 그대로 그녀의 사생활에 불과했다. 만약 유빈이 미성년자였다면 문제가 될 수도 있었지만, 두 사람이 관계를 가진 것은 법적으로 문제가 될 나이도 아니었다. 경찰 입장에서도 이를 모르는 건 아니었지만 실수로라도 무언가 나올지 모른다는 생각에 찔러본 것이었다.

"됐다. 고만 일어나자."

기원이 씁쓸하게 웃으며 철수할 것을 명령했다. 두 손 들고 인정할 수밖에 없는 완벽한 패배였다.

"최 회장님, 만석파 행동대장 주왕재 씨 아시죠?"

갑작스런 동금의 질문에 승리의 미소를 짓고 있던 최 회장의 안색이 일순간 굳어졌다. 4년 전 불에 타 죽은, 그녀의 심복 중 하나였던 주왕재의 이름이 언급되리라고는 전혀 생각지 못한 듯했다.

"저희는 회장님의 투자 방식에 대해 잘 알고 있습니다. 지금 이 자리에 있는 저희는, 4년 전 주왕재 씨가 연관되었던 수표 사건을 담당했던 형사들이거든요."

굳어 있던 최 회장의 눈썹이 꿈틀거렸다. 동금은 그런 최 회장을 보며 말을 이어갔다.

"회장님은 늘 바지사장을 내세우고 스스로를 숨기는 식으로 투자하시죠. 그래서 저는 노블러스 클럽 역시 호진이라는 꿀벌을 내세운 여왕벌이 있을 거라 확신합니다. 그리고 이 기회에, 그 여왕벌이 누구인지 반드시 밝혀낼 생각입니다."

최 회장은 길게 찢어진 눈으로 동금을 노려보았다. 여왕벌이라는 표현이 소름 끼칠 정도로 정확했기 때문이다. 조사 내내 포커페이스를 유지하던 최 회장의 얼굴이 변해버린 것을 본 수찬 역시 한마디를 거들었다.

"회장님, 이 친구가 바로 4년 전에 주왕재를 담당했던 형사입니다. 주왕재가 이 친구 때문에 속 썩다 결국 비명횡사했죠. 그럼… 저흰 이만 일어나보겠습니다."

최 회장은 형사들의 모습이 완전히 사라질 때까지 노려보기를 멈추지 않았다. 특히나 그녀에게 선전포고를 한 것이나 다름없는, 동금의 뒷모습을….

* * *

마침내 기다리고 기다리던 유라의 부검 결과가 통보되었다. 그녀의 시신에서는 다량의 에토미데이트가 검출되었고, 프로포폴 성분도 일부 발견되었다. 시간이 오래 흘러서인지 엑스터시는 검출되지 않았지만 한 가지는 확실했다. 유라는 주사 된 약물에 의해 사망했다.

'황 팀장이 유라에게 에토미데이트를 놔준 것이라면….'

황 팀장이 유라에게 주사를 놔준 것이라면, 이는 곧 유라의 사인에 황 팀장이 형사적 책임을 져야 한다는 뜻이었다. 동금은 부검 결과를 바탕으로 황 팀장에게 피의자로서의 출석을 통보했다. 또한 출석할 때, 유라의 여자 로드매니저도 함께 오도록 요청했다.

"황 팀장님, 호진과 이유빈은 자신들이 몰래 촬영한 동영상을 절대 유라에게 전달한 사실이 없다고 주장하고 있습니다. 그리고 몰카를 촬영한 범인들이 자신들의 범죄를 노출시킬 이유가 없다는 점에서 이는 사실인 것으로 보입니다. 호진과 이유빈의 말을 토대로 생각해보면, 유라에게 동영상을 전달한 제3자가 있다고 보이는데요. 어떻게 생각하십니까?"

황 팀장과 여자 매니저는 전혀 아는 바가 없다고 주장했다.

"하이노블의 이석천 대표는 유라가 스스로 휴대폰을 하이노블에 맡겼다고 주장합니다. 사실인가요?"

"저는 모릅니다."

"저도요."

"하이노블에서 유라의 연락을 받고 휴대폰을 가지러 온 사실이 있나요?"

유라의 통화내역에는 하이노블과의 통화 기록이 없었다. 즉 유라가 자신의 의지로 하이노블에 휴대폰을 맡겼을 가능성은 0%에 가깝다는 뜻이다. 만에 하나 유라가 하이노블에 휴대폰을 맡겼다면, 그녀와 거의 24시간을 함께 하는 두 여자(황 팀장과 여자 매니저)가 이를 모른다는 것은 불가능했다. 하지만 그럼에도 황팀장과 매니저는 모르겠다는 말만 연신 되풀이했다.

"모르겠습니다."

유라의 휴대폰이 석천에게로 넘어가는 과정에서, 분명 황 팀장이 관여했을 것이라는 게 동금의 생각이었다. 문제는 황 팀장으로부터 유라의 휴대폰을 소지했다는 증거를 찾을 수 없다는 것이다. 그녀는 유라가 죽기 전 가장 마지막으로 함께 있던 사람이다. 그러나 황 팀장 역시 석천과의 통화내역은 없었다. 그렇다면 이는 황 팀장이 유라의 휴대폰을 반출해 누군가에게 넘기고, 그 누군가가 다시 석천에게 휴대폰을 전달했을 것이라는 추리가 가능해진다.

'분명 누군가 있다. 이 인간들 사이에서 운반책 역할을 하는 누군가가….'

만약 황 팀장이 금 회장에게 유라의 휴대폰을 넘겼다 하더라도, 금 회장이 제 손으로 직접 석천에게 휴대폰을 넘기지는 않았을 것이다. 그러니 분명 누군가 더 있을 것이다. 그 누군가를 잡는다면, 거짓말로 일관하는 모든 이들을 무릎 꿇릴 수 있을지도 모른다.

* * *

"처음 뵙겠습니다. 강남서 강력팀 박동금입니다."

"반갑습니다, 박 형사님. 광수대 마약팀 장한호라고 합니다."

유라의 부검 결과가 나온 다음 날, 동금은 경찰서 근처 카페에서 광수대 마약팀의 장 형사와 만남을 가졌다.

"국과수 서진원 박사님이 먼저 장 형사님부터 만나고 오라고 하시더라고요."

동금은 오늘 국과수를 방문할 예정이었다. 유라의 부검을 맡았던 국과수 법의학과장 서 박사가 동금에게 직접 방문해 줄 것을 요청한 것이다. 그리고 그는 국과수에 오기 전, 장 형사와 먼저 만나고 오라는 언질을 주었다. 그는 동금에게 '두 달 전 부검했던 젊은 여자 변사자가 유라의 케이스와 매우 유사해 보인다'고 얘기했다.

"네, 일단 이것부터 한번 보시죠."

장 형사는 품에서 몇 장의 사진을 꺼냈다. 그 역시 서 박사에게 대략적인 설명을 들은 터라 자신이 수사하는 변사 사건 자료를 동금에게 보여주었다. 사진 속에는 검은색 시스루 원피스를 입은 여자의 시신이 찍혀 있었다. 사진을 한 장씩 넘기던 동금의 손이 어느 한 장에서 멈추었다.

"어떤가요, 박 형사님. 같은 부위 맞습니까?"

"…맞습니다."

동금은 사진에서 눈을 떼지 못하며 답했다. 사진 속 여자의 팔목에는, 유라의 팔목과 놀랍도록 같은 위치에 멍 자국이 있었다. 주사기로 인한 멍 자국이….

"이 여성은 약 두 달 전, 골목에서 사망한 상태로 발견되었습니다. 부검 결과 프로포폴이 검출되었고, 보신 바와 같이 오른쪽 팔목에 주사기로 인한 멍 자국이 발견되었죠."

여자의 사인은 프로포폴 과다 사용으로 확인되었다. 장 형사는 한숨을 길게 내쉬면서 더는 단서가 없어 수사가 난항에 빠져 있다고 솔직히 말해주었다.

"이 여성의 시신이 발견된 곳은 정확히 어딘가요?"

"삼성동 I호텔 근처의 번화가 골목입니다."

"용의자로 추정되는 인물이 있는 겁니까?"

"있기는… 한데. 문제는 얼굴을 전혀 알아볼 수가 없습니다."

장 형사는 동금에게 자신의 휴대폰을 내밀었다. 그가 보여준 영상은 두 개였다. 하나는 호텔 CCTV로, 약에 취한 듯 비틀거리며 호텔 밖으로 나가는 여자와 뒤이어 그녀를 쫓아가듯 급히 움직이는 한 남자의 모습이었다. 또 다른 하나는 번화가 골목이 보이는 대로의

CCTV로, 조금 전 영상 속 남자가 시스루 원피스의 여자를 데리고 자연스럽게 골목 안으로 들어가는 모습이 찍혀 있었다.

"좀 멀리서 찍히긴 했지만…. 여성의 옷차림이나 남자의 옷차림으로 보아 호텔 CCTV에서 찍힌 두 사람이 확실하군요."

눈썰미가 좋은 동금은 두 번째 영상을 보는 순간 첫 번째 영상과 동일인이라는 사실을 확신할 수 있었다.

"문제는… 이 남자가 골목에서 나오는 모습은 어디에도 찍히지 않았다는 겁니다."

"뭐라고요?"

"말씀드린 그대롭니다. 골목으로 여자를 데려가는 모습은 찍혔지만 나오는 모습은 찍히지 않았습니다."

"귀신이 아니고서야 찍히지 않을 방법은 없으니…. 골목 안에서 옷을 갈아입고 전혀 다른 모습으로 현장을 벗어났다는 얘기가 되겠군요. 그렇다면 그 말은 즉…"

"네, 여성의 죽음이 그 남자와 관계되었을 가능성이 매우 높다는 뜻이죠."

동금과 장 형사는 잠시 말없이 눈빛을 교환했다. 형사로서의 직감이 말하고 있었다.

"검은 옷에 검은 캡 모자…. 전형적이지만 알아보기 어려운 건 사실이군요. 변사자에 관해서는 좀 나온 것이 있나요?"

"정다희라고… 스무 살인데. 예전에 아이돌 가수 데뷔를 앞둔 연습생 출신이라고 합니다."

"연습생이었다고요? 혹시…?"

"AI 엔터라고…. 아, 그러고 보니 유라 양도 AI 간판스타였던가요?"

동금은 촉이 온 표정으로 고개를 끄덕였다.

"…맞습니다. 장 형사님 사건과 제 사건이 비슷한 점이 많은데요. 사인도 그렇고 피해자가 AI와 연관된 것도 그렇고요."

동금은 장 형사를 향해 한 마디를 더 덧붙였다.

"장 형사님, CCTV 동영상 좀 제게 주실 수 있습니까? 수사 중에 용의자를 발견하게 되면 연락드리겠습니다. 장 형사님께서도 마찬가지로 뭔가 더 알게 되신다면 연락 부탁드립니다."

"당연하지요. 나도 지금 수사가 꽉 막혀 있어 뭔가 돌파구를 찾아야 하는 상황입니다. 우리 공조 수사 한번 어떻습니까, 하하하!"

* * *

"어이, 박 형사! 장 형사는 잘 만났어?"

장 형사와 헤어진 뒤, 동금은 한 숨 돌릴 틈도 없이 막내 수석과 국과수로 향했다. 유라의 부검을 맡았던 국과수 법의학과장 서진원 박사가 동금에게 직접 방문해 줄 것을 요청했기 때문이었다.

"무슨 일이세요? 국과수로 다 부르시고."

동금의 말대로 국과수에서 담당형사에게 직접 방문을 요청하는 건 굉장히 드문 일이었다.

"아무래도 직접 얘기하는 게 좋을 것 같아서 오라고 했네. 피차 바쁜 몸, 시간 낭비하지 말고 바로 본론으로 가자고. 자네, 유라가 죽은 시간이 언제라고 생각하고 있나?"

"10월 20일 아침으로 추정하고 있습니다. 최초 발견자인 황명진이란 사람이 10월 20일 아침에 유라가 전화를 받지 않았다고 진술했습니다. 이후 황명진이 유라의 아파트에 방문한 시간은 10시 30분입니다. 그리고 화장실 욕조에서 사망한 유라를 발견해 112에 신고한 시간이 10시 52분이고요. 아파트 CCTV와 112에 신고한 시간을 확인해본 결과, 진술과 일치했습니다."

동금의 이야기를 들은 서 박사는 유라의 부검결과서를 뒤적거리더니 사진 한 장을 꺼내 동금에게 내밀었다.

"유라 위장 사진이잖아요? 이미 봤던 건데요?"

"자, 이거 잘 봐봐. 여기 위 속에 있는 거, 뭔지 알겠나?"

"…어? 이거 콩나물 아닌가요?"

동금의 곁에 있던 수석이 고개를 갸우뚱하며 말하자, 서 박사는 '바로 그거야!' 하는 표정으로 수석을 쳐다보았다.

"그렇지, 콩나물이지! 자, 그럼 이게 의미하는 게 뭘까?"

"어… 위 속에서 콩나물이 채 소화되지 못했다는 거죠. 맞죠, 박사님?"

서 박사가 아주 기특하다는 표정으로 수석의 어깨를 때렸다. 실제로 수석은 경찰대학교를 다닐 때 법의학 수업에 흥미를 느껴 세미나에 참여할 정도로 관심을 가졌었다. 그리고 마침내, 두 사람의 대화를 듣던 동금의 안색이 변했다.

"설마…"

"그래, 유라는 10월 20일 아침에 죽은 게 아니야. 전날 사망한 거지."

그랬다, 황 팀장의 진술은 완전히 거짓말이었다! 유라는 10월 20일 아침에 죽은 것이 아니라 그 전날인 10월 19일 밤에 사망했던 것이다. 유라가 정말로 10월 20일 아침에 사망했다면, 그녀의 위 속에는 음식물이 남아 있지 않았어야 한다. 하지만 유라가 전날 밤에 사망했기에, 위가 소화 작용을 할 수 없게 됨에 따라 음식물이 그대로 남아 있었던 것이다.

* * *

"박 형사, 이것 좀 볼래?"

국과수에서 돌아와 겨우 한숨을 돌리는 동금에게 정선이 무언가를 들고 다가왔다. 그녀의 손에 들려 있는 것은 죽은 유라의 통화내역이었다.

"유라 통화내역이네요?"

"응, 유라 휴대폰이 갑자기 이석천한테서 나타난 게 영 꺼림칙해서 다시 봤는데…. 여기 좀 봐."

"날짜가… 유라가 죽은 이후네요? 잠깐만, 죽은 이후라고요?"

무심코 정선이 가리키는 곳을 보던 동금의 눈이 휘둥그레졌다. 정선이 짚어주고 있는 곳은 유라의 생전 통화기록이 아니라, 유라의 사망 이후 통화기록이었다. 보통 변사자가 발생할 경우, 죽기 이전까지의 통화내역은 살펴보지만 죽은 이후까지 들여다보는 경우는 없다. 주인이 죽었는데 누가 그 휴대폰으로 전화를 걸겠는가? 그러나 정선은 혹시나 하는 마음으로 석천이 유라에게 휴대폰을 받았다고 주장하는 시기부터 언론에 유라의 영상을 폭로했던 시기까지 통화내역을 다시 검토해본 것이다.

"아니, 어떻게 이게 가능하죠?"

"그치? 누군가 죽은 유라의 휴대폰으로 전화를 걸었어. 죽은 유라가 전화를 걸진 않았을 거 아냐? 보관하고 있던 누군가가 걸었겠지. 물론 여러 가지 가능성이 있을 수 있어. 유라의 휴대폰을 가지고 있던 사람이 잘못 눌러 전화를 했을 수도 있고, 아니면 장난삼아 했을 수도 있지. 중요한 건, 통화 내역을 보니까 약 20초간 통화했던 기록이 나왔다는 거야. 이 정도 시간이면….”

정선의 말을 듣던 동금이 자리에서 벌떡 일어났다.

"이 정도 시간이면, 당시에 유라의 휴대폰을 갖고 있던 사람의 위치를 알 수 있겠군요?”

정선이 빙긋 미소를 지은 채 고개를 끄덕였다. 정선이 찾아낸 내역은 매우 큰 의미를 갖고 있었다. 휴대폰 위치가 어디냐에 따라 석천의 주장을 완전히 뒤집을 수 있을지도 몰랐기 때문이다. 기지국은 휴대폰의 신호를 수신한다. 즉 통화를 하면 기지국의 위치가 확인된다. 이 말은 곧 통화 당시 휴대폰의 위치를 대략적으로 알 수 있다는 뜻이다. 누가 유라의 휴대폰으로 왜 전화를 걸었는지는 그다음 문제다.

"자, 여기 그날 전화 받은 사람 연락처.”

정선으로부터 연락처를 건네받은 동금은 즉시 연락을 취해보았다. 다행히 상대방은 전화를 받았고, 동금이 신분을 밝히자 조사에 협조하겠다는 의사를 밝혔다. 이에 동금은 얼른 차를 몰아 일원동의 어느 카페로 향했다.

"강남경찰서 박동금 형사입니다. 이지선 씨, 맞으신가요?”

"네, 안녕하세요….”

유라 또래로 보이는 여성이 동금의 명함을 받으며 인사했다. 그녀는 유라와 같은 23살로, 유라와 중고등학교를 함께 다닌 단짝친구였다. 유라가 죽기 전에도 지선과 통화했던 기록이 상당했던 것으로 보아, 그녀의 말은 진실이었다.

"유라가 정말 많이 힘들어했어요…. 잠이 안 와서 약을 먹어야만 잘 수 있다고… 몇 번이나 얘기하기도 했고요."

지선은 유라의 이야기를 하며 눈시울을 붉혔다. 동금은 그런 그녀에게 자신의 손수건을 건네주며 질문을 이어갔다.

"지선 씨, 유라 씨는 10월 20일에 변사체로 발견되었습니다. 그런데 저희가 수사를 하다 보니 유라 씨 휴대폰으로 누군가 지선 씨에게 전화를 걸었던 기록이 발견됐어요. 정확히 10월 26일 오후 3시 37분입니다. 그때 약 20초간 통화했던 기록이 확인되더군요. 기억하시나요?"

"네, 기억해요. 저도 그날 너무 놀랐거든요. 학교 도서관에서 공부하고 있었는데… 갑자기 휴대폰이 울려서 봤더니 유라 이름이 뜨더라고요! 너무 놀라서 저도 모르게 '유라니? 유라야?' 하고 소리쳤어요. 이미 유라가 죽었다는 사실을 알고 있었는데도 말이에요."

지선은 그때의 기억이 생생한 듯, 앞에 놓인 커피 잔을 쥔 손을 덜덜 떨고 있었다.

"그래서요? 전화를 건 사람이 뭐라던가요?"

"아무 말도 없었어요. 제가 유라냐고 물었지만 아무 대답 없이 그냥 끊어졌어요. 전 그냥 무서웠어요. 정말 죽은 유라가 전화한 건 아닐까 하는 생각에…."

동금은 그런 지선의 말을 들으며 가만히 고개를 끄덕였다.

"혹시나 하는 마음에 도서관 밖으로 나와서 전화를 걸었어요. 무섭긴 했지만 확인해보고 싶었거든요. 그런데 그 사이 전화기가 다시 꺼져 있더라고요."

＊　＊　＊

　확인 결과, 10월 26일 오후 3시 37분에 유라의 휴대폰이 있던 곳은 AI 엔터테인먼트의 사옥이었다. 하이노블의 이석천은 뉴스에서 '유라가 죽기 전에 하이노블에 휴대폰을 맡겼고, 이후 쭉 내가 휴대폰을 소유하고 있었다'라고 주장했다. 그러니 지금 동금의 손에 쥐어진 정보는, 그야말로 석천을 추궁할 좋은 재료였다. 문제는 지금까지 석천이 보인 태도로 보아, 조사에 순순히 응하지 않을 가능성이 높다는 사실이었다.

　"내가 유라의 휴대폰을 제출해달라는 경찰의 요청을 처음에 거절했다는 사실을 다들 잘 아실 겁니다. 강남경찰서는 노블러스 클럽과 유착 의혹이 있으니, 거기서 수사하는 게 맞겠냐는 생각 때문이었죠."

　아니나 다를까. 동금이 휴대폰 입수 경위에 대해 조사할 것이 있다며 석천에게 출석을 요청하자, 그는 경찰 출석을 거부하고 언론에 나와 억울함을 호소했다.

　"그러니까 이 대표님 말은, 경찰이 현재 보복 수사를 하는 거라는 말씀이신가요?"

　"그것까진 잘 모르겠습니다. 하지만 만약 경찰이 치졸하게 보복이나 한다면! 저는 앞으로도 경찰 수사에는 일절 협조하지 않을 생각입니다."

　동금은 뉴스 화면 속, 위풍당당하게 기자들 앞에서 자신감을 보이는 석천을 노려보았다.

　'대체 저 뒤에 누가 있기에 저리도 자신감이 넘치는 걸까? 금재환 회장, 역시 당신인가?'

그때, 테이블 위에 놓아두었던 동금의 휴대폰이 진동했다. TV에서 고개를 돌려 보니 전화를 건 사람은 다름 아닌 '주영아' 기자였다.

"박 형사님! 술 안 살 거예요?!"

동금이 전화를 받자 주영아는 다짜고짜 술 약속을 대체 언제 지킬 생각이냐고 성화를 부렸다.

"박 형사, 거 주영아 기자도 나름대로 자존심이 있을 텐디 얼른 식사나 한번 해주고 치워버려야. 너만 조심하면 별일이야 있겠어?"

휴대폰 밖까지 뚫고 나오는 주영아의 목소리에, 곁에 있던 기원이 동금을 향해 말했다. 기원의 말대로 주영아의 의도는 뻔했다. 강력 3팀이 수사 중인 유라 사건에서 단독기사를 찾을 생각이리라.

"밥이 아니라 술이어야만 한다고 하도 고집을 부려서요."

결국 3팀은 짧은 회의 끝에 정선이 동금과 동행하는 것으로 결론을 내렸다. 그렇게 그날 저녁, 동금은 정선과 함께 주영아와 약속한 삼겹살집으로 향했다.

"뭐야? 김 형사님도 같이 온 거예요?"

먼저 와 있던 주영아는 정선을 발견하자 대놓고 실망스런 표정을 지었다.

"왜요? 뭐, 내가 오면 안 될 얘기라도 하려고 했어요?"

"그럼요! 단둘이서만 나눌 아주~ 깊은 얘기가 있거든요~"

눈싸움을 벌이는 두 여자를 동금이 말렸다. 어찌되었든 주영아가 그토록 바라던 술자리가 시작되었다. 다만 동금이 처음부터 '기자님이 사건 얘기하면 우리는 바로 일어날 겁니다.' 선포했기에 사건에 대한 이야기는 화두에 오르지 않았다.

"그래서, 지혜 씨는 어떻게 지내요? 둘이 아기는 안 가져요?"

"그러는 주 기자님이야말로 결혼 안 하십니까? 외모가 안 되시는 것도 아닌데… 슬슬 결혼 생각하실 나이 아니에요?"

말을 돌리는 동금의 대답에, 주영아는 정선 쪽으로 몸을 돌리며 입을 열었다.

"이것 봐, 이것 봐. 아주 그냥 다른 사람 마음은 1도 관심 없고 자기 좋을 대로만 사는 나쁜 놈이라니까? 안 그래요, 김 형사님?"

"그러게요, 그거 하나는 나랑 마음이 통하시네."

주영아의 말에 정선이 피식 웃으며 동의했다.

"뭡니까? 두 분 지금 무슨 얘기예요?"

사실 지금 이 자리에 있는 두 여자는 모두 동금을 마음에 둔 적이 있는 여자들이었다. 동금이 운명의 연인인 지혜를 만나 외사랑으로 끝나버리긴 했지만, 어쨌든 자신들의 마음은 일절 모르는 척하고 떠나버린 동금에게 못내 서운한 마음들이 있었던 듯했다.

"알아듣지도 못하는 둔탱이는 내버려두고! 김 형사님, 저랑 짠 한 번 하시죠?"

어색하게 시작된 술자리였지만 시간이 흐르면서 오히려 두 여자가 더 적극적으로 이런저런 얘기를 나누며 술자리는 무르익었다. 그렇게 얼마나 시간이 흘렀을까? 정선이 먼저 술에 취해 쓰러져 잠이 들었다.

"기자님, 의외로 술 세시네요?"

"그래서요? 2차라도 같이 가주려고?"

"그럴 일은 없으니 마지막으로 한 잔만 더 하고 일어나시죠."

동금은 자신의 말이 허언이 아님을 증명하려는 듯, 주영아의 잔에 술을 따라준 뒤 남은 술을 전부 자기 잔에 붓기 시작했다.

"칫, 나쁜 새끼."

잠시 후, 동금은 정선을 들쳐 업고 삼겹살집을 나왔다. 그리고 그런 동금의 뒤를 주영아가 뒤따랐다.

"기자님, 대리 부르셨죠? 저희는 여기서 택시 타고 먼저 가보겠습니다. 그럼 조심히 가세요."

동금은 그 말을 끝으로 택시를 잡더니 정선을 먼저 뒷좌석에 태웠다. 그러고는 조수석 자리 문으로 손을 뻗었다. 그때, 그런 동금을 가만히 보던 주영아가 입을 열었다.

"박동금 씨."

자신을 형사가 아닌 이름으로 부르는 주영아의 목소리에 동금이 고개를 돌렸다.

"이석천 때문에 지금 머리 아프죠?"

"…주 기자님, 지금 무슨 얘길 하자는 겁니까?"

"하이노블 직원들이 고객들 영상이랑 사진을 보관하고 돌려본다는 소문이 있어요. 하이노블 주 고객층은 연예인들이니까, 아무래도 볼 만한 거리들이 많겠죠? 직원들이 돌려본다는 소문이 있을 정도니… 대표인 이석천은 더하면 더했지 덜하진 않을걸요?"

조수석 문을 열던 동금은 문을 닫고 주영아에게로 다가갔다. 지금 주영아는 석천을 압박할 정보를 그에게 넘겨주고 있었다.

"갑자기 왜 그런 얘기를 해주시는 겁니까? 아무리 그러셔도 사건에 대해서는…."

그 순간, 주영아가 까치발을 들더니 동금의 볼에 쪽- 입을 맞추었다. 순식간에 볼 뽀뽀를 당한 동금의 눈에 황당함과 당황스러움이 동시에 떠올랐다.

"멍청아, 그런 거 필요 없어. 그냥… 너 좋아했던 마음 이렇게 갚는 거야. 하여간 바람둥이 둔탱이⋯."

주영아는 어울리지 않게 얼굴을 붉히더니 동금이 뭐라 말할 틈도 주지 않고 발걸음을 떼며 재차 입을 열었다.

"내가 터뜨린 뉴스 때문에 곤란했었다면 미안해요! 이렇게라도 그거 갚는 거니까, 나 너무 미워하지 말라고! 그리고 당신한테 있었던 마음도 오늘로 완전히 정리했으니까 쓸데없는 생각하지 말고! 나중에 또 봐요!"

주영아는 그렇게 자신의 차로 도망치듯 달려갔다. 그리고 동금은, 그런 그녀를 보며 피식 미소를 지었다. 어찌되었든 자신에게 빚을 갚는다는 그녀를⋯ 자신을 좋아했었다는 그녀를⋯ 이제 더는 미워하지 말아야겠다고 생각하며.

15
승부수

12월 2일 오후 2시 강남경찰서 강력 3팀 사무실

동금은 제 발로 강남경찰서를 찾아온 석천과 마주앉아 있었다. 물론, 그가 오고 싶어서 오게 된 걸음은 아니었지만.

'하이노블 직원들에게 문제가 많다더군요. 저희 경찰은 이석천 대표를 조만간 제대로 조사할 예정입니다. 그리고 조사 여부에 따라, 수사 확대를 검토할 계획도 갖고 있습니다.'

동금은 주영아가 알려준 정보를 토대로 기자들에게 이야기를 흘렸다. 그리고 이 이야기는 돌고 돌아 석천의 귀에까지 자연스럽게 흘러들어갔다. 기자들로부터 이야기를 들은 석천은 더 뻗대었다가는 큰일이 벌어질지 모른다고 생각했는지 직접 강남경찰서를 찾아왔다. 동금이 흘린 이야기대로 하이노블의 다른 직원들이 고객의 영상을 돌려보고 보관한다는 사실이 밝혀지기라도 한다면… 그때는 정말 돌이킬 수 없는 사태가 벌어질지도 몰랐다.

"이석천 씨, 뉴스에서 말씀하셨던 유라의 휴대폰에 대해 자세히 말씀해주시겠습니까?"

석천은 전혀 꿇릴 것이 없다는 듯 당당한 말투로 입을 열었다.

"유라 씨가 죽기 전날, 저녁 무렵에 나한테 연락을 했습니다. 휴대폰에서 삭제된 동영상이 있는데, 그걸 복구하고 싶다고요. 그래서 내가 직접 AI 엔터테인먼트 사옥으로 가서 휴대폰을 받아 왔습니다. 아무래도 연예인들은 바쁘다 보니, 우리가 직접 방문해 휴대폰을 받아오는 경우가 꽤 있거든요."

"그럼 그 이후에 유라 씨의 휴대폰은 어디에 보관하셨습니까?"

"당연히 우리 하이노블에서 보관했습니다. 다음 날 유라 씨가 죽었다는 뉴스를 보고 놀라서 포렌식 맡기는 걸 잊었다가…. 며칠 뒤에야 생각이 나서 우리 연구원에게 맡겼죠."

"그러니까… 그때까지 쭉 본인이 유라 씨의 휴대폰을 갖고 계셨다는 말씀이시군요?"

"맞습니다. 이게 유라 씨 휴대폰을 포렌식했던 연구원의 연락처입니다."

동금은 석천이 내민 연락처를 받은 뒤 질문을 이어갔다.

"그럼 그 뒤에 유라 씨의 휴대폰을 외부로 반출한 사실은 있습니까?"

"없습니다. DBS의 주영아 기자에게 제보한 후에는 계속 내 금고에 보관하고 있었습니다."

"누군가 외부로 반출했을 가능성은 없나요?"

동금은 속으로 미소를 지으면서도 겉으로는 천연덕스럽게 다시 물었다.

"절대 불가능합니다. 내 금고 비밀번호는 오직 나! 이석천만 아니까요!"

석천의 거짓말을 들으며, 동금은 '오~ 그렇군요?' 하는 표정을 지으며 더 깊은 늪으로 그를 잡아당기기 시작했다.

"좋습니다. 그렇다면 이렇게 정리하면 되겠습니까? '이석천 대표님은 AI 엔터테인먼트 관계자나 유라 씨의 유가족은 물론이고, 그 누구에게도 유라 씨 휴대폰을 맡긴 적이 없다.'라고 말입니다."

"맞아요, 내 말이 바로 그 말입니다!"

석천은 만족스럽게 고개를 끄덕였다. 이제 완벽하게 다 끝났다고 생각한 것이다. 그러나 동금의 생각은 석천과 다른 듯했다.

"네, 그럼 잠시 휴식시간을 가졌다가 다시 조사 이어가겠습니다."

"…뭐라고요? 이봐요, 박 형사님. 나한테 물어볼 게 더 남았다는 겁니까?"

"죄송하지만 한두 시간 정도만 더 고생해주시죠. 금방 마무리될 겁니다. 부탁 좀 드리겠습니다."

동금은 가증스럽게도 양손을 공손히 모으며 석천에게 부탁한다는 듯한 제스처를 취했다. 심지어 여기서 그치지 않고 막내 수석에게 유명 카페에서 커피까지 사오게 했다. 석천 역시 동금이 이렇게까지 나오니 별수 없었다. 뭔가 찝찝한 부분이 없지 않았지만, 경찰과의 관계를 굳이 악화시키면서까지 이 자리를 벗어날 용기는 없었던 것이다. 그렇게 잠시 후, 오후 4시 즈음부터 다시 조사가 시작되었다.

"이 대표님, 하이노블은 우리나라 최고이자 최대의 포렌식 업체로 알려져 있습니다. 그렇죠?"

"뭐, 내 입으로 말하긴 좀 그렇지만 다들 그러더군요."

본인 회사를 띄워주는 동금의 말에 석천이 흐뭇한 미소를 지으며 고개를 끄덕였다.

"포렌식을 위한 장비에… 연구원에… 사무실 임차 비용까지…. 어휴, 회사를 세우실 때 분명 적지 않은 자본금이 필요했을 것 같은데요. 설립 비용은 이 대표님 본인이 전부 부담하셨습니까? 그 금액은 얼마 정도였나요?"

동금은 능청스럽게 석천의 자금에 대해 질문을 던졌다. 이무성 변호사로부터 받은 '포렌식 업체의 초기 자본은 최소 1억이다'라는 정보와, 영등포경찰서의 박정한 경위로부터 받은 '이석천은 빈털터리 양아치였다'라는 정보를 쥐고 그에게 공격을 가한 것이다. 아니나 다를까, 동금의 질문에 석천의 눈빛이 크게 흔들렸다. 얼굴에는 당황한 표정이 떠올랐고, 동금의 눈을 제대로 마주보지 못했다.

"그, 그런 건 왜 물어보는 겁니까? 그게 이번 사건이랑 무슨 관련이 있습니까?"

"먼저 제 질문에 대답해 주시면 설명해 드리죠. 그게 순서인 것 같습니다."

잠시 망설이던 석천이 입을 열었다.

"한 7~8억 정도 들었던 것 같습니다."

"그 비용은 어디서 충당하셨나요? 투자자가 있었나요?"

"거의 제 돈으로 했습니다. 조금 모자란 건 지인들에게 빌렸고요."

석천의 대답에 동금은 기다렸다는 듯 서류 한 장을 꺼내어 석천에게 내밀었다. 박정한 경위에게서 얻은 정보를 토대로 미리 확보해둔, 석천의 개인회생 신청 서류였다.

"보시다시피 이 대표님은 하이노블을 설립하기 직전, 개인회생 신청을 하셨습니다. 그리고 지금까지도 금융거래를 할 수 없는 상태이시죠. 그런데 본인이 8억이나 되는 돈의 대부분을 내셨다고요?"

"그… 아무튼 여기저기 지인들로부터 빌려서 투자했습니다!"

석천은 당황한 표정으로 구체적인 답을 회피하려 했지만 동금은 그런 그를 가만두지 않았다.

"그렇다면 당시 지인들에게 빌린 차용증 같은 서류, 혹은 얼마를 빌렸는지 그 금액과 명단을 제출해주실 수 있습니까?"

동금의 압박에 석천은 자리에서 벌떡 일어나 목소리를 높였다. 소위 말하는 급발진이었다.

"아니! 협조하러 온 사람에게 이렇게 무안을 줘도 되는 겁니까? 파산한 사람은 사업도 하지 말라는 얘기요?!"

결국 석천은 고래고래 소리만 지르다 도망치듯 강력 3팀 사무실을 빠져나갔다. 그리고 그런 그의 뒷모습을, 동금을 비롯한 형사들이 만족스러운 미소로 바라보고 있었다.

* * *

그 시각, 금 회장은 자신의 사무실에서 창밖을 보며 생각에 잠겨 있었다. 지금 그가 생각하고 있는 이는 바로 박동금이었다.

'박동금… 이걸 대단하다고 해야 할지 재미있다고 해야 할지 모르겠군.'

금 회장은 얼마 전, 동금을 비롯한 형사들이 최 회장을 조사하고 갔다는 소식을 들은 뒤 다시금 동금에게 흥미를 느끼고 있었다. 그가 최 회장을 찾아갔다는 것이 어떤 의미인지, 금 회장은 누구보다 잘 알고 있었기 때문이다.

'박동금은 지금 노블러스 클럽의 실제 소유자를 찾고 있다.'

지금까지 그 누구도 노블러스 클럽의 실질적인 소유자에 대해 알지 못했다. 모두가 호진을 진짜 소유자로 믿으며, 금 회장이 만든 판을 전혀 알아차리지 못했던 것이다. 그러나 박동금은 달랐다. 일개 형사 주제에 그가 짜놓은 커다란 판을 야금야금 파헤쳐오고 있었다.

'…귀찮게 됐군.'

노블러스 클럽은 금 회장에게 있어 그의 제국을 유지하기 위한 수단 중 하나였다. 그의 돈은 단 한 푼도 들어가지 않았지만 그건 중요한 게 아니었다. 금 회장은 돈을 원하는 최 회장을 끌어들여 클럽에 투자하게 만들었고, 애인이었던 호진을 부추겨 클럽의 가짜 대표로 내세웠다. 그렇게 그는 중요인사들을 접대할 장소와 은밀한 즐거움을 누릴 공간을 만들었다. 그때 금 회장의 품에 있던 휴대폰이 진동했다. 발신인은 다름 아닌 이석천이었다.

"회장님, 박동금 형사가 하이노블 투자자가 누구냐며 따지고 물었습니다. 아무래도 제 소유가 아니라고 생각하는 듯했습니다. 하이노블 설립 당시의 제 파산 서류까지 갖고 있었습니다."

금 회장은 알겠다며 통화를 마친 뒤, 다시 창밖을 바라보았다. 그는 AI 엔터테인먼트를 업계 최고로 만들기 위해 수단과 방법을 가리지 않았다. 그 방법 중 하나로 그는 이석천을 내세워 하이노블을 만들었다. 하이노블을 통해 손에 넣은 연예인들의 모든 정보는 곧 금 회장의 창과 방패가 되어주었다. 금 회장은 이 정보들을 가지고 때로는 언론사를 움직이고, 때로는 연예인들의 목을 조르며 AI 엔터테인먼트를 괴물로 키워냈다.

'박동금이 노리고 있는 것은 바로 내 목이겠지.'

황명진 팀장, 최정림 회장, 이석천 대표…. 동금이 지금 하나하나 파헤치고 있는 이 인물들의 중심에 있는 것은 바로 금 회장 자신이었다. 그러나 동금은 아직 그에게 칼끝을 겨누지 않고 있었다.

'아직… 결정적인 증거는 잡지 못했다?'

박동금이 금 회장의 주변만 파고 있다는 것은 아직 결정적인 증거를 찾지 못했다는 뜻이다. 그렇다면 지금이야말로, 다시 한번 승부수를 던질 타이밍이었다. 어쩌면 마지막이 될지도 모를, 강력한 승부수를….

* * *

12월 4일 서울구치소

"누구한테 맞은 거야?"

동금이 호진의 시퍼런 눈두덩을 보며 물었다. 두 사람은 지금 서울구치소 수사접견실에서 마주 앉아 있었다.

"너 독실에 있는 거 아니었어? 설마… 접견실에서 대기하다가 다른 재소자한테 맞은 거냐?"

호진은 말없이 고개를 끄덕였다. 구치소에 들어가기 전만 하더라도 거짓말로 일관하던 그 뻔뻔함은 사라지고 없었다. 구치소에서 지내며, 같은 재소자들에게서조차 쓰레기 중의 쓰레기 취급을 받다 보니 그 기가 완전히 꺾여버린 것이다. 23살의 최고 인기 가수를 성폭행하고 몰래 영상까지 촬영했다. 그러니 어찌 보면… 그가 구치소에서조차 환영받지 못할 것은 자명한 일이었다. 지금 호진은, 말 그대로 국민 쓰레기였다.

"호진아, 정말 네가 유라에게 동영상을 보낸 건 아닌 거지?"

동금의 질문에 호진이 다시 고개를 끄덕였다. 호진 역시 구치소에 수감되기 전과 달리 자백해 선처를 받고자 하는 쪽으로 마음을 돌렸기에 이는 진실이라고 볼 수 있었다.

"좋아, 하이노블 대표 이석천 알지?"

"알죠. 연예인들은 거의 다 거기에 휴대폰 맡기잖아요. 나도 3달 전쯤에 거기다 수리해달라고 의뢰했었어요. 그때 이석천 대표라는 사람이랑도 제대로 얼굴 텄고요."

"3달 전? 8월? 아니면 9월?"

"여름 끝날 무렵이었으니까 9월 초 정도였을 걸요?"

동금의 눈이 빛났다. 유빈이 유라의 섹스 동영상을 촬영한 일자는 7월 20일이었다. 이 말은 곧, 하이노블이 호진의 휴대폰을 통해 유라의 영상을 손에 넣을 수 있었다는 의미다.

"하이노블에 맡기라고 한 건 누구야? 혹시 AI 엔터테인먼트 사람이냐?"

"내가 지금 거기 소속도 아닌데 그쪽 사람이 그런 얘길 왜 해주겠어요. 혹시 위너스 탑 재진이라고 알아요? 나랑 친한 형인데… 그 형이 거기 맡기면 금방 고쳐준다고 추천했어요."

동금은 형사 수첩에 '재진' '8월 말' '9월 초'라는 단어를 적으며 석천과 금 회장의 관계에 대해 물었다. 그러자 호진은 갑자기 표정을 바꾸더니 단호한 목소리로 입을 열었다.

"박 형사님, 금 회장님은 내가 존경하는 분입니다. 금 회장님에 대해 물으실 생각이면 다시는 찾아오지 마세요."

동금은 알았다며 접견을 마쳤다. 그리고 호진에게 영치금을 넣어주고 구치소를 나왔다. 오늘은 일단 이 정도로 충분했다. 무엇보다 금 회장에 대한 호진의 충성심을 통해 확실한 한 가지를 알 수 있었다. 호진 역시, 금 회장의 충실한 꼭두각시에 불과했다는 사실을….

* * *

동금은 사무실로 복귀하자마자 수석에게 유라의 변사 전후 상황을 시간순으로 재구성하라고 지시했다. 잠시 후, 수석은 몇 분 되지도 않아 깔끔하게 정리된 표를 동금에게 가져다주었다.

1. 7월 20일   (이유빈이 유라와의 섹스 동영상을 몰래 촬영함)
2. 8월 말   (호진이 하이노블에 휴대폰 수리를 맡김)
3. 10월 10일   (금재환 회장이 노블러스 클럽에서 파티를 주최함)
4. 10월 19일   (이석천이 유라의 휴대폰을 받은 날: 이석천의 주장)
5. 10월 20일   (유라가 변사체로 발견됨)
6. 10월 26일   (유라의 휴대폰으로 친구 이지선에게 전화가 걸려옴)
7. 10월 31일   (주영아 기자가 유라의 휴대폰에 대해 보도함)

동금은 표를 보며 머릿속으로 떠오르는 생각들을 하나하나 짚어가기 시작했다.

'AI 엔터테인먼트의 연예인들은 휴대폰을 100% 하이노블에 맡긴다…. 하이노블의 대표인 이석천은 신용불량자다. 따라서 하이노블의 자금줄은 따로 있을 수밖에 없다…. 유라는 죽기 전, 노블러스 클럽에서 마약을 투약했다…. 확실한 것은 아니지만, 노블러스 클럽 근처에서 유라와 같은 마약 성분이 검출된 또 다른 피해자가 존재한다…. 10월 26일, 죽은 유라의 휴대폰은 하이노블이 아닌 AI 엔터테인먼트 사옥에 있었다…. 노블러스 클럽의 투자 지분으로 보았을 때, 호진 역시 금 회장의 꼭두각시에 불과할 뿐 실제 소유주가 아니다….'

이 모든 퍼즐을 풀 인물은 오직 금 회장 한 사람뿐이었다. 1번부터 7번까지, 이 모든 인물들과 연결된 사람이 금 회장이라는 사실이 이를 뒷받침하고 있었다.

* * *

12월 9일 강남경찰서 현관 앞

동금이 호진을 만나고 5일 뒤…. 눈발이 날리는 강남경찰서 앞에 한 남자가 기자들을 데리고 모습을 드러냈다. 경찰 입장에서는 제 발로 찾아올 것이라 전혀 생각지 못한 인물, 바로 금재환 회장이었다.

"저는 오늘, 의혹을 해소하기 위해 이 자리에 섰습니다. 지난 10월 20일, 우리 AI 엔터테인먼트 소속 가수인 유라가 안타까운 죽음을 맞이했습니다. 그리고 그 이후, 수많은 의혹들이 쏟아져 나왔습니다. 무엇보다 그 과정에서, 저와 데뷔 당시부터 가까웠다고 소문난 호진 씨의 일탈 행위로 말미암아 AI 엔터테인먼트는 온갖 음모론에 시달리고 있습니다. 이에 저는 무거운 책임감으로 스스로 경찰에 출석을 요청하였습니다. 이 자리에서 약속드립니다. 저는 경찰 수사에 적극 협조하여 모든 진실을 남김없이 밝히겠습니다. 국민 여러분께 약속드립니다."

고개를 숙이는 금 회장을 향해 기자들의 플래시가 번쩍였다. 보아하니 금 회장은 미리 기자들에게 이야기를 흘려 이목이 집중될 무대를 만든 듯했다.

"지랄하고 있네. 오라는 말도 안 했는데 자기 발로 와놓고선 무슨 개소리야?"

경찰서 안에서 밖을 지켜보던 수찬이 욕지거리를 내뱉었다. 수찬이 뒤에서 구시렁거리는 사이, 금 회장은 기자들로부터 질문을 받기 시작했다.

"호진 씨와 마이클 홍의 범죄 행위를 전혀 모르셨나요?"

"저는 호진 씨와 최근 몇 년간 거의 교류가 없었습니다. 실례지만 마이클 홍은 누구죠?"

금 회장은 웬만한 연기자 저리 가라 할 수준으로 기자들의 질문에 짧게 답한 뒤, 자세한 이야기는 이후 다시 자리를 잡겠다며 경찰서 안으로 들어갔다.

"금재환 회장님 맞으시죠? 강력 3팀 부기원이라고 합니다. 어려운 걸음 하셨습니다."

수찬의 안내를 받아 안으로 들어온 금 회장에게 기원이 먼저 인사를 건넸다. 다른 형사들은 몰랐지만, 기원은 몇 시간 전 AI 엔터테인먼트와 관련된 경찰 출신 변호사들로부터 금 회장을 정중히 모셔달라는 연락을 받은 상태였다.

"아닙니다. 별말씀을요."

금 회장은 점잖은 척, 기원과 명함을 주고받으며 사무실을 훑어보았다. 그러나 그가 찾는 인물은 어디서도 보이지 않았다.

"담당 형사님이 누구시죠?"

금 회장은 뻔히 알면서도 일부러 담당 형사가 누구인지를 물었다. 그가 지금 이 자리에 온 것은, 언론을 이용해 자신에게 유리한 상황을 만들고자 한 것도 있지만 먼저 동금을 만나 선수를 치고 싶었기 때문이다.

"아, 박동금 형사요? 여자 만나러 갔습니다."

수찬의 말에 금 회장의 눈살이 찌푸려졌다. 그러나 수찬의 말은 사실이었다. 금 회장이 오기 전, 동금은 세인을 만나기 위해 사무실을 나섰던 것이다.

'이놈이… 내가 올 거란 얘기를 듣고 도망을 간 건가?'

피식 웃음을 짓는 금 회장을 향해 수찬이 다시 입을 열었다.

"금 회장님, 나오시란 말씀도 안 드렸는데 이렇게 굳이 오셨으니… 어디 하고 싶은 말씀 실컷 하고 가시죠?"

금 회장은 힐긋 수찬을 한 번 보더니 고개를 돌렸다. 산전수전 다 겪은 그가 보기에, 수찬은 자기 정도의 거물을 상대할 인물이 아니었다. 그의 눈에 수찬은 깡패 혹은 도둑이나 잘 잡을 형사로 보였다.

"팀장님께서 질문해 주시죠. 궁금한 게 있으시다면 뭐든 답해드리겠습니다."

"글쎄요잉. 담당형사가 부재중이라… 저는 특별히 회장님께 궁금한 것이 없어서 말입니다."

금 회장은 기원에게 수를 던졌지만, 기원은 심드렁한 표정으로 머리를 긁적이며 답할 뿐이었다. 상황이 이렇게 되자 오히려 답답한 건 금 회장이었다. 사무실에 들어온 지 채 5분이 지나지 않았다. 그런데 형사들은 궁금한 게 없다고 하고, 그렇다고 바로 사무실을 나가자니 밖에는 기자들이 진을 치고 있었다. 이대로 나갔다가 경찰이 '금재환 회장은 아무 말도 한 게 없습니다'라고 한다면 그것만큼 곤란한 일도 없지 않은가? 결국 금 회장과 형사들은 서로 눈치 싸움만 하며 한 시간을 보냈다.

"아무래도 시간을 잡아 다시 와야겠군요. 실례 많았습니다."

이 정도면 나가도 되겠다 싶었던지, 금 회장이 찻잔을 내려놓고 자리에서 일어났다. 그런데 그때, 사무실 문이 열리며 한 쌍의 남녀가 모습을 드러냈다. 그토록 금 회장이 보고파 했던 동금이, 세인과 함께 사무실로 들어오고 있었다.

'저 여자는 누구지?'

금 회장은 동금도 동금이었지만 그를 뒤따라 들어오는 여자에게 더욱 관심이 갔다. 그녀의 남다른 외모 때문만이 아니라, 어디선가 본 듯하다는 느낌이 강하게 들었기 때문이다.

"금재환 회장님이시죠? 제가 담당인 박동금 형사입니다."

동금은 그런 금 회장을 유심히 살피며 인사를 건넸다.

"반갑습니다. 금재환입니다."

금 회장은 동금과 인사를 나누면서도 세인을 향해 연신 눈을 힐긋거렸다.

"회장님, 기억이 안 나십니까?"

동금의 말에 금 회장이 그게 무슨 소리냐는 얼굴로 고개를 돌렸다.

"10월 10일, 노블러스 클럽에서의 모임, 기억 안 나세요? 여기 이 분이 바로 왕 타오 회장 옆에 앉아 있던 현주 씨입니다."

금 회장이 놀란 얼굴로 세인을 보았다. 그리고 잠시 후, 모든 것이 기억난 듯 충격에 빠져 휘청거렸다. 그랬다, 어디선가 본 듯한 그녀는, 바로 왕 타오에게 접대시키고자 찍었던 그 여자였다!

"어… 아…."

금 회장은 그 충격이 얼마나 컸던지 제대로 된 언어 구사조차 하지 못하고 있었다. 노블레스 룸에서 거짓말처럼 사라졌던 여자가 이 자리에 나타날 것이라고는 상상도 못했다. 나름대로 몇 수 앞을 내다보며 큰 판을 움직여오는 삶을 살던 그였기에, 전혀 생각지 못한 상황을 맞게 되자 그 충격이 더 엄청난 듯했다.

"회장님, 이 여성분 잘 아시죠? 듣자 하니 그날 모임의 주최자이시던데…. 그 모임은 어떤 모임입니까?"

동금의 공격적인 질문에 금 회장은 어떤 답도 할 수 없었다. 지금 그의 머릿속에는 변호인을 대동하지 않은 것에 대한 후회로 가득했다. 회심의 일격을 날리고자 자진 출두라는 승부수를 던졌지만, 생각지도 못한 '현주'의 출현에 의심은 의심대로 사고 망신은 망신대로 당하는 상황에 처하게 된 것이다. 금 회장은 몰랐겠지만, 동금은 그가 자진 출석하고자 한다는 소식을 듣자마자 바로 세인에게 연락해 시나리오를 준비했다. 동금의 연락을 받은 세인 역시 자초지종을 듣자 기꺼이 돕겠다고 나섰다. 그렇게 지금, 두 사람은 금 회장에게 강력한 한 방을 완벽하게 먹여주고 있었다.

"질문에 답을 주시죠. 그러시려고 자진해서 여기까지 오신 거 아닙니까? 그날, 회장님 옆에 밀착해 앉아 있던 젊은 남자는 누군가요? 이름과 연락처를 알려주실 수 있겠습니까?"

표정 하나 바뀌지 않고 담담하게 질문을 계속하는 동금을 향해, 금 회장이 겨우 입을 열었다.

"박 형사님, 제가 변호인을 대동하고 다시 조사를 받으러 오겠습니다. 오… 오늘은, 내가 조사를 받을 준비가 안 되었습니다."

금 회장은 말을 마치기 무섭게 사무실을 빠져나갔다. 잠시 후, 경찰서 밖으로 나온 금 회장을 향해 질문 세례를 쏟아내는 기자들의 목소리가 들려왔다.

"오늘은 특별한 내용이 없었습니다. 경찰도 조사 준비가 안 된 것으로 보였습니다. 제가 갑자기 출석해 경찰도 당황한 것 같습니다. 경찰에게 미안하게 생각합니다."

금 회장은 최대한 떨리는 목소리를 감추며 기자들에게 답한 뒤, 얼른 자신의 차에 올라 강남경찰서를 빠져나갔다. 순식간에 멀어지는 금 회장의 차를 보며, 수찬이 한심하다는 듯 한마디를 내뱉었다.

"그래도 업계 최고를 다투는 회장이라는 인간이… 참 낯짝도 두껍구만. 한심하다, 한심해!"

돌아가는 차 안에서 금 회장은 수치심으로 두 손을 부들부들 떨었다. 그나마 기사라도 데려와서 다행이었다. 지금 이 상태로 운전대를 잡았다가는 사고를 내거나 치거나 둘 중 하나가 벌어졌을지도 모른다. 금 회장은 덜덜 떨리는 손으로 품에서 휴대폰을 꺼내들었다.

"임 실장! 오늘 강남경찰서에 박동금 형사랑 동행한 여자에 대해 조사해. 알아낼 수 있는 건 전부 알아내라고! 알겠나?!"

16
뜻밖의 행운

'이석천이 이런 일을 벌인 이유가 뭘까?'

금 회장을 보낸 뒤, 동금은 자신의 자리에서 생각에 잠겨 있었다. 하이노블은 유라의 사건 이전에도, 종종 연예인들의 개인적인 사진이나 영상을 제보해 기사로 터뜨린 전적이 적지 않았다. 대표적으로 재진의 침대 사진이 그러했다. 유라를 위협하던 파이브걸스가 고꾸라지는 데 결정적인 역할을 했던, 파이브걸스 효진과 재진의 열애설 기사도 하이노블의 제보로 터진 기사였던 것이다. 동금은 호진으로부터 재진의 이야기를 들은 뒤, 그를 만나 '유포된 사진을 찍은 뒤, 하이노블에 휴대폰을 맡겼다 돌려받은 이후에 기사가 터졌다'는 사실을 알 수 있었다.

'하이노블의 제보로 이득을 보는 자…. 그 일로 비록 하이노블은 신용을 잃을지언정, 그로 인해 이득을 보는 곳….'

아무리 생각해 보아도 개인정보를 다루는 하이노블 입장에서 신용을 잃을지도 모르는 짓을 한다는 것은 도무지 이해가 되지 않는 일이었다. 무엇보다 하이노블을 이 자리까지 키운 것은 연예인들 아닌가?

그런데 회사의 신용도를 크게 떨어뜨릴지도 모르는, 연예인들의 개인정보를 일부러 유출을 시킨다? 하이노블의 이러한 이중성이 드러날 경우, 석천은 단순히 형사처벌만 받는 게 아니라 거액의 손해배상까지 해야 할 위험에 처한다. 그럼에도 불구하고 하이노블은 이런 위험천만한 일을 벌여오고 있는 것이다. 동금이 아는 한, 오너는 자신이 세운 회사를 자신과 동일시하는 경향이 강하다. 이는 회사를 설립하고 성장시키는 오너들로부터 발견할 수 있는 공통점이다. 그러나 석천에게는 그런 것이 없었다.

'도대체 왜? 무엇을 위해서?'

순간, 동금의 머릿속에 한 가지 생각이 스쳐지나갔다. 하이노블은, 석천의 것이 아니라는 생각이….

'하이노블 자체가, 누군가를 위해서 존재하는 것이다…?'

신용불량자인 석천이 하이노블을 세울 수는 없었다. 즉, 석천을 내세워 하이노블을 세운 누군가가 있고, 그가 하이노블을 오직 자신의 도구 중 하나로서 설립했다면? 그렇다면 이 모든 상황은 충분히 말이 된다.

'그리고 그 인물이 금재환 회장이라면…?'

* * *

AI 엔터테인먼트 회장실

금 회장은 자신의 사무실에서 시가를 피우며 실장들로부터 보고를 받고 있었다. 그가 피우고 있는 것은 명품브랜드의 쿠바산 시가로, 이는 지금 그가 최고조에 달하는 스트레스 상태에 놓여 있음을 의미했다.

"말씀하신 그 여성은 배우 이세인이었습니다. 과거 한류드라마 '사랑의 시작'으로 인기를 끌었던…."

"누가 그걸 모르나? 박동금 형사와 이세인이 무슨 관계인지에 대해서는 알아낸 거 없어?"

금 회장 역시 연예계에 오래 몸담았던 만큼 이세인에 대해 당연히 알고 있었다. 다만 그녀가 수년 전 결혼을 하며 연예계에서 완전히 은퇴했었기에 잊고 있었을 뿐이다. 지금 금 회장에게 중요한 건 그녀의 과거사 따위가 아니었다. 어떻게 그녀가 그날 노블레스 룸에 있었던 것인지, 그리고 지금 사건의 담당 형사인 박동금과 함께하는 이유가 무엇인지가 중요했다.

"그게… 이세인이 강력 3팀에 신세를 졌다며 간식을 싸 들고 자주 방문한답니다. 주변 경찰들 말로는 그녀가 박동금 형사에게 호감을 갖고 있는 건 확실해 보인다는데…."

"박동금 그놈, 결혼했다고 하지 않았나? 맡았던 사건의 범인 딸과 결혼한 걸로 알고 있는데?"

"맞습니다. 그래서 다들 이세인이 아무리 호감을 표시해도 박동금이 그녀와 잘 될 일은 없을 거라고 입을 모았습니다."

"이세인이 졌다는 그 신세라는 게 뭔지는 모르고?"

"저… 확실하지는 않습니다만…. 알아본 바에 의하면 호진이가 일본인 사업가인 코지마에게 투자를 받고자 이세인을 이용하려 했던 듯합니다. 그런데 그 과정에서 강남경찰서 강력 3팀이 들이닥쳐 그녀를 구출한 모양입니다."

금 회장은 기가 막힌다는 듯 웃었다.

"그래, 호진이 그놈이 수습도 못할 판을 벌였다가 일이 그 지경이 되었다, 이거군?"

"기자들 말에 의하면… 호진이가 뒤에서 자신이 회장님 후계자라며 떠들고 다녔던 모양입니다…."

금 회장은 '후계자'라는 얘기에 피우던 시가를 뿌득 부러뜨렸다.

"이 송충이 같은 놈이…."

금 회장은 끓어오르는 분노를 참을 수 없었다. 송충이는 솔잎을 먹어야 산다. 그런데 이 호진이라는 송충이 놈이 솔잎을 먹지 않고 자기 흉내를 내려고 했다.

"10월 10일에 있던 모임은 호진이가 준비한 것으로 변호사들을 통해 경찰에게 얘기를 흘리게. 나는 그날, 그런 자리가 있다는 사실을 노블러스 클럽에 도착해서야 알게 된 거야. 그날에 대한 모든 것을 호진이에게 덮어씌우라고. 그리고 황 팀장에게 에토미데이트 판매자를 연결해 준 것도, 하이노블에 유라의 영상을 전달한 것도 모두 호진이가 한 짓일세. 내 말, 무슨 소린지 알겠나?"

* * *

다음 날, 1심 재판 중인 호진에게 불리한 증언과 정황들이 언론으로부터 셀 수 없이 보도되기 시작했다. 마약, 성폭행 동영상 촬영 및 전달, 그리고 협박 등 호진이 저지른 악행에 대한 기사들로 신문들이 도배되었다. 유라의 죽음 역시 호진 때문이라는, 로드매니저의 인터뷰 역시 공개되었다. 유라가 호진으로 인해 정신적으로 크게 힘들어했으며, 이로 인해 더욱 약물에 의지하게 되었고, 결국 죽음에까지 이르게 되었다는 인터뷰였다. 이뿐만 아니라 노블러스 클럽 역시 호진과 그 일당들이 마약과 성 접대를 위한 장소로 마련한 곳이라는 기사가 크게 보도되었다.

* * *

12월 16일 서울구치소

동금은 호진을 만나기 위해 다시 서울구치소로 향했다. 노블러스 클럽이 다시 화두에 오르게 되면서, 경찰 역시 노블러스 클럽에 대한 추가 수사를 할 수밖에 없는 상황이 되었기 때문이다.

"요즘은 때리는 사람 없나?"

한층 야윈 호진을 향해 동금이 물었다. 호진은 그런 동금에게 대답 대신 고개를 끄덕였다.

"변호사는 뭐래?"

"잘하면 집행유예로 나갈 수 있다던데요."

동금은 어이가 없어 헛웃음을 터뜨렸다. 호진은 절대 집행유예로 나올 수 없었다. 금 회장이 호진의 악행을 기사로 터뜨림에 따라, 호진에 대한 여론은 극악으로 치닫고 있었기 때문이다. 아무래도 호진은 구치소 안에서 지내며 바깥이 어떻게 돌아가고 있는지 전혀 모르는 듯했다. 그를 담당하고 있는 변호사 역시 제대로 된 정보를 주지 않고 있는 것 같았다.

"너, 신문 안 보냐?"

구치소에서 재소자는 인터넷을 할 수 없다. 따라서 본인이 구독하는 신문으로만 바깥세상의 정보를 받을 수 있었다.

"리오 스포츠는 보고 있는데요?"

동금은 호진의 한심함에 한숨을 내쉬었다. 겨우 이런 놈이 리틀 금 회장을 꿈꾸었다니….

"지금 밖에서는 너랑 네 일당들이 노블러스 클럽에서의 모든 일을 계획하고 실행했다고 난리가 났다는 거, 정말 모르는 거냐?"

"…네?"

"마약은 물론이고 성 접대까지 전부 다 네가 뒤집어쓰게 됐다고. 이 멍청한 놈아!"

동금의 일갈에도 호진은 입을 꾹 다물고 눈만 끔뻑거렸다. 아무래도 동금이 자신의 입을 열기 위해 거짓말을 하는 것이라 생각하는 듯했다.

"이 머저리 같은 놈아. 아직도 금 회장을 믿고 있는 거야? 내가 보기에 지금 이 모든 일은 금 회장이 만든 판이야. 너한테 전부 뒤집어씌우고 판을 끝낼 계획인 거라고!"

호진은 동금이 '금 회장'을 언급하자 고개를 돌렸다. 아무 말도 하지 않겠다는 태도였다. 가스라이팅 당한 사람의 전형적인 모습이었다. 호진은 금 회장에게 단단히 가스라이팅을 당한 것이다.

"…할 말 없으니 가세요."

호진은 단호하게 이야기하곤 먼저 자리에서 일어났다. 동금은 안타까운 눈으로 호진을 바라보았다. 호진은 금 회장을 거의 신적인 존재로 여기며 의지하는 듯했다.

* * *

 동금은 세인을 만나기 위해 압구정 로데오 거리에 있는 곱창집으로 향했다. 약속된 장소에 도착해 조금 기다리자, 검은색 카니발 차가 나타났다.
"박 형사님!"
카니발 문이 열리자 세인이 활짝 웃으며 동금에게 다가왔다.
"아니, 이게 어떻게 된 거예요?"
"저 소속사 계약했어요! 조만간 드라마에도 주연으로 출연할 수 있을 것 같아요!"
 동금과 함께 곱창집 안으로 들어간 세인은 자리에 앉기 무섭게 조잘조잘 이야기를 시작했다.
"청개구리 엔터라는 드라마 제작사가 있는데요. 거기서 갑자기 연락이 온 거예요. 새 드라마에 30대 전후의 여배우를 찾고 있었는데 제가 적격이라고 생각했대요. 그래서 제가 소속사가 없다고 하니까 신생 소속사인 넘버원 플러스를 소개해 줬어요. 완전 뜻밖의 행운이 찾아왔지 뭐예요!"
 세인의 말에 의하면 넘버원 플러스는 신생 연예기획사로, 꽤 이름 있는 조연 배우들을 데리고 성장할 준비를 하고 있는 회사였다. 넘버원 플러스는 청개구리 엔터의 소개로 연을 맺게 된 세인을 격하게 반겨주었고, 계약 즉시 로드매니저와 카니발 차량을 붙여주는 등 파격적인 대우를 해주었다고 했다.
"저분이 새로 붙은 로드매니저인가 보네요?"
 동금이 음식점 밖에 서 있는 30대 여자를 보며 묻자 세인이 고개를 끄덕였다.

"맞아요, 김은경 씨라고 해요. 참, 아무래도 먼저 들어가라고 얘기 해주는 게 나을 것 같아요. 잠시 나갔다 올게요!"

세인은 음식점 밖으로 나가더니 잠시 매니저와 이야기를 나누다가 돌아왔다.

"택시 타고 가면 된다고, 먼저 들어가라고 아무리 말해도 괜찮다고 고집을 부리네요."

세인의 말에 동금은 다시 고개를 돌려 매니저를 살펴보았다. 하나로 질끈 묶은 머리에 다부진 몸… 그리고 검은 양복차림은 경호원이라면 모를까 매니저로 보이지 않았다.

'그러고 보니… 차 번호가 특이하네.'

동금은 경찰다운 눈썰미로 카니발 차 번호판을 보며 생각했다. 번호판의 번호는 1112로, 마치 경찰을 생각나게 하는 번호였다.

"아무래도 안 되겠어요. 보내고 올게요."

세인은 자리가 길어지는 동안 기다리게 하는 것이 영 마음에 걸렸던지 다시 매니저를 설득하고자 음식점 밖으로 나갔다. 그리고 매니저와 차를 돌려보낸 뒤 가뿐한 표정을 하고 자리로 돌아왔다.

잠시 후, 곱창집에서 식사를 마친 동금과 세인은 근처 카페로 향했다. 그리고 이런저런 이야기를 나누며 시간을 보내다 집으로 돌아가기 위해 밖으로 나왔다. 그때, 동금의 눈에 무언가 들어왔다.

'…저 차가 왜 아직도 여기 있는 거지?'

동금의 눈에 들어온 차는, 다름 아닌 세인을 태워온 '1112' 카니발 차량이었다. 동금은 직감적으로 알 수 있었다. 보이지 않는 누군가의 손이, 두 사람의 목덜미를 노리고 있었다.

*　*　*

동금은 다시 서울구치소를 방문했다. 4년 전 쌍둥이수표 사건을 겪으며, 먼저 검거해 손아귀에 넣은 재소자들을 통해 새로운 실마리를 얻을 수 있음을 배웠기 때문이다.

"오랜만이다. 안 그래도 마른 몸이 더 말랐네."

오늘 동금이 찾아온 사람은 호진이 아닌 이유빈이었다. 금 회장을 신처럼 떠받드는 호진과 달리, 유빈은 금 회장에 대해 입을 열 것이라 생각했다.

"안녕하세요."

유빈은 동금에게 힘없는 미소를 지으며 반갑다는 듯 인사했다. 수감되기 전, 동금에게 모든 잘못들을 자백하며 나름대로 괜찮은 관계를 형성한 덕인 듯했다.

"유빈아, 미안하지만 바로 본론으로 좀 들어갈게. 듣자 하니 넌 원래 금 회장 애인이었다던데. 어쩌다가 최 회장 애인이 된 거냐?"

동금의 질문에 유빈은 부끄러운 듯 시선을 피했다.

"유빈아, 난 네가 성폭행 피해자라고 본다. 네가 아무리 성인이라지만, 나이 든 남자랑 나이 든 여자를 상대로 어떻게 계속 애인 역할을 할 수 있겠냐, 안 그래?"

동금의 말을 들은 유빈의 눈시울이 붉어졌다. 동금의 말대로, 이성과 동성을 번갈아가며 사귀었던 것은 그에게 큰 상처였다. 특히나 금 회장은 유빈을 마치 장난감처럼 취급했다. 그리고 질린 장난감을 버리듯, 유빈을 최 회장에게 던져주었다.

"개새끼들…! 돈 많고 힘 있으면 다야? 앞길이 구만리인 청년 인생을 이렇게 망가뜨려 놓고!"

언성을 높이는 동금을 향해 유빈이 양손을 휘저었다. 목소리를 좀 낮춰달라는 의미였다. 혹시라도 교도관이 들을까 걱정스러웠던 것이다. 그만큼 유빈은 소심하고 부끄러움을 많이 탔다.

"유빈아, 너 혼자 이렇게 망가지고 끝낼 거냐? 너 이제 밖으로 나오면 연예계엔 발도 못 붙이게 될 텐데. 정말 이대로 끝나도 괜찮아?"

"네? 제가 연예계 복귀를 못 한다고요…?"

유빈은 이해가 되지 않는다는 듯, 아무것도 모르는 순진한 얼굴로 동금에게 되물었다. 유빈이나 호진처럼 인기를 좇는 부류들은 거짓 희망에 쉽게 넘어가곤 한다. 유빈 역시 변호사의 사탕발림에 속아, 금방 집행유예로 구치소를 나와서 연예계에 복귀할 수 있을 거라 믿고 있었던 것이다.

"생각을 좀 해봐라. 최 회장이나 금 회장에게 너랑 호진이는 절대 드러나서는 안 될 자기들 치부야. 그런데 너희를 가만 두겠니? 어휴, 이 답답한 것들아!"

"저는 그 두 사람에 대해서는 아무 얘기도 한 게 없는데요?"

"그 인간들 입장에서 너는 언제 터질지 모르는 폭탄이야. 그 싹을 완전히 잘라버려야 두 발 뻗고 잘 수 있을 텐데, 그런 너를 그냥 두겠냐고!"

동금의 말을 들은 유빈은 잠시 멍하니 생각에 잠겼다. 동금은 답답했지만, 잠시 유빈이 생각을 정리할 수 있도록 시간을 주었다.

"박 형사님, 그럼 저 어떻게 해야 돼요?"

"어떡하긴! 금 회장이랑 최 회장을 잡아야지!"

약 1시간 뒤, 동금은 서울구치소를 나왔다. 그의 발걸음은, 구치소를 찾아왔을 때보다 한결 가벼워져 있었다.

* * *

"이세인 쪽은 어떻게 되어가고 있나?"

금 회장이 보고를 올리러 온 임 실장을 향해 물었다.

"조만간 원하시는 결과를 얻을 수 있을 것 같습니다."

"어떻게 말인가?"

"넘버원 플러스 대표 말에 의하면 12월 24일이 이세인 생일인데, 그날 남자와 약속이 있다고 했답니다. 이세인이 만날 남자는 박동금 형사밖에 없으니… 그날 원하시는 결과물을 얻을 수 있을 거라 생각됩니다."

임 실장의 보고를 들은 금 회장은 악마 같은 미소를 지었다. 그랬다. 세인에게 접근한 청개구리 엔터도, 그리고 그녀가 계약한 넘버원 플러스도 전부 금 회장이 움직인 꼭두각시들이었다.

"좋아, 두 연놈들이 호텔에 들어가는 영상 하나면 충분해. 무슨 일이 있어도 둘이 붙어먹었다는 그림이 그려지는 증거들을 만들어내라고. 알겠나?"

17
가평 별장

12월 24일 밤 8시 강남경찰서 강력3팀 사무실

"팀장님, 이런 날은 정시 퇴근시켜주셔야 하는 거 아닙니까? 형사는 뭐, 낭만도 없어요?"

갑작스런 야근으로 여자친구와의 데이트가 취소되어 버린 수석이 투덜거렸다. 그런 수석을 향해 기원이 빙긋 웃으며 입을 열었다.

"형사가 낭만이 어딨어야? 신 청장아, 잘 들어라잉. 10년 후에는 형사과장이 된 네가 팀원들한테 이렇게 말할 것이여. 내가 막내였을 때는 크리스마스이브에도 잠복해서 도둑놈 잡고 했다고!"

기원의 말에 수석을 제외한 강력 3팀 형사들이 한바탕 웃음을 터뜨렸다.

"그래도 분식으로 저녁 때운 건 좀 너무하셨어요. 을지한우 가서 갈비탕이라도 사주시지!"

정선이 웃는 얼굴로 장비를 챙기며 수석을 두둔했다. 그러자 묵묵히 장비를 챙기던 수찬이 짝짝 박수를 치며 입을 열었다.

"자자, 투덜거리는 건 그쯤하고 일하러 가자고!"

"칫, 박 형사는 지금 근사한 곳에서 데이트하며 칼질하고 있을 텐데…. 불공평해요!"

* * *

같은 시간 / 청담동, 이태리 레스토랑 감미로

"박 형사님, 오늘 음식 어떠셨어요? 일행분은 괜찮으셨나요?"
깔끔한 양복 차림의 여주인이 식사를 마쳐가는 동금과 세인에게 물었다. 동금은 세인과 함께 오랜 단골인 감미로에서 데이트를 하고 있었다. 감미로는 부부가 운영하는 자그마한 이태리 레스토랑으로, 청담동에서 꽤 유명한 숨은 맛집이었다.
"고기가 너무 부드럽던데요? 어란 파스타의 풍미도 너무 좋았습니다. 와인이랑 어울리는 훌륭한 식사였어요."
동금과 세인은 디저트를 끝으로 감미로를 나왔다. 그리고 대리기사를 불러, 동금의 미니쿠퍼를 타고 삼성동 I호텔로 향했다. 그런 동금의 차를, 검은 차 한 대가 뒤쫓았다.
"왜 여기까지 왔지? 호텔이라면 아까 음식점 근처에도 있었는데."
"오늘 같은 날 어디 방 잡기가 쉽겠어? 미리 여기 잡아뒀었나 보지."
동금의 차를 미행하는 검은 차 안에서, 정체 모를 남자들이 말을 주고받았다. 잠시 후, 동금과 세인은 I호텔 1층 부스에 차를 맡기고 호텔 안으로 들어갔다. 동금이 앞서고, 세인이 조금 떨어져 걷는 모양새였다. 그런 두 사람의 모습을 검은 차 안의 남자 중 하나가 영상으로 쭉 촬영하고 있었다.
"다 큰 성인들이 뭐 저렇게 부끄러워하는 거야? 설마, 오늘이 처음인가?"

　차 안의 남자들이 음담패설을 주고받으며 킬킬거리는 사이, 동금은 호텔 데스크에서 객실 키를 받아 세인과 함께 엘리베이터로 걸어갔다.

　"야, 내려, 내려!"

　남자들은 동금과 세인이 엘리베이터로 들어가는 순간 차에서 뛰어내렸다. 그리곤 급히 호텔 앞으로 달려가, 두 사람이 올라가는 층수를 확인했다. 엘리베이터가 멈춘 곳은 객실 전용인 33층이었다.

　"좋아! 이 정도면 둘이 같이 잤다는 사실을 부인할 수 없겠지!"

＊ ＊ ＊

　감미로 여주인이 동금의 전화를 받은 것은 그로부터 약 10여 분 정도 후였다.

　"박 형사님, 안 그래도 언제 전화하시려나 기다리고 있었어요. 네, 맞아요. 같이 오신 분께서 휴대폰을 의자에 두고 가셨더라고요. 꽃무늬 케이스가 너무 예뻐서 눈에 확 들어오던데요?"

　"죄송합니다, 사장님. 저희가 조금 멀리 와서요. 제 일행분이 휴대폰 받아갈 분을 보내겠다고 합니다. 그 사람에게 휴대폰을 좀 맡겨주시겠어요?"

　"네, 걱정 마세요."

　동금이 통화를 마친 뒤, 세인은 새 소속사에서 붙여준 매니저인 은경에게 연락을 취했다. 감미로 그녀의 휴대폰을 가지러 가 달라 부탁하기 위함이었다.

"매니저님, 죄송해요!"

세인이 사정을 설명하자, 은경은 마침 그 근처에서 모임 중이었다며 휴대폰을 찾아놓겠다고 했다.

"대표님, 김은경입니다."

세인과 통화를 마친 은경은 곧장 넘버원 플러스 대표에게 전화를 걸었다. 대표가 세인과 관련된 일에 대해서는 어떤 사소한 것이든 보고하라 지시를 내려두었기 때문이다. 대표는 은경의 보고를 듣자 잠시 기다리라고 하더니 전화를 끊었다. 그러고는 2~3분 정도가 지난 뒤, 다시 은경에게 연락했다.

"김 매니저, 그 휴대폰 받으면 바로 세인 씨에게 가져다주지 말고 일단 내가 알려주는 장소로 가세요. 거기서 기다리고 있는 사람에게 휴대폰을 건네줬다가 다시 받으면 갖다 주라고. 무슨 말인지 알겠죠?"

"아… 네. 알겠습니다. 대표님."

잠시 후, 감미로에서 세인의 휴대폰을 찾은 은경은 대표의 명령대로 신논현역 3번 출구로 향했다. 대표는 그곳에서 누군가 그녀를 기다리고 있을 거라 했다. 출구 밖으로 나온 은경의 눈에 뚱뚱한 체형의 남자 하나가 자신에게로 다가오는 것이 보였다. 명품 점퍼를 입은 남자는 골프 모자를 눌러쓰고 있어 얼굴이 제대로 보이지 않았다.

"저…."

"여기서 30분만 기다리세요. 금방 다시 갖다 드리겠습니다."

은경이 뭐라 말을 붙여보려 했지만, 남자는 휴대폰을 건네받기 무섭게 급히 걸음을 옮겼다. 그렇게 정확히 35분 뒤, 남자가 다시 나타나 은경에게 휴대폰을 내밀었다.

"회장님, 이석천입니다."

은경이 지하철 입구로 사라지자 남자는 곧장 휴대폰을 꺼내 들었다. 그랬다, 뚱뚱한 남자의 정체는 하이노블의 이석천이었다.

"이세인의 휴대폰 전부를 하드 카피로 떴습니다. 그 안에 뭐가 있는지 확인만 하시면 됩니다. …네, 신속히 확인해 직접 보고 드리겠습니다."

* * *

"매니저님, 혹시 제 휴대폰을 사무실에 가져다 놓으셨을까요?"
"아닙니다. 세인 씨가 사무실까지 가시게 할 수 없어서 코엑스 근처에서 대기 중입니다."
"아! 그러셨군요, 제가 금방 갈게요. 휴대폰이 없으니까 너무 불편하네요."

약 10분 뒤, 세인은 은경이 기다리고 있는 장소에 나타났다.

"고마워요, 매니저님."
"아닙니다, 별말씀을요."

세인은 은경이 내민 휴대폰을 장갑 낀 손으로 조심스럽게 받았다. 은경은 잠시 고개를 갸웃했다. 세인이 장갑을 낀 것은 둘째 치고, 휴대폰을 받을 때 몸통이 아닌 줄을 잡아 받아간 것이다.

"그럼 조심히 가세요. 오늘 정말 감사했어요!"

세인은 활짝 웃으며 감사를 전한 뒤 유유히 은경의 눈앞에서 사라졌다.

***

12월 29일 강남 L호텔 객실

5일 뒤, 금 회장과 석천은 강남의 L호텔에서 만남을 가졌다. 최대한 두 사람을 아는 눈들을 피해 결정된 치밀한 약속장소였다.

"회장님, 그야말로 엄청난 영상 하나가 나왔습니다."

석천은 길게 끌지 않고 노트북으로 영상을 틀었다. 세인의 휴대폰을 샅샅이 복원한 결과, 기대 이상의 영상 하나를 건질 수 있었다.

"오빠, 내 앞에서 약속해줘요."

영상은 어딘지 모를 장소에서 흘러나오는 세인의 목소리로 시작되었다. 잠시 후, 카메라가 움직이더니 한 침대에 누워 있는 두 남녀를 비추었다. 동금과 그의 팔에 안겨 있는 세인이었다. 가슴까지 덮은 이불과 그 이불 위로 보이는 두 사람의 맨 어깨로 보아, 막 잠자리를 가진 뒤 대화를 나누는 중인 듯했다.

"보이지? 지금 동영상으로 찍고 있는 거? 약속해달라고요. 응?"

세인의 투정에 동금이 달래듯 그녀의 머리를 토닥였다. 그러자 입을 삐죽이던 세인이 휴대폰을 내려두며 다른 질문을 던졌다. 침대보다 조금 낮은 시점으로 세인과 동금의 옆모습이 보였다. 바뀐 앵글로 보아, 휴대폰을 내려둔 곳은 침대 옆 탁자나 서랍인 듯했다.

"오빠, 그 클럽 수사는 어떻게 됐어요?"

"아, 그거? AI 엔터 금재환이만 남았어. 그 새끼만 잡으면 이제 끝이야. 이번에 우리가 호진이랑 이유빈까지 다 잡아넣었잖아? 들어보니까 유빈이도 원래 금재환 애인이었다고 하더라고. 호진이가 소개해줘서 말이야. 그렇게 금재환 이 새끼가 유빈이도 몇 년 갖고 놀다가 최 회장한테 넘겨준 모양인데…. 세인아, 그거 아니? 유빈이 이놈도 변태 같은 구석이 있거든?"

"응? 그게 뭔데요?"

영상 속 세인과 마찬가지로 영상을 보는 금 회장 역시 귀를 기울였다. 석천은 이미 한 번 영상을 본 터라 크게 관심을 갖지는 않는 눈치였다.

"유라 영상 찍었던 게 유빈이었던 거 알지? 유빈이가 그렇게 몰래 영상을 찍는 버릇이 있는데…. 아니, 이 새끼가 겁도 없이 금재환 애인하던 시절에도 그 짓거리를 했던 거야! 가평에 있는 별장에서 금재환이 자기 성폭행하던 걸 찍어둔 게 있다면서 그걸 나한테 넘겨주더라니까?"

동금의 이야기를 들은 석천이 힐끔- 금 회장의 눈치를 살폈다. 그러나 금 회장은 아무렇지도 않은 듯, 무표정한 얼굴로 가만히 영상을 노려보고만 있었다.

"금재환은 이유빈이 동의했다고 잡아떼겠지만, 이제 아무 소용없다고!"

"근데 오빠, 서로 좋아서 한 거라고 하면 괜찮은 거 아니에요?"

세인이 동금을 향해 휙 몸을 돌리며 물었다. 그 바람에 그녀의 몸을 덮은 이불이 걷힐 뻔했지만 동금은 재빨리 이불을 잡아 그녀의 몸을 덮어주었다.

'쩝….'

영상 속 동금의 손놀림에 석천이 아쉽다는 듯 입맛을 다셨다. 세인의 전라를 볼 기회를 놓친 것이 아쉬웠기 때문이리라.

"아니, 미성년자와 성관계를 맺고 돈을 주는 건 그 자체로 중범죄야. 당시 유빈이는 17살 청소년이었거든? 영상을 보니까 금 회장이 성관계를 한 뒤에 유빈이한테 돈을 주더라고. 아무리 지들끼리 동의 했다고 해도, 미성년자랑 성관계를 한 뒤에 돈을 주면 그건 범죄가 되거든!"

"아~ 미성년자랑 섹스하고 고맙다고 돈을 주면 그게 범죄가 되는구나?"

"조만간 내가 그 영상을 증거로 금재환을 소환해 구속시킬 거야. 두고 보라고!"

동금이 들뜬 기분을 숨기지 못하고 웃자, 세인이 다시 한번 그런 동금의 어깨를 톡톡 건드렸다.

"오빠, 근데 호진이랑 유빈이. 걔네 휴대폰 다 한강에 버렸다고 하지 않았어요?"

"맞아. 당연히 휴대폰에서 받은 게 아니지. 유빈이 이놈이 글쎄 자기가 찍은 영상들을 USB에 전부 백업시켜놨더라고. 빨간색 USB에다가 말이야. 그놈도 진짜…. 그 정도면 정신병이지, 정신병."

USB라는 소리에 이제까지 무표정하던 금 회장의 얼굴이 일그러지기 시작했다. 어쩌면 자신을 끌어내기 위한 동금의 함정일지도 모른단 의혹이, 완전히 사라져버리는 순간이었다.

"그 USB는 어디 있는데요?"

세인의 질문에 금 회장은 긴장한 표정으로 석천에게 볼륨을 높이라는 손짓을 했다.

"아, 그거? 우리 집 서재에다 잘~ 숨겨놨지!"

* * *

7년 전 가평 금재환 회장의 별장

팬티 차림의 금 회장이 소파에 앉아 누군가의 머리를 쓰다듬고 있었다. 그가 쓰다듬고 있는 사람은 마찬가지로 벌거벗은, 아직 젖살도 빠지지 않은 앳된 한 청소년이었다.

"우리 유빈이도 곧 데뷔를 해야 하는데…."

금 회장은 자신의 무릎을 베고 있는 17살의 유빈을 강아지 쓰다듬 듯 만져주다 입을 맞추었다. 깊게 키스를 나눈 뒤, 금 회장은 자신의 지갑에서 5만 원짜리 지폐 여러 장을 꺼내 유빈에게 건네주었다.

* * *

AI 엔터테인먼트 회장실

잠시 옛 기억을 떠올리던 금 회장은 시가를 꺼내 물었다. 영상 속 동금의 말은 분명 사실일 것이다. 유빈은 금 회장의 애인 노릇을 하던 때부터 카페에서 여자들 몰카를 찍다 걸리는 등 도둑 촬영으로 사고를 친 전적이 여러 번 있었다. 무엇보다 가평 별장이라는 장소는 금 회장과 그의 애인들만 아는 비밀장소였다. 관계를 맺을 때마다 용돈을 준 것 역시 사실이었다. 금 회장은 피우던 시가를 놓고 변호사에게 전화를 걸었다.

"아이고, 회장님! 어쩐 일이십니까?"

"고 변호사, 밤늦게 미안합니다. 뭐 좀 물어보려고 전화했어요. 요즘 우리 회사에서 인기를 좀 끌고 있는 녀석이 하나 있는데 말입니다.

마흔 살 조금 넘은 녀석인데 17살짜리 여자애랑 성관계를 했다고 합니다. 그리고 용돈을 몇 푼 주었다는데 이게 범죄가 됩니까? 평소 잘 알고 지내던 아이라고는 하던데…. 어쨌든 이 녀석과 재계약을 해도 되는 건가 싶어서 말입니다."

금 회장은 나이와 용돈을 특히 강조하며 물었다.

"회장님, 그 친구와 재계약은 안 하시는 게 좋겠습니다. 청소년성보호법이라는 게 있는데요. 그 법에 의하면 19세 미만 청소년에게 돈을 주고 성을 사는 행위는 범죄가 됩니다. 처벌도 1년 이상으로 엄하게 처벌하고요. 뭣보다 실수로 한번이 아니라 여러 번 반복한 게 적발될 경우에는 99% 구속이라고 보셔야 합니다."

"그 정도입니까? 아무리 그래도 빠져나올 구멍이 하나쯤은 있을 것 아닙니까?"

"죄송하지만 제가 아는 한은 없습니다. 정말 운이 좋아야 겨우 구속을 면하는 정도일 겁니다. 마음이 아프실지라도 그냥 잘라내시는 게 좋을 것 같습니다."

변호사와의 통화를 마친 금 회장은 다시 고민에 빠졌다. 그나마 동금과 세인의 영상이라도 건진 것이 천만다행이었다. 유빈이 넘겼다는 USB를 없애고, 동금의 영상을 터뜨린다면… 모든 일이 자신이 원하는 방향으로 흘러갈 것이다.

'문제는… 그 USB를 어떻게 손에 넣느냐는 것인데….'

잠시 고민하던 금 회장은 다시 휴대폰을 들어 누군가에게로 전화를 걸었다. 자신의 가장 유능한 수족이자 믿음직한 도구에게….

***

1월 5일 새벽 3시 박형사의 청담동 집

늦게 퇴근해 잠이 들었던 동금은 인기척 소리에 눈을 떴다. 살며시 고개를 돌리자, 방문을 조심스럽게 열고 들어오는 검은 그림자 하나가 보였다. 동금은 섣불리 움직이지 않고 자는 척을 계속하며 상황을 살폈다. 열린 문 너머로 또 다른 그림자 하나가 보였다.

'두 놈인가?'

먼저 들어온 그림자가 동금의 코앞에 살며시 손을 대었다. 동금이 정말로 자는 것인지 아닌지를 확인하려는 듯했다. 동금은 실눈을 뜨고 방 안으로 들어온 두 놈을 유심히 살폈다. 녀석들은 얼굴에 복면을 쓰고, 손에는 칼 한 자루씩을 들고 있었다.

'어떻게 들어온 거지? 창문? 아니면 베란다?'

동금의 집은 특히 보안이 잘 되는 곳으로, 이전까지 도둑 한 번 든 적 없는 곳이었다. 그 말인즉, 지금 이 두 놈은 일반적인 도둑이 아니라는 의미다. 그때, 한 놈이 동금의 목에 칼을 들이밀었다.

"어이, 이제 일어나야디?"

한 놈이 동금의 목에 칼을 대기 무섭게, 다른 한 놈이 방 불을 켰다. 동금은 침착하게 눈을 뜨고 두 놈을 노려보았다.

"이야~ 꼴에 형사라고 겁도 아이 먹는 거니?"

두 놈은 지나치게 침착해 보이는 동금을 보며 어이없다는 듯 웃었다. 말투로 보아 두 녀석은 조선족인 듯했다.

"죽기 싫으면 얌전히 있으라. 알았니?"

동금의 목에 칼을 대고 있는 놈이 협박하는 사이, 다른 놈이 다가와 동금의 두 손에 수갑을 채웠다.

"씨발…. 형사가 수갑을 차다니…. 쪽팔리게."

동금은 수갑을 찬 채 두 놈에게 잡혀 거실로 끌려갔다. 그리고 거실에 나간 순간, 동금의 눈이 길게 찢어졌다.

"박동금 형사."

그의 집에 침범한 놈들은 두 놈이 전부가 아니었다. 대장으로 보이는 한 놈이 거실에서 동금을 기다리고 있었다. 그러나 동금의 눈이 찢어진 이유는 따로 있었다. 마치 우두머리처럼 거실에서 동금을 기다리던 남자, 그 남자는 동금이 그토록 찾아 헤매던 마지막 퍼즐인 '검은 모자'였던 것이다!

"그래, 너였구나."

동금은 으드득 이를 갈며 검은 모자를 노려보았다. 녀석은 마스크로 입을 가린 채 검은 모자를 쓰고 동금을 뚫어져라 쳐다보고 있었다.

"와, 이 새끼 보게. 몸 좋네? 너 대체 뭐하던 놈인데 이런 짓거리를 하고 다녀?"

동금이 검은 모자의 몸을 살피며 물었다. 검은 모자는 웬만한 운동선수 저리 가라 할 정도의 탄탄한 몸을 자랑하고 있었다. 몸에 착 달라붙는 검은 옷에 감추어져 있긴 했지만, 전직 운동선수였던 동금의 눈을 속일 수는 없었다.

"나를 아나? 난 당신을 보는 게 처음인데?"

"너지? 금 회장의 운반책…. 유라의 휴대폰을 금 회장에게서 이석천에게로, 또 이석천에게서 금 회장에게로 배달한 배달부…."

"…글쎄? 무슨 말인지 모르겠군."

동금은 그에게서 뭐라도 건져내고자 말을 던졌지만, 검은 모자는 동금을 비웃듯 눈웃음을 지었다.

"지난 8월, 삼성동 I호텔 근처 골목에서 죽은 검은 원피스!"

순간, 복면 사이로 드러난 검은 모자의 눈썹이 꿈틀했다.

"…여전히 무슨 소린지 모르겠군."

"유라의 팔뚝에 난 주사 자국과 똑같은 주사 자국. 사라진 유라의 휴대폰과 똑같이 사라진 죽은 여자의 휴대폰! 그리고…!"

순간, 검은 모자의 눈에 살기가 어리더니 마치 동금을 죽이려는 듯 멱살을 그러쥐었다.

"시간 없소. 빨리 정리하고 나가야 하오."

살기등등한 검은 모자를 조선족 하나가 말렸다. 검은 모자는 잠시 동금을 노려보더니 멱살을 쥐지 않은 다른 손으로 주먹을 날렸다. 상당히 묵직한 검은 모자의 주먹에 동금의 입술이 터져 피가 튀었다.

"어때, 내 대답이 마음에 드나? 쓸데없는 소리는 여기까지만 하자고. 우리가 뭘 찾으러 왔는지는 당신이 제일 잘 알 거야. 이유빈의 빨간색 USB, 어디 있어?"

"…좆 까, 이 개새끼들아!"

동금이 소리치며 반항하자 조선족 두 놈이 동금의 배와 가슴, 그리고 급소를 가격했다.

"네 여기서 죽을 수도 있다. 물건 있는 곳만 빨리 말하라. 그거이 니 살길이다!"

동금은 문득 불이 켜져 있는 서재 쪽으로 고개를 돌렸다. 이미 한바탕 뒤져본 듯, 서재 안은 쏟아진 책들로 엉망이 되어 있었다.

"니들이 다 엉망으로 만들어놔서 나도 못 찾겠는데?"

동금은 놈들을 비웃으며 피가 섞인 침을 뱉었다. 다시 놈들의 폭행이 시작되었다. 손이 묶인 동금은 아무 저항도 못 한 채, 그저 일방적인 폭행을 당할 수밖에 없었다. 몇 분 동안 폭행을 견디던 동금은 놈들이 다시 목에 칼을 들이민 뒤에야 항복을 선언했다.

"하~ 이 새끼, 성깔이 보통이 아니구나야."

"내 이 짓거리 하면서 네같이 독한 놈은 또 처음이다."

조선족 두 놈이 동금을 보며 한마디씩을 던졌다.

"박 형사, 더 시간 끌지 말고 말해. 정말로 죽고 싶은 게 아니라면 말이야."

동금은 자신을 노려보는 검은 모자를 지지 않고 마주 보다 천천히 입을 열었다.

"…서재에 있는 검은색 가방. 그 가방 안주머니에 있다."

동금의 답을 들은 검은 모자가 조선족 하나에게 가보라는 듯 고갯짓을 했다. 잠시 후, 조선족이 빨간색 USB를 들고 서재에서 나왔다.

"네 경찰이라 살려준 거다. 경찰 아이었으면 이 자리에서 죽여 파묻으면 그만이다."

조선족 한 놈의 조롱을 마지막으로 놈들은 동금의 집을 떠났다. 그렇게 놈들이 떠난 뒤, 동금은 수갑을 찬 채 바닥을 기어 침실로 돌아갔다. 그리곤 입으로 휴대폰을 열어 막내 수석에게 전화를 걸었다.

"박 형사님!"

"우리 집으로… 와. 빨리….”

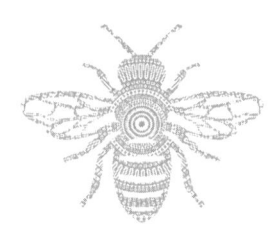

18
함정수사

AI 엔터테인먼트 회장실

금 회장은 자신의 사무실에서 망치로 빨간색 USB를 내리치고 있었다. USB가 가루가 될 정도로 내리친 뒤에야 금 회장의 입가에 미소가 번졌다.

'됐어, 이걸로 다 됐다고!'

이제 금 회장의 족쇄가 될 증거는 모두 사라졌다. 이유빈과 동금이 무슨 이야기를 하든 거짓말로 몰면 그만이다. 아쉽게도 USB의 내용을 확인할 수는 없었다. USB에는 비밀번호가 걸려 있었고, 석천에게 이를 맡긴 결과 '죄송합니다, 회장님. 우리나라 포렌식 기술로 20자리 이상의 비밀번호가 걸려 있는 USB는 열 수가 없습니다.'라는 답을 듣게 된 것이다. 그러나 내용물을 보는 것은 그리 중요한 일이 아니었다. 그냥 부숴 증거를 없애면 그만이었으니 말이다.

금 회장은 동금의 손에 있는 USB를 손에 넣기 위해 가장 믿음직한 수족인 검은 모자에게 조선족들을 딸려(무려 1억이나 주고 고용한 놈들이었다) 동금의 집으로 보냈다. 그리고 역시나 검은 모자는 금 회장의 기대에 걸맞게 훌륭히 일을 수행했다.

'역시, 구관이 명관이고 결국에는 본처가 제일이라더니.'

금 회장은 자기도 모르게 하하하하! 크게 웃음을 터뜨렸다. 이제 그에게 남은 일은, 동금이 나락으로 떨어지는 꼴을 보는 것뿐이었다.

* * *

"몇 년 전, 한류드라마에 조연급으로 출연했던 여배우 이 씨가 성 접대를 했다는 사실이 알려져 파문이 일고 있습니다. 이 씨는 얼마 전 구속된 노블러스 클럽 대표인 호진의 주선으로, 지난 10월 두 차례에 걸쳐 일본과 싱가폴 국적 외국인 사업가들을 상대로 성 접대를 했다고 합니다."

GSN 방송에서는 '노블러스 클럽 수사를 담당했던 형사의 오염된 불법 수사'라는 제목으로 단독기사가 보도되고 있었다.

"이 씨는 몇 년 전, 사실상 연예계를 은퇴한 뒤 컴백을 위해 노력했지만 뜻대로 되지 않자 이와 같은 일을 벌인 것으로 알려졌습니다. 외국인 사업가들은 노블러스 클럽 대표인 호진과 관련 있는 사업가들로, 호진은 이 씨의 컴백을 도와주는 대가로 자신의 투자자들을 접대할 것을 요구했다고 밝혔습니다."

잠시 후, 이를 증명하듯 방송에서 호진의 음성이 흘러나왔다.

"네, 제가 주선해서 일본인 사업가 코×× 씨와 싱가폴 투자자 왕×× 씨에게 여배우 이×× 씨를 소개했습니다. 노블러스 클럽 노블레스 룸에서 접대가 이루어진 것은 사실입니다. 국민 여러분께 죄송합니다."

호진의 음성 증언이 끝나자 GSN 기자는 두 번째 리포트를 계속해 보도했다.

"이뿐만 아니라, 노블러스 클럽을 수사했던 강남경찰서 담당 형사인 박 씨 또한 여배우 이 씨와 불륜관계를 맺고 이 씨의 성매매 사실을 눈감아 준 것으로 보입니다."

기자의 리포트와 함께, 동금과 세인이 거리를 두고 삼성동 I호텔 33층에 함께 들어가는 모습이 찍힌 영상이 뉴스 화면에 방송되었다.

"또한 형사 박 씨는 내연관계인 여배우 이 씨로부터 불법적으로 수사 정보를 취득하고, 이를 은폐하고자 AI 엔터테인먼트 금재환 회장에 대해 호진과의 관련성을 수사하는 등 불법 수사를 일삼은 것으로 알려졌습니다. 저희 GSN 방송은 형사 박 씨와 여배우 이 씨에게 제보 내용에 대한 확인을 요청했지만, 두 명 모두 지금은 해명할 수 없다며 거부하였습니다. 이에 우리는 자체 취재한 내용이 상당히 신빙성이 높다고 판단하였습니다."

GSN의 보도에 경찰은 발칵 뒤집혔다. 충격적인 내용이 국민들을 크게 자극했다. 동금은 신상이 털렸고, 세인은 과거 출연했던 드라마까지 편집되어 유튜브 및 SNS에서 조롱감이 되었다. 경찰은 동금에 대한 대대적인 감찰 조사와 함께 전담수사팀을 꾸려 사실관계를 명백히 밝히겠다고 입장을 밝혔다. 그러나 경찰의 이러한 입장 발표와 달리 강남경찰서 강력 3팀은 별다른 움직임을 보이지 않고 있었다. 기자들이 동금의 해명을 듣고자 강력 3팀 앞에 진을 치고 있었지만, 그들은 그저 앵무새처럼 다음과 같은 말만 되풀이했다.

"곧 진실이 밝혀질 것입니다."

몇 시간 뒤, 강남경찰서 형사과장은 "내일 오전 10시, 저와 담당형사인 박동금 형사, 그리고 부기원 팀장이 직접 강남경찰서 강당에서 기자간담회를 할 예정입니다."라고 공지했다. 기자들은 크게 놀랐다. 형사과장의 이러한 공지는, 경찰이 GSN 방송과 금 회장을 피하지 않고 정면승부를 택했다는 의미였기 때문이다.

* * *

1월 15일 AI 엔터테인먼트 회장실

'이 정도면 경찰 전체가 휘청거리겠지. 박동금과 이세인은 결코 내가 파놓은 함정에서 빠져나올 수 없을 거다.'

금 회장은 자신만만했다. 무엇보다 이렇게 언론을 이용하는 것은 그가 자랑하는 특기 중 하나였다. 그때, 누군가 회장실 문을 두드렸다. 금 회장을 찾아온 건 나름대로 그의 심복이라 자신하는 임지상 경영기획실장이었다.

"회장님, 내일 오전 10시 강남경찰서에서 형사과장이 담당 형사들을 데리고 직접 기자회견을 하겠다는 공지가 떴습니다."

금 회장은 의외라는 표정으로 임 실장을 쳐다보았다. 그의 경험으로, 이런 상황에서 경찰은 숨기 바빠야 했다. 그런데 공식 석상에 나와 당사자들이 해명을 하겠다니….

"그리고…."

"보고할 게 또 있나?"

"조금 전, 강남경찰서에서 권수찬이라는 형사가 한바탕 난동을 부리고 갔습니다. 회장님이 박동금 형사에게 테러를 했다며…."

임 실장의 말을 들은 금 회장은 웃음을 터뜨렸다. 강남경찰서 형사가 찾아와 난동을 부렸다는 것은, 금 회장이 손에 넣어 없애버린 USB가 진짜라는 의미였기 때문이다.

'그러면 그렇지, 제깟 놈들이 다른 수가 있을 리 없지.'

걱정할 일 따위는 없었다. 그가 던진 마지막 수는 더없이 지독하고도 완벽한 한 수였다. 기분 좋게 웃어재끼는 금 회장을 보며 임 실장이 말을 이어갔다.

"기자들의 여론도 경찰의 대응방식이 지나치게 아마추어 갔다고 합니다. 아무래도 한 방 크게 먹다 보니 모두 정신이 회까닥한 것 같습니다."

* * *

1월 16일 오전 8시경 황명진의 아파트 입구

황 팀장은 천천히 자신의 아파트를 빠져나왔다. 명품 롱코트에 털모자를 쓴 사치스런 차림이었다. 그도 그럴 것이, 그녀는 모레 있을 AI 엔터테인먼트 인사에서 마침내 임원직인 이사를 달 예정이었다. 전날, 금 회장이 그녀를 따로 불러 좋은 소식이 있을 거라 귀띔해주었다.

'고생했어, 황명진. 수고 많았어!'

황 팀장은 스스로가 너무나 자랑스러웠다. 2년제 대학을 졸업한 그녀가, 일류대학 출신들이 득실대는 회사에서 겨우 40대 초반에 임원을 단다는 것은 기적과도 같은 일이었다. 황 팀장은 콧노래를 부르며 지하철을 타기 위해 걸음을 옮겼다. 이제 곧 지긋지긋한 콩나물시루 같은 지하철도 굿바이였다. 임원이 되면 회사에서 차량과 전용주

차공간이 지급될 예정이었기 때문이다.

"황명진 씨?"

아파트단지를 막 나서려던 황 팀장은 그녀를 부르는 목소리에 뒤를 돌아보았다. 멋진 가죽 재킷을 입은 동금이 그녀를 내려다보고 있었다. 동금의 곁에는 정선과 수석이 함께 서있었다.

"체포영장 집행하겠습니다."

황 팀장은 너무 놀라 멍하니 동금을 보다가 겨우 입을 열었다.

"다, 당신들 뭐야? 내가 뭘 잘못했다고 체포야? 내가 누군지 알아?! 나 AI 엔터테인먼트 이사 황명진이야!"

황 팀장은 자신의 손에 수갑을 채우는 동금을 향해 고래고래 악을 쓰며 몸부림을 쳤다.

"어디 겨우 경찰나부랭이들이 나를 잡아?! 내가! 내가 AI 엔터테인먼트 이사라고오!"

* * *

황 팀장은 강남경찰서까지 이동하는 내내 소리를 지르고 난동을 피우며 실성한 사람 같은 모습을 보였다. 그리고 사무실에 도착하자 동금이 건네준 물을 동금의 얼굴에 뿌리기까지 했다.

"황명진 씨, 당신이 금재환 회장에게 유라의 휴대폰을 전달했다는 사실을 알고 있습니다."

동금은 손수건으로 물을 닦으며 조사를 시작했다. 10시로 예정된 기자회견을 위해서는 최대한 빨리 그녀로부터 자백을 받아내야 했다.

"개소리 말고 이거 풀어! 이거 풀으라고!"

황 팀장은 계속해서 악을 쓰며 책상을 발로 차는 등 난동을 부렸다.

"황명진 씨, 유라가 죽기 전에 마지막 음식으로 뭘 먹었는지 기억하십니까?"

"몰라, 이 새끼야! 내가 그걸 어떻게 기억해?! 이거나 풀라고! 나 출근해야 한단 말이야!"

동금은 악을 쓰는 황 팀장의 앞에 노트북으로 영상을 틀어주었다. 유라가 죽던 날 저녁, 방송국 앞 음식점에서 콩나물과 두부 요리를 먹는 모습이 찍힌 CCTV였다. 영상 속 유라의 곁에는 황 팀장과 남녀 로드매니저 두 명이 함께 앉아 있었다. 황 팀장 역시 그제야 그날이 기억나는 듯, 노트북 속 영상을 노려보기 시작했다.

"황명진 씨, 유라는 10월 20일 오전에 죽지 않았습니다. 전날인 19일 밤 12시 이전에 죽었죠. 19일 밤, 당신은 욕조에서 유라가 죽은 것을 확인하고 급히 유라의 아파트에서 나온 겁니다. 물론 유라의 휴대폰을 당신의 명품 가방 속에 챙겨서요!"

황 팀장이 사색이 된 얼굴로 동금을 쳐다보았다. 유라가 그 시간에 죽었다는 것은 자신과 금 회장밖에 모르는 비밀이었다. 동금은 그런 황 팀장에게 유라의 부검사진을 내밀었다. 비쩍 마른 유라의 몸 곳곳이 부검으로 들춰져 있었다. 황 팀장은 차마 보지 못하겠는지 고개를 돌려버렸다.

"자, 이 사진을 똑바로 보시죠."

황 팀장은 끔찍하다는 표정을 지으며 사진을 쳐다보았다. 그녀의 앞에 동금이 밀어둔 것은 유라의 위장 사진이었다. 콩나물이 남아 있는 유라의 위 속…. 황 팀장은 멍하니 사진을 쳐다보다가 무언가 깨달은 듯, 커다래진 눈으로 동금과 사진을 번갈아보았다.

"맞습니다. 유라가 전날 먹은 콩나물이죠. 이게 위 속에서 나왔다는 건 그녀가 밤 12시 이전에 죽었다는 얘깁니다. 만약 유라가 당신 말대로 아침에 죽었다면, 전날 저녁에 먹은 콩나물은 모두 소화되어 위 속에 남아 있으면 안 되거든요. 그리고 당신은, 그 시간이 지난 12시 이후에 유라의 아파트를 떠났죠."

동금은 황 팀장에게, 밤 12시가 넘어 유라의 아파트에서 빠져나오는 그녀의 모습이 찍힌 CCTV 영상을 틀어주었다. 마침내 황 팀장이 모든 것을 잃은 표정으로 고개를 숙였다. 그리고 이내 책상 위에 얼굴을 묻고 울기 시작했다.

"황명진 씨, 이제 다 끝났습니다. 당신의 거짓말은 전부 들통났습니다."

* * *

1월 16일 오전 10시 강남경찰서 기자회견장

강남경찰서 대강당은 기자회견이 시작되기도 전부터 기자들로 발 디딜 틈 없이 가득했다. 마침내 시간이 되자 형사과장과 부기원 팀장이 모습을 드러냈다. 두 사람은 대강당의 태극기를 뒤로하여 4명이 앉을 수 있는 일자 테이블에 자리를 잡고 앉았다(테이블 뒤에는 큰 빔프로젝트 스크린이 준비되어 있었다). 두 사람이 앉은 테이블 앞에는 이미 수십 명의 기자들이 카메라와 방송장비를 들고 서있었다. 그 수가 얼마나 많았던지 일부 기자들은 뒤에 선 기자들을 위해 바닥에 앉아야 했다. 잠시 후, 동금과 세인이 대강당에 나타나자 기자들이 플래시를 터뜨리기 시작했다. 수많은 플래시에 대강당 안은 마치 섬광이 터진 듯했다. 형사과장의 주도하에 네 사람(형사과장, 기원, 동금, 세인)이 기자들에게 인사했다. 사회를 맡기로 한 형사과장이 먼저 마이크를 잡았다.

"오늘 이 자리는 노블러스 클럽을 수사한 우리 경찰이, 국민 여러분들께 진실을 알리는 자리입니다. 무거운 마음과 더불어 모든 것을 명명백백하게 밝히겠다는 각오로 이 자리까지 왔습니다. 진행은 담당 형사인 박동금 형사가 GSN 뉴스에 대해 해명하고, 이어서 기자분들의 질문을 받도록 하겠습니다."

형사과장은 동금에게 마이크를 넘겨주었다. 세인은 그런 동금을 보며 긴장한 표정으로 살짝 입술을 깨물었다.

"강남경찰서 강력 3팀, 박동금입니다."

인사를 하는 동금을 향해 또다시 플래시가 터져 나왔다.

"이틀 전, GSN의 뉴스는 모두 거짓말입니다."

동금의 첫마디에 기자들이 웅성거렸다. 마침 앞줄에 앉아 있던 GSN 기자가 잔뜩 언성을 높여 소리쳤다.

"뉴스가 거짓임을 증명하지 못한다면, 경찰은 우리 방송국의 명예를 훼손한 것에 책임져야 할 겁니다!"

기자의 엄포에도 동금은 아랑곳하지 않고 다시 차분한 말투로 입을 열었다.

"우리는 유라 양의 사건을 수사하며, 유라 양의 변사사건과 노블러스 클럽의 경찰 비리 의혹뿐만 아니라 이세인 씨의 성 접대가 모두 기획된 것임을 확인했습니다."

'기획된 것'이라는 동금의 말에 다시 한번 기자들이 술렁였다.

"AI 엔터테인먼트 금재환 회장을 정점으로 하이노블의 이석천 대표와 노블러스 클럽의 실제 소유주인 최모 회장, 노블러스 클럽의 호진과 그 일당들, 그리고 황명진 수석팀장 등이 이 모든 일들의 기획에 연루된 사람들입니다."

동금은 먼저 하이노블이라는 회사가 금 회장의 투자로 설립된 회사이고, 그 대표인 이석천은 금 회장이 내세운 바지사장에 불과하다는 사실을 밝혔다.

"12월 24일, 저희 경찰은 금재환 회장과 이석천 대표의 관계를 입증하기 위해 강남의 한 음식점에서 저와 이세인 씨의 저녁 자리를 만들었습니다. 그리고 금재환 회장이 어떻게 움직이는지 보고자, 일부러 식당에 이세인 씨의 휴대폰을 놓고 나왔습니다. 이후, 이세인 씨는 새로운 매니저인 김은경 씨에게 휴대폰을 찾아달라 부탁했고, 김은경 씨는 이세인 씨의 휴대폰을 가지고 신논현역 3번 출구로 향했습니다. 소속사인 넘버원 플러스의 임도상 대표가, 이세인 씨에게 휴대폰을 돌려주기 전에 누군가에게 휴대폰을 넘겨주라고 지시했기 때문입니다."

"그 누군가가 누구입니까?"

기자의 질문에 동금은 잠시 한 호흡을 쉬었다가 말을 이었다.

"그 누군가는 다름 아닌 하이노블의 이석천 대표였습니다. 신논현역은 이석천 대표의 하이노블 사옥이 위치한 곳입니다. 지금부터 보실 영상들은 저희 강력 3팀 형사들이 직접 촬영한 영상들입니다."

동금이 고개를 끄덕이자 정선이 준비된 영상을 틀었다. 기자들의 시선이 일제히 빔프로젝트로 향했다. 빔프로젝트에는 은경이 감미로에서 세인의 휴대폰을 받는 장면부터 석천에게 휴대폰을 건네주고 다시 받는 영상이 차례대로 재생되었다.

"저 남성이 이석천 씨라는 사실을 증명할 수 있습니까?"

"화면 속 이석천 대표는 약 30분 정도가 지난 뒤 김은경 매니저에게 휴대폰을 돌려주었습니다. 그리고 이후, 이세인 씨는 김은경 매니저를 통해 휴대폰을 돌려받았습니다. 저희는 이세인 씨가 휴대폰을 돌려받자마자 서울청 과학수사대 감식팀에게 이세인 씨 휴대폰의 정밀 감식을 의뢰했습니다. 그 결과, 해당 휴대폰에서 이석천 대표의 지문이 다수 발견되었습니다."

당당히 증거를 밝히는 동금의 모습에 기자들이 웅성거리던 그때, 수석이 누군가를 데리고 대강당 안으로 들어왔다. 세인의 휴대폰을 석천에게 전달했던, 김은경 매니저였다.

"이분이 바로 영상 속 매니저인 김은경 씨입니다. 그녀는 그날, 이세인 씨의 휴대폰을 주고받은 남성이 이석천 대표라는 사실을 확인해 주었습니다."

세인에게 휴대폰을 돌려준 뒤, 은경은 대표의 이상한 지시와 세인의 이상한 행동에 의문을 품었다. 그녀는 고민 끝에 세인에게 연락을 취했고, 세인은 동금을 비롯한 경찰들과 상의한 끝에 은경을 증인으로 설득하기로 했다. 은경은 애초에 경호원 출신으로, 정통 매니저가 아니었다. 기원으로부터 전말을 전해들은 그녀는 불법적인 일에 연루되고 싶지 않다는 의사를 밝혔고, 그렇게 경찰수사에 협조하게 되었다.

"지금부터 보실 영상들은 저와 이세인 씨를 모함하고자 금재환 회장 측에서 미행을 붙였다는 증거영상입니다. 저희는 사전에 금재환 회장이 저희에게 미행을 붙였음을 알았고, 조금 전 이야기했듯 일부러 저녁 자리를 만들어 미행하는 사람들을 끌어냈습니다."

동금의 말이 끝나기 무섭게 새로운 영상들이 재생되었다. 감미로를 나서는 동금과 세인을 쫓는 검은 차가 찍힌 영상, 그리고 호텔로 들어가는 동금과 세인을 필사적으로 촬영하는 두 남자의 모습이 찍힌 영상이었다.

"이 영상은 저희 팀 권수찬 반장과 신수석 형사가 저와 이세인 씨를 쫓는 남자들을 촬영한 영상입니다. 해당 남성들을 수사한 결과, 이들이 흥신소 직원이라는 사실을 알 수 있었습니다. 이후, 그들은 조사 과정에서 이세인 씨의 소속사인 넘버원 플러스 대표 임도상 씨의 지시로 그녀를 미행했음을 자백했습니다. 덧붙이자면, 이세인 씨의 새 소속사인 넘버원 플러스 대표 임도상 씨는 AI 엔터테인먼트 경영기획실장인 임지상 실장의 사촌동생입니다."

크게 술렁이는 기자들의 탄성을 들으며 수석이 어깨를 으쓱했다. 잠시 후, 수석의 뒤로 새로운 영상이 나타났다. 호텔 33층에서 내린 동금과 세인이 강력 3팀이 기다리는 객실 안으로 들어가는 영상이었다. 뒤이어 객실로 들어간 두 사람이 수찬, 수석과 합류해 앞으로의 계획에 대해 의논하는 영상이 나타났다. 두 사람이 불륜관계라며 제보된 영상을 완벽하게 반박하는 증거였다.

"그럼 지금부터는 이세인 씨가 성 접대를 한 사실이 없으며, 오히려 이번 사건에서 큰 함정에 빠질 뻔했음에도 불구하고 힘껏 경찰을 도와준 사실에 대해 밝히겠습니다. 이세인 씨의 도움이 없었다면, 경찰은 사건의 진실을 낱낱이 파헤치는 데에 큰 어려움을 겪었을 것입니다."

동금의 말이 끝나기 무섭게 10월 4일의 영상이 빔프로젝트 스크린에 나타났다. 세인이 노블레스 룸 헤드테이블에서 정신을 잃고 쓰러져 있는 영상이었다.

"이세인 씨는 호진이 드라마에 출연시켜주겠다는 생각지도 못한 제의에 노블러스 클럽을 방문했습니다. 이때가 호진을 처음 만난 날이었죠. 호진은 이세인 씨의 팬을 자처하는 일본인 사업가, 코지마 씨의 투자를 받고자 그녀를 미끼로 이용하려 했습니다. 그래서 이세인 씨가 화장실에 다녀오는 사이, GBH라는 마약을 그녀의 와인 잔에 넣어 정신을 잃게 만들었습니다. 이는 호진의 일당 중 하나인 오진영 씨, 일명 오 과장이 자백한 내용입니다."

"지금 얘기하신 코지마 씨가 GSN이 보도한 코××씨인가요?"

"네, 맞습니다. 심각한 범죄를 당할 뻔한 이세인 씨를, 마치 자진해서 성 접대한 것처럼 만들어버린 거짓 보도에 나왔던 그 사람입니다."

동금의 싸늘한 눈길에, 언성을 높였던 GSN 기자가 자라처럼 목을 움츠렸다.

"지금 보고 계신 동영상은 다른 폭력 사건으로 112 신고를 받은 강력 3팀 형사들이 노블러스 클럽에 출동했다가, 우연히 위험에 빠진 이세인 씨를 발견해 구출한 장면입니다. 여기, 김정선 형사가 당시 사복에 부착했던 바디캠으로 촬영한 것이죠."

동금은 이후, 세인이 10월 10일 노블레스 룸의 접대에 몰래 잠입했던 일에 대해 설명했다. 그녀가 호진에게 코지마와의 미팅 날 있었던 일을 따지러 갔다가 우연히 노블레스 룸에 들어가게 되었고, 거기서 1시간 동안 머무르며 어떤 일이 벌어지는지 알아낸 데 대한 내용이었다.

"이세인 씨는 노블레스 룸에 1시간 정도 머물다 빠져나왔습니다. 그녀가 직접 녹취한 음성파일과 그 자리에 있었던 이유빈의 증언이 이를 뒷받침하고 있습니다."

동금의 말이 끝나자, 세인이 직접 녹음했던 음성파일이 흘러나왔다. 금 회장의 목소리와 왕타오 회장의 목소리, 최 회장의 목소리, 그리고 유빈을 비롯한 다른 접대부들의 목소리들이 대강당을 가득 채웠다. 녹음파일을 들으며 기사거리를 작성하는 기자들을 보던 동금은, 다음 단계로 넘어가고자 내려두었던 마이크를 다시 입으로 가져갔다.
　"그럼 지금부터는 유라 양 변사사건에 대한 진실을 밝히겠습니다."
　기자들의 눈이 다시 한번 휘둥그레졌다. 동금을 의심스럽게 바라보던 눈은 완전히 사라지고 없었다. 이제는 그의 입을 통해 어떤 진실이 나올 것인가에 모두 집중하고 있는 듯했다.
　"유라 양은, 살해되었습니다."
　동금의 말에 대강당 기자들 전부 충격받은 표정을 지었다. 생각지도 못한 강력한 진실에 하나같이 할 말을 잃은 것이다.
　"유라 양을 사망에 이르게 한 인물은 AI 엔터테인먼트의 황명진 수석팀장으로, 그녀는 마약 판매자인 최정섭 씨로부터 에토미데이트를 구입해 유라 양에게 여러 차례 주사하였습니다. 이로 인해 유라 양의 건강은 극도로 악화되었고, 사망 당일에는 평소보다 더 많은 양을 주사 당하게 되어 호흡곤란 등으로 사망하게 되었습니다. 황명진 팀장은 간호대학 출신으로, 사람에게 주사를 놓는 일에 어려움이 없었습니다."
　동금의 이야기에 기자단 여기저기서 울분 섞인 고함이 터져 나왔다. 그러나 동금은 여기서 그치지 않고 더 큰 폭탄을 연이어 터뜨렸다.
　"황명진 씨는 본인이 유라 양을 사망에 이르게 했음에도 불구하고, 오히려 경찰에게 거짓말을 했습니다. 10월 20일 오전에 유라 양이 전화를 받지 않아 그녀의 집으로 갔다가 시신을 발견했다고 한 것입니다. 그러나 부검 결과, 유라 양은 10월 20일이 아니라 그 전날인 10월 19일에 사망했다는 사실이 확인되었습니다. 하지만 황명진 씨의 악행은 여기서 끝나지 않았습니다. 전날 유라 양을 사망하게 만든 황명진 씨는, 유라 양의 휴대폰을 훔쳐 아파트를 빠져나왔습니다. 그리고 유라 양의 휴대폰을 금재환 회장에게 전달하였고, 금재환 회장은 이 휴대폰을 자신의 부하를 시켜 이석천 대표에게 넘겼습니다. 유라 양의 휴대폰에서, 혹시 모를 타살 흔적을 지우기 위해서 말입니다."

"그 부하는 누굽니까? 황명진 씨 말고 다른 사람이 또 있나요?"

"그 질문에 대한 답은 조금 있다 드리겠습니다. 하던 이야기를 마저 하자면, 그렇게 유라 양의 휴대폰을 전달받은 이석천 대표는 그녀의 휴대폰을 포렌식한 뒤 그전에 없던 두 개의 동영상을 옮겨 넣었습니다. 다들 잘 아시는, 유라 양의 마약 영상과 섹스 동영상이 바로 그것입니다. 오직 경찰의 수사를 방해하여 유라 양의 죽음에 대한 진실을 가리고자 행해진, 비열하고 악랄한 행위였죠."

대강당 곳곳에서 기자들의 장탄식이 이어졌다.

"하이노블 이석천 대표가 호진의 휴대폰을 보관했었다는 증거가 있습니까?"

"호진이 자신의 휴대폰을 수리하고자 하이노블에 맡겼었다는 증언을 제가 직접 확인했습니다. 그리고 그 날짜가 앞서 언급한 두 동영상을 찍은 후라는 것도 확인했습니다. 이뿐만 아니라 이석천 대표와 하이노블은 파이브걸스 효진 양 사진 유출 등 여러 사건에 연루되어 있다는 정황이 포착되어 조만간 수사에 들어갈 예정입니다."

동금의 이야기를 들은 기자들은 그제야 호진과 이유빈이 유라에게 영상을 보낸 사실만큼은 인정하지 않은 것에 대해 이해할 수 있었다.

"박 형사님, 그렇다면 황명진 씨가 유라 양을 죽인 동기는 뭡니까?"

"안 그래도 그 부분에 대해 말씀을 드리려던 참이었습니다. 저희 강력 3팀은 현재, 황명진 씨의 이러한 행동이 AI 엔터테인먼트의 대표인 금재환 회장의 명령으로 이루어졌음을 확인했습니다. 이에 기자회견이 끝나는 즉시 금재환 회장을 살인교사와 미성년 성폭행 혐의로 소환할 예정입니다."

대강당 안이 다시 한번 뒤집어졌다. 연예계에서 왕처럼 군림하고 있는 금 회장이, 자기 소속사 가수를 죽이라 명령했을 뿐만 아니라 미성년자를 성폭행하기까지 했다니…?!

"박 형사님, 지금 하신 말씀은 너무 엄청난 얘기인 것 같은데요. 황명진 씨나 이석천 대표가 금재환 회장으로부터 그런 명령을 받았다는 직접적인 증거가 있습니까? 미성년자 성폭행은 또 무슨 소립니까?"

기자가 지적했듯, 동금의 말대로라면 경찰은 금 회장을 지금 당장 체포할 수도 있었다. 그러나 현재, 경찰은 금 회장에 대해 출국 금지만 해두고 그의 자진 출석을 요구하려 한다고 했다. 금 회장이 끝까지 권모술수로 경찰을 농락하려 했던 것과 달리, 정면승부로 끝을 내겠다는 동금의 경찰스러운 고집이었다.

"그럼 지금부터 제대로 하나씩 말씀드리겠습니다. 먼저, 오늘 아침 8시경에 저희는 황명진 씨에 대한 체포영장을 발부받아 그녀를 검거하였습니다. 그리고 그녀는 불과 몇십 분 전, 범행 일체를 자백했습니다. 자신에게 그런 명령을 내린 사람이 금재환 회장이라는 사실까지 포함해서 말입니다. 그리고…."

동금이 고개를 끄덕이자, 수석이 대강당 출입문으로 걸어가 문을 열었다. 기자들의 이목이 집중된 가운데, 수찬이 누군가를 데리고 대강당 안으로 천천히 들어왔다. 180cm가 조금 안 되어 보이는 키에 상당히 잘생긴 얼굴을 가진, 30대 초반쯤 되어 보이는 남자였다. 남자는 운동을 했는지 군살 없는 매우 단단해 보이는 체격을 가지고 있었다.

"이 사람이 바로, 아까 말씀드렸던 금재환 회장의 부하입니다. 유라 양의 휴대폰을 이석천에게 전달한 인물이죠."

"어? 어디서 많이 본 듯한 얼굴인데…?"

남자를 본 순간, 한 기자의 중얼거림과 함께 기자들의 웅성거림이 시작되었다. 그리고 잠시 후, 중얼거리던 한 기자가 남자를 향해 손가락질하며 소리쳤다.

"…찰리 아냐! 예능 프로에 나오는 연습생 출신 격투기 선수 찰리 조!"

"그… 사고 치고 아이돌 데뷔 못 했던 그 사람?"

"격투기 프로에도 나왔던 그 친구잖아!"

기자들이 너도나도 카메라를 들고 셔터를 눌러대기 시작했다. 그랬다. 검은 모자의 정체는 과거 AI 엔터테인먼트 아이돌 연습생 출신이었던 조민호였다. 조민호는 연습생 시절 가수 데뷔를 앞두고 사고를 치는 바람에 소년원에 다녀온 전력이 있었다. 그리고 잠시 격투기 선수로 활동한 뒤, 이름을 '찰리 조'로 바꿔 언젠가부터 갑자기 예능 프로에 출연해 대중 앞에 이름을 알리기 시작하는 중이었다.

"기자님들과 마찬가지로 저 역시 매우 놀랐습니다. 한 가지 사실을 더 밝히자면… 금재환 회장은 호진, 유빈을 차례대로 애인 삼았다는 사실을 우리 경찰은 확인했습니다."

"그 말은 금재환 회장이 동성애자라는 이야깁니까?"

"네. 이세인 씨와 이유빈의 증언을 통해, 현재도 그가 19살 애인을 두고 있을 뿐만 아니라 과거에도 17살 이유빈을 성폭행했다는 사실을 확인했습니다."

연달아 밝혀지는 기가 막힌 진실에, 기자들 모두 한숨과 탄식을 내뱉었다.

"찰리 조 씨가 금재환 회장의 부하로 벌인 다른 범행이 혹시 더 있습니까?"

"찰리 조 씨는 금재환 회장의 수족 노릇을 하며 여러 가지 범행을 저지른 것으로 보입니다. 그중 명확하게 확인된 것들을 말씀드리자면, 유라 양을 사망에 이르게 한 금재환 회장의 범행에 가담했던 것과 경찰 폭행, 그리고 황명진 씨와 저지른 또 한 건의 살인사건이 있습니다."

또 다른 살인사건이라는 얘기에 기자들은 다시 한번 경악했다.

"또 다른 살인사건이요?"

"네, 광수대 마약팀에서 지난 8월 말부터 수사하기 시작한 사건으로, 유라 양과 같은 신체 부위에 주사를 맞은 흔적을 가진 변사체가 발견되었습니다. 해당 시신에서는 유라 양의 시신과 마찬가지로 프로포폴이 검출되었고, 시신이 발견된 곳 근처 CCTV에서 찰리 조 씨가 죽은 여성을 데리고 사체 발견 장소로 들어가는 모습이 확인되었습니다. 변사자는 AI 엔터테인먼트의 아이돌 지망생으로, 황명진 씨가 자신의 짓임을 자백했습니다. 여기 찰리 조도 자신이 변사자의 휴대폰을 훔쳐 이석천 대표에게 배달했다는 사실을 자백했고요. 해당 사건에 대해서는 광수대 마약팀에서 따로 발표가 있을 예정이니 이쯤에서 줄이겠습니다. 경찰 폭행의 경우, 찰리 조 씨가 제 집에 조선족 청부

업자들과 무단침입하여 저를 폭행하였습니다. 뭐, 덕분에 오랜 시간 꼬리를 잡지 못했던 그를 잡을 수 있게 되었지만요."

동금의 말을 증명하듯, 빔프로젝트에 동금의 집을 촬영한 영상이 재생되기 시작했다. 영상에서는 마스크에 검은 모자를 쓴 찰리가 다른 두 복면 남자들과 함께 동금의 집에 침입하는 모습이 고스란히 담겨 있었다.

"해당 영상 역시 저의 집 밖에서 잠복해 준 권수찬 반장과 신수석 형사가 촬영한 것으로, 이후 신수석 형사는 저를 구출하고 권수찬 반장은 찰리 조 씨 뒤를 쫓아 그의 거주지를 확보하였습니다. 덕분에 황명진 씨 검거 전에, 찰리 조 씨를 먼저 체포할 수 있었죠."

동금의 말이 끝나기 무섭게 기자들 사이에서 탄성과 욕설이 흘러나왔다.

"쳐 죽일 놈들!"

"악마가 따로 없네. 이렇게 사악할 수가 있나?!"

그때, 한 기자가 박수를 치기 시작했다. 순수한 마음에서 동금을 비롯한 경찰들을 향해 보내는 박수였다. 그리고 그 한 사람의 박수를 시작으로, 다른 기자들 역시 박수를 치기 시작했다. 한 사람의 박수는 세 사람의 박수로 이어지고, 세 사람의 박수는 곧 수십 명의 박수로 이어졌다. 그렇게 한동안 기자들의 박수갈채가 대강당을 가득 채웠다.

"이번 사건은 여기, 배우 이세인 씨의 용기 있는 행동이 없었다면 절대 밝힐 수 없었다고 수사팀 전체가 이구동성으로 이야기하고 있습니다. 세인 씨, 잠시 일어나주시겠습니까?"

형사과장의 부탁에 세인이 자리에서 일어났다. 그러자 박수를 치던 기자 중 하나가 "이세인 씨, 한 말씀 해주시죠!" 외쳤다. 세인은 긴장된 표정으로 조심스럽게 마이크를 넘겨받았다.

"일부 못된 사람들의 악행으로 연예계 전체가 매도당하지 않았으면 좋겠습니다. 우리는 여러분들이 행복하실 수 있도록 즐거움을 주는 사람들입니다. 그리고… 부디 유라 양이 좋은 곳에서 행복하면 좋겠습니다."

쏟아지는 기자들의 박수 속에서 세인은 동금에게로 고개를 돌렸다. 동금이 그녀를 향해 엄지를 들며 미소 짓고 있었다.

* * *

그 시각, 논현동 하이노블 사옥에서 뉴스를 보던 석천은 황급히 도망칠 준비를 하고 있었다.

"제기랄!"

경찰이 검거하러 오기 전에 빨리 도망가야 했다. 석천은 우왕좌왕하는 중에도 고용량 하드디스크와 태블릿PC를 신줏단지 모시듯 명품가방에 챙겨 넣었다. 이제까지 하이노블을 통해 빼돌려온, 연예인들의 영상이 담긴 그의 보물단지였다. 그는 다른 것은 다 포기해도, 그것만큼은 포기할 수 없었다.

잠시 후, 석천의 사무실에 들이닥친 동금과 형사들은 한발 늦었다는 사실에 한숨을 내쉬었다. 기자회견 전에 황 팀장의 진술을 확보해야만 했기에, 더 일찍 석천을 검거할 수 없었다는 것이 한스러운 순간이었다.

"…?"

그때, 동금이 사무실 바닥에서 무언가를 발견했다. 그가 발견한 것은 다름 아닌 석천의 지갑이었다. 석천이 얼마나 급하게 도망쳤는지를 알 수 있는 흔적이었다.

"지갑도 못 챙기고 간 걸 보니 멀리는 못 갔을 겁니다."

경찰은 석천의 법인카드 사용 내역을 통해 그가 자주 투숙하는 호텔 몇 군데를 찾을 수 있었다. 휴대폰 위치를 추적해보기도 했지만, 마지막 위치가 하이노블 사옥으로 나오는 것으로 보아 진즉에 꺼둔 듯했다. 포렌식 업체를 운영했던 만큼, 휴대폰을 켜두면 위치를 들킨다는 사실을 잘 알고 있는 것 같았다.

* * *

다음 날, 경찰은 논현동 H호텔에서 석천을 발견할 수 있었다. 강제로 개방한 객실 안에서, 석천은 화장실 문고리에 목을 맨 상태로 죽어 있었다. 객실을 살펴본 결과, 석천은 죽기 직전까지도 훔쳐낸 연예인들의 섹스 동영상을 시청한 것으로 추정되었다. 객실 침대 베개 위 태블릿PC에서, 경찰들이 들이닥친 순간에도 젊은 남녀 4명이 섹스하는 동영상이 플레이되고 있었던 것이다. 악마 같은 여왕벌을 위해 열심히 꿀을 나르던, 또 한 마리 꿀벌의 비참한 말로였다.

19
무너지지 않는 제국

송석 대학병원 금재환 회장의 병실

    금 회장은 병실에서 눈을 떴다. 지금 그가 누워 있는 곳은 송석 대학병원의 1인실이었다. 전날, 그는 동금의 기자회견을 보던 중 정신을 잃고 쓰러졌다. 가장 좋은 카드라고 여겼던 자신의 수들이 경찰의 치밀한 계획에 놀아났을 뿐만 아니라, 믿고 사용했던 모든 수족들이 검거되고 자백했음을 알게 되자 스트레스를 이기지 못하고 쓰러진 것이다.
    "…나를 체포하러 온 건가?"
    금 회장이 병실 한쪽 구석을 보며 물었다. 그가 바라보는 곳에는, 가죽재킷을 입은 동금이 팔짱을 낀 채 벽에 기대어 서있었다.
    "지금은 아닙니다. 건강을 회복하시면, 그때 구속영장을 신청할 예정입니다."
    동금의 이야기를 들은 금 회장이 힘없이 웃었다. 잠시 실소를 터뜨리던 그는 이틀 만에 하얗게 센 머리카락을 쓸어 올리며 입을 열었다.
    "박 형사, 내가 이 사건의 중심에 있다는 사실을 언제 알았는지 대답해 줄 수 있겠나?"

"의심이 시작된 건 당신이 10월 10일 파티의 주최자라는 사실을 알게 되었을 때였습니다. 그날 모임에 참석했던 핵심 인물들은 노블러스 클럽과 연관된 사람이었죠. 이태식 감독과 접대부들을 제외하면 말입니다. 그러니 그 모임의 주최자인 당신을 자연스럽게 의심하게 되었죠."

"내가 유라의 휴대폰을 보관하고 있었다는 사실은 어떻게 알았지? 사실 내가 보관했던 기간은 며칠 되지도 않았는데 말이야. 이석천이 자백했나? 아니면 찰리가?"

"이석천은 자살했습니다. 호텔에서 목을 맨 채 발견되었죠. 현장에서 발견된 그의 하드디스크에서, 당신과 주고받은 동영상들과 문자메시지들이 나왔습니다. 이석천은 당신과 관련된 모든 것들을 따로 저장해두고 있었던 겁니다."

금 회장이 또 한 번 헛웃음을 지었다. 도구처럼 부리던 석천이 그런 짓거리를 하고 있었다는 사실은 꿈에도 몰랐던 듯했다.

"물론 결정적인 증거는 따로 있었습니다. 의도하신 건지 실수인지는 모르겠지만 유라의 휴대폰으로 전화를 건 적이 있으셨죠?"

순간, 금 회장이 그게 무슨 소리냐는 표정으로 동금을 쳐다보았다. 그리고 잠시 후, 무언가 떠오른 듯 탄식을 내뱉었다. 유라의 휴대폰을 살피다 실수로 통화내역의 번호 하나가 눌렸던 것을 기억한 것이다. 금 회장은 당시 전화가 걸린 줄도 몰랐다가, 맞은편에서 젊은 여인의 목소리가 들려와 급히 휴대폰을 꺼버린 것을 기억했다.

"덕분에 그날 유라의 휴대폰이 AI 엔터테인먼트에 있었다는 사실을 알 수 있었습니다. 기지국 수사를 해보니 떡하니 AI 엔터테인먼트가 나왔거든요."

금 회장은 기가 막힌다는 듯 자신의 손가락을 쳐다보았다. 그러다 또 다른 궁금증을 풀고자 동금에게 질문을 던졌다.

"유빈이가 촬영했다는 동영상은 어떻게 받아낸 건가? 자네에게 처음이자 마지막으로 하는 부탁이네만…. 그 동영상만큼은 수사기록에 첨부하지 않아 줄 수 없겠나? 성매수 사실은 내가 자백하겠네."

동금은 어처구니가 없었다. 자신의 이익을 위해 타인의 비밀들을 조롱하고 공개하던 그가, 본인의 비밀이 유출되는 것에는 두려움을 보이고 있었다. 동금은 잠시 금 회장을 복잡한 표정으로 쳐다보다가 창밖으로 시선을 돌리며 입을 열었다.

"유빈이의 동영상은 애초에 없었습니다."

"…뭐라고?"

"그건 제가 당신과 이석천을 잡으려고 던진 미끼였습니다. 세인 씨와 그럴듯하게 연기하느라 애 좀 먹었죠."

"그럼… 이세인 휴대폰에 있던 그 영상이…?"

"맞습니다. 저희 둘 다 이불 안에서 옷을 입은 채 연기를 했던 겁니다. 옷까지 벗고 연기하기는 영 내키지 않더라고요. 어쨌든 아니나 다를까, 당신은 제가 던진 미끼를 덥석 물더군요. 그것도, 제가 그토록 찾던 마지막 퍼즐 조각이었던 찰리까지 엮어서 말입니다."

금 회장은 마치 망치로 머리를 얻어맞은 사람처럼 멍하니 동금을 쳐다보았다.

"빨간색 USB, 참 그럴듯하지 않았습니까? 당신이 보낸 놈들한테 일부러 잡혀주고 맞아주느라 고생 좀 했습니다. 하지만 그러지 않았다면, 찰리를 잡는 건 물론이고 당신 역시 속일 수 없었겠죠."

금 회장은 웃음을 터뜨렸다. 완전한 패배를 맞이한 사람만이 보이는, 커다란 허탈함에서 터져나오는 웃음이었다. 동금은 그런 그를 가만히 보다 발걸음을 옮겼다. 더 이상 그와 대화하고 싶지 않았다.

"내가 자네를 너무 과소평가했군. 고작 나이 어린 경찰 하나라고, 경찰대나 고시 출신도 아닌 순경 출신이라고 말이야."

동금은 마지막으로 금 회장을 향해 몸을 돌렸다.

"금재환 씨, 지금 당신이 할 일은 그 자리에 가기까지 밟고 올라섰던 수많은 사람들을 위해 진심으로 반성하는 것입니다. 유라처럼…. 당신의 이기심 때문에 짓밟히고 죽은 수많은 꽃다운 이들을 위해서 말입니다."

동금은 진심을 담아 말했지만 금 회장의 눈은 어느새 본래의 눈으로 돌아와 있었다. 자신의 이익을 위해서라면 무엇이든 할 수 있는, 악마가 깃든 눈으로….

* * *

병원을 나온 동금은 하늘을 올려다보았다. 그리고 잠시 후, 휴대폰을 꺼내 설희에게 전화를 걸었다. 두 사람은 잠시 미뤄두었던 통화를 나누었다.

"오빠, 유라도 이제 편히 잠들 수 있겠지? 고마워…. 정말 고마워…."

울먹이는 설희의 목소리에 동금 역시 울컥 눈물이 올라왔다. 설희에게 약속했던, 유라의 죽음에 대한 진실을 밝히겠다는 약속을 지킨 것이다. 전화를 마친 동금의 머릿속에, 죽기 전 스시 집에서 처음이자 마지막으로 만났던 유라의 모습이 떠올랐다. 커다란 동금의 손이, 유라가 선물해주었던 카드지갑을 부드럽게 감싸 쥐고 있었다.

　　　　　　　　＊　＊　＊

일주일 뒤, 금 회장은 미성년자 성매수와 증거인멸로 구속됐다. 황명진의 자백에도 불구하고, 유라의 죽음은 금 회장의 교사가 아닌 황명진의 '과잉 충성으로 인한 단독 범행'으로 판결되었다. 금 회장이 하이노블을 이용해 경쟁사 연예인들을 거꾸러뜨린 혐의 역시 처벌로 이어지지 못했다. 의심되는 기사를 썼던 기자들이, 전부 취재원을 함구한 탓이었다.

금 회장이 구속되어 호송차에 오르던 날, 하늘에서는 함박눈이 펑펑 쏟아졌다. 그는 구속되는 순간에도 당당했다. 기자들의 질문에 자신의 억울함은 곧 밝혀질 거라며 자신감을 보였다. 호송차 안에 탄 금 회장은, 동금을 향해 다음과 같이 말하기도 했다.
"박 형사, 내가 여기에서 무너질 것 같은가? 내가 쌓은 제국은 쉽게 무너지지 않는다네. 잠시 휴가 다녀올 테니 다녀와서 한번 봄세나!"

금 회장은 자신의 말이 허언이 아님을 증명하듯, 유빈과 합의하에 이루어진 성관계라는 것이 인정되어 집행유예로 석방되었다. 그의 AI 엔터테인먼트 역시 잠시 위기에 빠졌지만, 금 회장이 고문으로 물러나는 것으로 위기를 극복했다. 금 회장의 후임으로는 그의 심복이었던 임지상 실장이 자리를 이어받았다. 무려 세 계단을 뛰어넘은 파격적인 인사였다. 그리고 이것은 곧, AI 엔터테인먼트의 주인이 여전히 금 회장이라는 것을 의미했다.

최 회장은 횡령과 세금포탈 혐의로 처벌을 받았지만 금 회장과 마찬가지로 집행유예를 선고 받았다. 그리고 호진은 징역 4년을, 유빈은 징역 3년을 선고받았다(유빈의 경우, 금 회장에게 성적으로 이용당한 것이 고려되어 비교적 짧은 형을 받았다). 또한 황명진은 징역 12년을, 찰리 조는 징역 20년을 선고받았다. 광수대 마약팀에 의하면 정다희 씨는 AI 엔터테인먼트에 오랜 기간 몸담고 있던 아이돌 연습생으로, 여러 번 데뷔 기회를 놓쳐 금 회장에 의해 반강제적으로 성 접대를 시작하게 되었다고 한다. 그렇게 황 팀장에 의해 에토미테이트와 프로포폴 등을 맞으며 성 접대 자리에 끌려다니던 그녀는 호텔을 도망쳐 나왔고, 찰리 조가 그녀의 시신을 사람들 눈에 띄지 않는 골목으로 옮긴 뒤 휴대폰을 훔쳐 석천에게 전달한 것이었다. 이 외에 가장 가벼운 형량을 받은 것은 오 과장으로, 그는 1년을 선고받았다.

* * *

모든 일이 마무리된 뒤, 동금은 부산교도소에 있는 호진에게 면회를 갔다. 그리고 여전히 금 회장을 철석같이 믿고 있는 호진에게, 그의 경찰대부인 명규가 보여준 꿀통에 대한 이야기를 들려주었다. 호진과 그 일당은 물론, 석천과 황명진까지도 모두 꿀벌에 불과했다는 사실을….

호진을 비롯한 꿀벌들은 최정림 회장이라는 여왕벌과 금재환 회장이라는 양봉업자를 위해 열심히 꿀을 따다 바쳤다. 꿀벌들은 모른다.

양봉업자와 꿀벌은 서로 다른 세계에 산다는 사실을 말이다. 이 사실을 아는 것은 양봉업자뿐이다. 양봉업자는 꿀통을 하나가 아니라 여러 개 만들 수 있다. 중요한 것은, 꿀벌도 여왕벌도 모두 양봉업자의 소유라는 사실이다. 그리고 양봉업자에게는, 여전히 다른 꿀통들이 남아 있다. 그렇기에 양봉업자는 무너지지 않는다. 노블러스 클럽이라는 이름의 꿀통 속에 있던 꿀벌들은 모두 벌을 받거나 죽었다. 그러나 꿀을 받아먹으며 편히 지내던 여왕벌과, 꿀통의 진짜 주인인 양봉업자는 멀쩡히 살아남았다.

20
잃어버린 꿀통

4년 후

AI 엔터테인먼트 고문실로 한 통의 전화가 걸려왔다. 이제는 고문이 된 금 회장은 전화한 사람이 '호진'이라는 비서의 말에 어쩔 수 없이 전화를 받았다.

"여보세요?"

"회장님, 전화번호가 바뀌셨네요?"

"누구신지…?"

금 회장은 모르는 척 호진의 전화를 받았다. 받고 보니 몇 년 만에 듣는 호진의 목소리는 정말로 모르는 사람처럼 낯설게 느껴지기도 했다. 그러자 수화기 맞은편에서 어이가 없다는 듯한 웃음소리가 들려왔다.

"형, 내 목소리를 벌써 까먹은 거야?"

호진이 애인이던 시절, 금 회장은 호진에게 자신을 형이라고 부르도록 했다. 호진이 금 회장을 '회장님'이라 부르기 시작한 것은 애인을 그만둔 23살 때부터였다.

"너무하네. 형이 어떻게 그럴 수가 있어? 16살 때부터 7년 동안, 매일같이 형 아랫도리를 빨아 줬던 나를 까먹어?!"

금 회장은 눈살을 찌푸렸다. 호진이 얼마 전 출소했다는 소식은 언론 보도로 알고 있었다. 4년이라는 시간이 흐르는 동안, 노블러스 클럽과 유라의 죽음은 대중들로부터 희미한 기억이 되어가고 있었다. 그러니 완전한 정리를 위해서라도, 호진과 한 번쯤은 부딪혀야 했다.

"아, 그래! 호진이 나왔구나!"

반가운 척 연기하는 금 회장의 귀에, 수화기 맞은편에서 미친 사람처럼 웃는 호진의 웃음소리가 들려왔다.

"형, 나 AI 엔터 꼭대기에서 형을 만나고 싶어! 내가 청춘을 불살랐던 곳에서, 마지막으로 형을 한번 보고 싶어."

여러모로 찜찜했지만, 금 회장은 호진을 만나주기로 했다. 어차피 정리해야 할 것, 최대한 빨리 정리할 기회를 갖자 생각한 것이다. 그렇게 두 사람은 AI 사옥의 27층 옥상에서 만났다.

"형. 오랜만이야."

금 회장은 일말의 감정도 느껴지지 않는 눈으로 호진을 바라보았다. 호진은 4년 전보다 살이 많이 오른 것이, 이제는 30대 중반이라는 티가 확 났다. 호진은 자신을 쳐다보는 금 회장의 눈길을 말없이 살피더니, 이내 입을 열었다.

"형, 내가 형 애인이었을 때 말이야. 난 매일 형이 불러서 형 몸뚱이만 핥고 있었잖아? 내 또래 친구들은 연기 공부나 노래 연습에 매달리고, 그것도 아니면 여자애들하고 연애라도 하면서 놀던 그 시기에 말이야. 그렇게 30살이 되었더니, 내가 할 줄 아는 거라고는 형한테 애완견 노릇하면서 배운 것들 말고는 없더라고. 접대, 권모술수, 그리고 변태 짓 말이야! 그런데 그때는…. 병신처럼 내가 다른 놈들보다 잘나서 그런 기회가 주어진 거라고 믿었지 뭐야?"

악에 받친 목소리로 떠들던 호진이 미친 사람처럼 웃기 시작했다. 그러나 금 회장은 그런 호진을 보며 아무 말도 하지 않았다.

"씨발…. 그때 내가 남자 몸을 만진다는 게 얼마나 기분 더러웠는지 알아? 형이랑 한번 하고 나면 화장실에 가서 미친 듯이 토를 했다고!"

어느새 호진은 웃는 건지 우는 건지 모르겠는 얼굴로 이야기를 하고 있었다.

"내가 서울구치소에 있을 때, 형이 변호사 보내서 이세인이 성 접대했다고 녹음하라서 그것도 해줬잖아? 이세인은 그런 적이 없었는데도 말이야. 내가 4년 동안 감옥에 있어 보니까, 형을 위해서 사람들에게 못된 짓을 많이 했더라고. 아마… 난 지옥에 가서도 그 빚을 다 갚지 못할 거야!"

호진은 울음을 터뜨렸다. 그 당시 그가 바란 것은 오직 하나, 금 회장처럼 되는 것뿐이었다.

"내가 23살이 되었을 때, 형이 내 나이가 너무 많다고 애인 그만두라고 했잖아? 그런 다음에 내가 유빈이를 형한테 데려갔고…."

금 회장은 손목을 들어 시계를 보았다. 호진의 푸념을 더는 듣기 싫다는 표현이었다.

"형 그거 알아? 유빈이가 작년에 교도소에서 자살했어. 출소를 겨우 며칠 앞두고 죽었다고. 근데 유빈이가 죽고 나서 나한테 편지가 왔더라? 나 때문에 17살 때는 27살 나이 차가 나는 형 아랫도리를 6년 동안 빨다가, 23살에는 나처럼 버림받고 형이 소개해 준 최정림 회장

아랫도리를 빨았다는 거야. 39살이나 차이 나는 여자를 누나라고 부르면서 말이야! 유빈이가 형을 소개해 준 나를 원망하면서 마지막에 뭐라고 썼는지 알아? 자기는 16살 때부터 27살 때까지 또래 친구는 한 사람도 사귀어 보지 못했다는 거야!"

호진은 금 회장을 향해 울분을 토했지만, 금 회장은 머릿속으로 전혀 다른 생각을 하고 있었다.

'이 새끼가 지금 뭐라는 거야? 내 덕에 드라마 주인공까지 해본 새끼가 뭐? 유빈이 그 새끼도 마찬가지지. 내 덕에 좋은 차 타고 런웨이까지 서봤던 녀석이 뭐가 어쩌고 어째?'

금 회장은 은혜라곤 모르는 호진이 배은망덕했지만, 일단은 달래주고 보아야 한다고 생각했다. 위로 몇 마디면 분명 감격할 것이다. 이제까지 그래왔으니까.

"호진아, 형이 미안하다. 우리 이제 과거는 훌훌 털어버리고 새 출발 하자! 너도 35살이면 아직 젊으니까, 새로 시작해도 충분한 나이야. 힘내자!"

금 회장을 쳐다보는 호진의 입가에 알 수 없는 미소가 떠올랐다.

"형, 내가 젊으니까 새로 시작해도 된다고?"

호진이 금 회장에게 바란 것은 마음에도 없는 덕담이 아니었다. 그가 바란 것은 자신과 유빈에 대한 진정한 사과 한마디였다. 그러나 금 회장에게서 그런 기색이라곤 전혀 찾을 수 없었다. 그는 지금도, 그리고 앞으로도 영원히 이렇게 살아갈 것이다. 인간의 탈을 쓴 악마로….

"형, 이걸 어쩌지? 나는 이제 돌아갈 꿀통이 없는데?"

호진이 천천히 금 회장을 향해 다가가자 금 회장이 뒷걸음질을 쳤다. 그도 본능적으로 느낀 것이다. 무언가 크게 잘못되었다는 것을….

"난 이제 형 앞에서 춤추는 꿀벌이 아니야!"

호진이 순식간에 달려들어 두 손으로 금 회장의 허리를 끌어안았다. 그러고는 울음범벅이 된 얼굴로 미친 사람처럼 웃으며, 금 회장을 안은 채 27층 옥상에서 몸을 던졌다.

21
에필로그

    호진과 금 회장을 구속시키고 4년이라는 시간이 흘렀다. 그리고 얼마 전, 금 회장이 호진과 함께 옥상에서 떨어져 사망했다는 기사를 보았다. 수많은 사람들을 불행하게 만든 두 사람은, 결국 비극적인 운명으로 생의 마침표를 찍었다.

    1년 전에는 영월교도소에서 출소를 며칠 앞둔 이유빈이 자살했다는 소식을 들었다(유빈의 어머니가 전해주었다). 교도소에 있는 동안 유빈은 가끔 내게 편지를 쓰곤 했다. 그는 죽기 두 달 전에 내게 마지막 편지를 보냈고, 거기에서 자신이 그동안의 인생을 후회하고 있다고 고백했다. 무엇보다, 호진이나 금 회장 같은 사람을 만나게 된 것이 너무 후회된다고 했다(다만 자신의 힘으로는 어쩔 수 없었던 만남이라는 얘기를 덧붙였다). 내가 구치소로 면회 왔을 때, '앞으로는 형이라 부르고 어려운 일 있으면 언제든 편지해'라고 했던 말이 세상에서 가장 따뜻한 말이었단다. 그에게 있어 '형'이라는 단어는 가장 싫은 사람들을 가리키는 말이었는데, 내 덕에 비로소 '형'이라는 단어가 얼마나 좋은 단어인지를 알게 되었다며….

지혜의 죽음은 여전히 장모님과 부모님, 그리고 명규 대부님만 알고 있다. 팀원들에게는 아직도 말할 용기가 나지 않아 숨기고 있다(이무성 변호사님께는 따로 소주 한잔을 기울이며 말씀드렸다). 지혜는 내가 뉴욕총영사관 주재관으로 3년 근무를 마칠 무렵에 불의의 사고로 세상을 떠났다. 나 혼자 귀국하는 것이 아쉬워 떠난 스키 여행에서 사고를 당한 것이다. 나보다 더 사랑했던 사람을 잃는 것이 얼마나 힘든 일인지, 얼마나 두려운 일인지 그때 처음 알았다. 이제야 고백하건대, 지혜를 따라갈까 하는 고민도 수없이 했다. 그러나 나는 예정대로 귀국길에 올랐고, 지혜를 잊고자 가장 업무가 많다는 강남경찰서 강력팀에 지원했다.

4년 전에 한 팀이었던 광수대 3팀 멤버들이 거짓말처럼 그곳에 있던 것은, 내게 있어 기적과도 같은 행운이었다. 어쩌면… 지혜가 내게 준 선물은 아니었을까?

현재, 부기원 팀장님은 형사과장이 되었다. 권수찬 반장님과 김정선 형사, 그리고 막내 수석 역시 경위에서 경감으로 진급했다. 그렇게 다들 경감이 되면서 어엿한 한 팀의 팀장들이 되었다. 그러나 나는 지금 전혀 다른 길을 걷고 있다. 37살의 나는 제3의 인생을 살고 있다. 그렇지만 내 마음은 여전히 10년 전 광수대 막내 형사 박동금으로 남아 있다. 장모님의 부탁과 달리, 여전히 지혜를 그리워하며….

- 끝